ENTRE LES LIGNES

MONTGOMERY INK

CARRIE ANN RYAN

ENTRE LES LIGNES

Montgomery Ink
tome 5
Carrie Ann Ryan

Entre les Linges
Montgomery Ink
Par Carrie Ann Ryan
© 2015 Carrie Ann Ryan
eBook ISBN : 978-1-950443-42-0
Print ISBN: 978-1-950443-43-7
Traduit de l'anglais par Viviane Faure pour Valentin Translation

Ceci est une œuvre de fiction. Les noms, les lieux, les personnages et les incidents sont le produit de l'imagination de l'auteur et sont fictifs. Toute ressemblance avec des personnes réelles, existantes ou ayant existé, des événements ou des organismes serait une pure coïncidence.

Pour plus d'informations, abonnez-vous à la LISTE DE DIFFUSION de Carrie Ann Ryan.
Pour communiquer avec Carrie Ann Ryan, vous pouvez vous inscrire à son FAN CLUB.

ENTRE LES LINGES

La série *Montgomery Ink* continue avec un amour interdit entre trois amis et un passé auquel ils ne peuvent pas échapper.

Jake Gallagher a su dès l'instant où il a vu Maya qu'elle était faite pour lui - il ressentait la même intensité à couper le souffle que lorsqu'il avait posé les yeux sur Border pour la première fois. Seulement, la vie ne se déroule jamais comme on l'a prévu, et maintenant, voilà qu'il tombe amoureux de quelqu'un d'autre... ou du moins, c'est ce qu'il pense.

Maya Montgomery n'aurait jamais dû envisager autre chose que l'amitié qu'elle vivait déjà. À présent, elle ne cesse de penser à Jake et à ce qu'il signifie pour elle. Lorsqu'un mystérieux inconnu issu du passé de Jake débarque sur le pas de leur porte, elle est forcée d'admettre que si elle ne prend pas le risque de sa vie, elle le regrettera pour le restant de ses jours.

Border Gentry est parti sans un regard en arrière, autrefois, redoutant ce qui aurait pu se passer, mais maintenant, il est de retour et prêt à retrouver ce qu'il a perdu. Après une longue période d'errances, il a vu des choses qu'aucun homme ne devrait jamais voir, pourtant lorsqu'il redécouvre le ténébreux Jake et rencontre Maya, fougueuse et tatouée, ils lui font l'effet d'un baume à son âme, et il prend conscience du chemin que son avenir doit emprunter.

Quand quelqu'un cherche à se dresser en travers de leur chemin, leurs cœurs ne sont pas les seuls en jeu... leurs vies aussi.

CHAPITRE UN

CETTE SATANÉE JUPE allait causer sa mort. Elle se soulevait à chaque mouvement de ses hanches, montait, redescendait et se tordait. Il n'y avait rien de tel qu'une jupe en cuir moulante pour mettre en valeur des courbes comme les siennes. Ses cheveux venaient toucher ses fesses quand elle rejetait la tête en arrière et effleuraient ses reins chaque fois qu'elle bougeait. Elle portait un débardeur sans soutien-gorge, et les longues boucles noires glissaient sur sa peau nue. Ça lui donnait envie d'enrouler ses cheveux autour de son poing et de la faire s'allonger sur un tabouret de bar. Il s'enfoncerait en elle d'un seul coup, et ils jouiraient ensemble, haletants et rassasiés.

Jake Gallagher ne savait même pas qui était cette fille, mais il n'arrivait pas à détourner son regard d'elle. Il se lécha les lèvres et rajusta son pantalon. Une longue gorgée de bière ne fit rien pour calmer ses ardeurs. Il se fichait qu'elle soit en train de danser, de se frotter contre un autre homme et de clairement bien s'amuser : tout ce qu'il avait envie de faire était d'enfoncer ses dents dans son épaule, ses doigts dans ses hanches et sa queue dans son délicieux petit sexe, parce qu'elle serait délicieuse.

Il demanderait son nom plus tard.

Son tatouage luisait de sueur, et il avait envie de le lécher, de suivre de sa langue les motifs encrés sur sa peau pour voir si le goût y était différent. Il aimait les tatouages, il appréciait la façon dont ils mettaient en valeur le corps d'une femme ou d'un homme quand ils étaient faits correctement. Jake était un artiste, au fond de lui, même s'il ne pouvait pas dessiner comme le faisait la personne qui avait tracé les tatouages de cette fille. Son corps et les motifs qui s'y trouvaient étaient un chef-d'œuvre. Un chef-d'œuvre qu'il voulait sentir sous ses mains.

La lumière se refléta sur l'anneau à son sourcil et, quand elle se tourna, il la vit tirer la langue et faire courir sur sa lèvre le piercing qui s'y trouvait.

Il avait envie de sentir cette langue sur son sexe, de voir l'anneau glisser le long de sa verge, et ces lèvres incroyablement sexy se refermer autour de lui. Il déglutit, un peu perturbé par la réaction que cette inconnue suscitait chez lui. Il ne réagissait normalement pas comme ça en public simplement parce qu'une fille, ou un mec, d'ailleurs, dansait devant lui. D'habitude, il était capable de se contrôler un peu plus.

Un peu.

— Tu comptes arrêter de reluquer la fille en cuir ? demanda Graham, son frère aîné, en passant la main dans sa barbe.

Jake leva les yeux au ciel et prit une autre gorgée de bière.

— Je ne la reluque pas.

Il la reluquait totalement et il aurait pu se sentir mal de le faire, mais au vu de son expression quand elle surprenait des regards sur elle, elle appréciait d'être remarquée. Si ça n'avait pas été le cas, il aurait arrêté. Il n'était pas complètement un connard.

— Tu la reluques totalement, déclara son cadet, Owen, avec un grand sourire.

Il venait d'avoir vingt et un ans et semblait ravi de ne pas avoir à utiliser sa fausse carte d'identité pour rentrer dans le bar. Leur plus jeune frère, Murphy, n'avait pas encore l'air assez âgé pour qu'une fausse carte d'identité fonctionne pour lui, mais ça viendrait.

— D'accord, très bien, dit Jake en haussant les épaules. Elle est canon, et je suis célibataire. Vous ne pouvez pas me reprocher d'avoir des yeux.

Il inclina sa bière vers la très jolie femme qui dansait au milieu de la piste. Il y avait d'autres filles dans le bar et sur la piste, mais tous les yeux étaient sur elle. Il y avait quelque chose dans la façon dont elle se mouvait, une grâce décontractée, et une attitude désinvolte qui donnait envie d'en savoir plus sur elle.

Jake n'était pas différent de tous ces types avec leurs yeux affamés sur elle.

— Eh bien, elle, elle n'est pas célibataire, on dirait, déclara Graham d'une voix traînante. Pour tout dire, elle a l'air très... prise.

Jake fit un doigt d'honneur à son frère tout en observant la fille enrouler une jambe autour de la hanche de son partenaire et se frotter contre lui. Bizarrement, vu le genre de bar dans lequel ils se trouvaient, elle était probablement la femme la plus couverte de l'assistance, et elle dansait de façon moins sexuelle que les autres. Quoi qu'il en soit, ça le fit gémir. Il aurait voulu que ce soit avec lui qu'elle danse comme cela.

— En parlant d'être pris, commença Jake. Où est ta femme ? Je croyais qu'elle devait venir, ce soir ?

Jake aimait bien Candace. Elle aimait son frère, et Graham avait toujours le sourire quand elle était dans les parages. D'après Jake, c'était bon signe.

— Elle voulait rester à la maison, dit Graham en haussant les épaules. Elle m'a dit de venir te surveiller.

Son grand frère sourit dans sa barbe en disant ça.

— Alors si c'est un ordre de ma femme...

Il laissa la fin de sa phrase en suspens, et Jake lui donna un coup dans le bras.

— Va te faire foutre.

— Non merci, j'ai une épouse charmante qui est partante pour ça à la maison. Je n'ai pas besoin de ton aide.

Owen ricana dans sa bière et secoua la tête.

— Je n'ai vraiment pas besoin d'avoir ce genre d'images en tête.

— Oh, toi et ta main êtes en train de vous séparer ? demanda Jake en évitant le coup de poing que lui balança Owen. Eh, fais gaffe. Ne nous fais pas virer d'ici. C'est mon bar préféré.

Owen leva les yeux au ciel.

— Tous les bars sont tes préférés.

Jake eut un grand sourire et inclina sa bière vers son frère.

— C'est vrai, mais elle se trouve dans celui-ci.

Il la désigna avec sa bière à nouveau.

— J'apprécie la vue.

Mais quand il se tourna vers la mystérieuse femme, il fronça les sourcils.

Un autre mec était arrivé derrière elle et, vu la tête du premier, ce n'était pas un inconnu. Mais quand le second type posa ses mains sur les hanches de la femme, ça partit en couille.

— Tu délires, Mark ? cracha la femme. Je te l'ai déjà dit : je ne vais pas me taper ton pote pour que tu nous mates.

Elle essaya de se dégager d'entre eux, mais les deux connards la tenaient bien.

Jake grinça des dents et reposa sa bière.

— Je reviens, grogna-t-il.

Graham gronda :

— On est avec toi.

— Personne n'a le droit de toucher une femme comme ça contre son gré, ajouta Owen.

Jake aimait appartenir à la famille Gallagher, mais il repoussa cette pensée et s'élança vers le trio sur la piste. Il n'y avait personne à part eux qui semblait prêt à intervenir. À vrai dire, certaines femmes semblaient heureuses de voir l'une des leurs dans cette situation. Bon sang, les gens et leurs petits esprits étriqués. Ce n'était pas parce qu'une fille aimait danser que ça voulait dire qu'elle avait envie de baiser. C'était aussi simple que ça.

Jake tendit la main et ouvrit la bouche pour parler, mais les mots se coincèrent dans sa gorge : la fille réagit bien plus vite qu'il ne l'aurait cru possible. D'un seul mouvement, elle donna un coup de coude dans le ventre du mec de derrière et un coup de genou dans les couilles de celui de devant. Les deux types se courbèrent en avant avec un gémissement de douleur, et elle entrechoqua leurs têtes l'une contre l'autre. Alors que Jake pensait qu'elle en avait fini, elle leur remit un coup dans les couilles.

— Non, ça veut dire non, enfoirés.

Là-dessus, elle balança ses cheveux par-dessus son épaule et fusilla la foule du regard avant de laisser ses yeux tomber sur Jake. Elle l'observa un moment, et il se força à laisser retomber ses poings. Elle haussa un sourcil avant de lui sourire.

Bon sang, elle était belle. Pas seulement canon et sexy, mais vraiment belle.

— Merci pour le coup de main, dit-elle sans sarcasme. Tu me paies un verre ?

Il cligna des yeux quelques fois avant de laisser un rire rauque lui échapper.

— Je peux faire ça, ma belle.

Il lui tendit la main, mais elle se contenta de lui sourire et passa devant lui en laissant les deux connards à terre se remettre doucement.

Jake relâcha son souffle et la suivit au bar où elle levait déjà deux doigts vers le barman. Il se glissa à son côté et remarqua qu'Owen et Graham s'étaient déplacés plus loin pour lui laisser un peu d'espace. Il adorait ses frères, des fois.

— Tu t'es bien défendue, dit-il avec autant de désinvolture que possible.

C'était difficile d'avoir l'air désinvolte alors qu'il bandait comme un taureau contre sa fermeture éclair.

— Jake Gallagher.

Elle sourit et lui tendit un shot de téquila. Il le prit et entre-choqua leurs verres. Aucun d'eux ne s'embêta avec le sel ou le citron vert : ils laissèrent l'alcool venir tapisser le fond de leur gorge.

— J'ai cinq frères et, genre, quatre-vingts cousins, dit-elle une fois qu'ils eurent fini leurs shots. Je sais me débrouiller.

Elle lui fit un clin d'œil.

— Maya Montgomery.

Maya. Le prénom lui plut. Il lui allait bien.

— Alors, Maya, je te demanderais bien ce qui amène une fille comme toi dans un endroit tel que celui-ci, mais c'est cliché, et vu que tu viens de foutre ces deux mecs au sol en trois secondes chrono, je pense qu'il vaut mieux que je trouve un truc plus intelligent.

Elle sourit à nouveau.

— Tu me plais, Jake Gallagher. Tu ne fais pas semblant, et pourtant, tu es élégant.

Elle fit taper l'anneau à sa langue contre ses dents.

— Ou en tout cas, tu penses être élégant.

Il serra sa main sur son cœur.

— Je suis blessé.

— Mais non. Tu étais en train de me mater pendant que je dansais, et le spectacle t'a plu. Et vu la belle bosse dans ton jean, carrément plu, même, je dirais.

Il ne baissa pas les yeux vers son pénis, mais c'était dur de s'en empêcher, sans mauvais jeu de mots.

— Tu ne te laisses pas faire, on dirait.

— Il faudrait déjà que j'en aie quelque chose à faire, répondit-elle simplement.

Elle leva à nouveau deux doigts en demandant :

— Encore un shot ?

Mais le barman avait déjà commencé à les servir.

Jake se passa la main sur sa barbe de trois jours.

— La téquila, ce n'est pas vraiment mon truc, répondit-il avec franchise. Et puis, avec la bière que j'ai prise avant, je vais me retrouver avec une gueule de bois abominable.

Maya eut un grand sourire.

— Alors j'ai intérêt à faire en sorte que ça en vaille le coup.

Jake observa son visage et s'empêcha de tendre la main pour la toucher.

— Je croyais que tu étais avec ce type, là.

Il avait peut-être envie d'elle, mais il n'était pas du genre à marcher sur les plates-bandes des autres. Il avait déjà assez de problèmes comme ça à la maison sans se rajouter des histoires de filles.

Elle secoua la tête.

— On est sortis quelques fois ensemble. Il est nul pour les cunnis.

Jake s'étouffa, mais elle se contenta de sourire.

— Il voulait ramener son pote. Bon, s'il avait été aussi bon au lit qu'il se l'imagine, j'aurais pu dire oui. Mais je ne faisais pas confiance à son pote. Et je suis sûre qu'ils ont envie l'un de l'autre mais qu'ils sont trop lâches pour l'admettre.

— Tu as un problème avec ça ?

Il espérait que non, puisqu'il était bisexuel.

Elle leva les mains.

— Tu déconnes ? Deux mecs ensemble, c'est super chaud. J'aime les hommes, et j'aime les hommes qui aiment les hommes. Ce que je n'aime pas, c'est quand deux mecs ont envie l'un de l'autre mais ne supportent pas l'idée qu'ils puissent être gays ou bis et veulent m'utiliser pour se retrouver au lit ensemble. Il y a certaines lignes que je refuse de franchir, et être la conne entre deux enfoirés en fait partie.

— Eh bien, c'est franc, finit-il par dire au bout d'un moment.

Cette soirée... cette soirée serait importante. Il le sentait.

— Alors... comment tu comptes faire en sorte que ça en vaille le coup ?

Elle se lécha les lèvres, et Jake déglutit, conscient que les choses commençaient à devenir intéressantes.

Jake fit remonter sa main le long de la cuisse de Maya, et elle se lécha la lèvre. Elle se cambra contre la porte, et il ne put s'empêcher de sourire. Il l'avait regardée danser, botter des culs, et voilà qu'elle était dans sa chambre, contre la porte et dans ses bras.

Il allait goûter le moindre centimètre carré d'elle comme il l'avait souhaité, et il allait la sauter jusqu'à ce qu'ils soient tous les deux hors d'haleine. Et puis il recommencerait parce qu'il bandait tellement qu'il aurait besoin de plus d'une fois pour se sentir rassasié. Probablement plus de deux ou trois, pour tout dire.

Maya lui *plaisait*. Elle le faisait rire, elle ne se laissait pas faire et elle était super canon. Il avait le sentiment que si les choses se passaient comme il le souhaitait, ce ne serait pas simplement une histoire d'une nuit. En tout cas il l'espérait.

— C'est quoi ce sourire ? demanda Maya.

Elle lécha son épaule et son cou, puis mordit doucement à la jointure des deux. Il gémit et se frotta contre elle pour que son pénis vienne appuyer contre la chaleur de son intimité. Ils avaient déjà retiré son tee-shirt à lui et leurs chaussures à tous les deux, mais il avait toujours son pantalon, et elle, malheureusement, portait encore sa jupe et son débardeur. Pour l'instant.

— J'étais en train de me dire que je pensais que ta peau aurait un goût délicieux et que j'avais raison.

C'était vrai, même si ce n'était pas l'entière vérité. Il ne voulait pas lui faire peur alors qu'il venait de la rencontrer. Ils avaient pris un taxi pour rentrer chez lui car ils avaient tous les deux trop bu et que, de toute façon, aucun d'eux n'avait de voiture. Ses frères étaient partis avant lui, ce qui voulait dire qu'il était tout seul avec Maya, chez lui, dans ses bras. C'était clairement une combinaison gagnante.

Maya incrusta ses seins contre son torse.

— J'en suis heureuse parce que je veux que ta langue vienne explorer la moindre parcelle de moi.

Elle haussa un sourcil.

— Tu piges ? Parce que je t'ai déjà dit qu'un type qui ne sait pas faire les cunnis, c'est mort pour moi.

Il gronda et la poussa plus fort contre la porte. Il bloqua ses poignets au-dessus de sa tête d'une main et maintint ses fesses de l'autre.

— Ne parle pas d'un autre mec alors que je suis sur le point de te baiser. Et pour les cunnis ? Je vais te bouffer la chatte jusqu'à ce que tu jouisses sur mon visage, puis je vais continuer jusqu'à ce que tu me supplies d'arrêter et de te mettre ma queue. Qu'est-ce que tu en dis ?

Elle se balança contre lui, les jambes enroulées autour de sa taille.

— J'en dis que tu parles beaucoup. Tu ferais mieux d'utiliser ta bouche pour faire quelque chose d'utile, à la place.

Elle s'interrompit et inclina la tête.

— Oh, et si tu as besoin d'aide, je te dirai *exactement* où il faut que tu mettes ta langue. Alors j'espère que tu sais suivre des instructions.

Il lui fallut un instant pour retrouver ses moyens car il était à deux secondes d'éjaculer dans son caleçon, comme un ado. Dès qu'il eut repris sa respiration, il écrasa sa bouche sur la sienne, il avait besoin de la goûter. Sa langue glissa contre la sienne, et elle se retira en mordant sa lèvre. Il gronda et l'embrassa à nouveau en utilisant ses hanches pour la maintenir en place afin de pouvoir utiliser sa main libre pour toucher sa poitrine.

— J'aime tes seins, haleta-t-il. Ils débordent de mes mains, ils pointent, super tentants. Je me demande de quelle couleur sont tes mamelons.

Encore un peu ivre de l'alcool et du goût de cette fille, il savait qu'ils auraient dû ralentir, mais il ne comptait pas le faire. Ils avaient tous les deux envie de cela, et bon sang, s'il était franc, il en avait *besoin*.

— Et si tu allais voir par toi-même ?

Elle gigota, et il recula pour la laisser retomber sur ses pieds. Il défit lentement son haut dans son dos et le laissa tomber par terre. Bien sûr, elle ne portait pas de soutien-gorge ; les dieux des bars l'avaient béni, ce soir-là. Ses tétons étaient d'un rose sombre, assez larges sur ses seins volumineux, et très durs.

Jake se pencha et prit l'un d'eux dans sa bouche tout en serrant son autre sein dans sa main libre. Maya posa la main derrière sa tête et le rapprocha encore.

— Plus fort, haleta-t-elle en enfonçant ses ongles dans son cuir chevelu.

Il fit ce qu'elle demandait et laissa sa main descendre sur son ventre et sa jupe avant de remonter, cette fois sous le tissu. Quand ses doigts effleurèrent sa culotte humide, un gémissement leur échappa à tous les deux. Il passa à son autre sein et fit glisser son sous-vêtement de côté, désireux de la sentir sous ses doigts.

— Jake, souffla-t-elle en donnant un coup de bassin contre sa main.

Il caressa doucement son clitoris avant de la pénétrer de deux doigts.

— Putain, gronda-t-il. Tu es trempée, ma belle. Tu as envie de moi à ce point-là ?

— Bouge, Jake, rétorqua-t-elle. Fais-moi jouir avant que je le fasse toute seule.

Il prit ça comme un défi et se mit à aller et venir sans douceur avec ses doigts. Elle rejeta la tête en arrière ce qui fit ressortir ses seins vers lui. En souriant devant sa bonne fortune, il prit son téton entre ses dents et mordit.

Elle jouit et se contracta autour de ses doigts en criant son nom, balançant ses hanches jusqu'à ce qu'elle se mette à trembler. Il fit passer sa main sur son dos nu et jusqu'à son visage afin de l'attirer à lui pour un baiser. Elle l'embrassa comme si elle ne pouvait être rassasiée de lui, et il ne pouvait rien dire, car c'était pareil pour lui. Quand il ressortit la main de sous sa jupe et se lécha les doigts, elle sourit.

— Moi aussi, j'ai envie de lécher quelque chose, dit-elle doucement avec une lueur dangereuse dans le regard.

— Oh vraiment ?

Il la laissa tomber à genoux devant lui et déglutit quand elle défit le bouton de son jean. Il passa la main dans ses cheveux, et elle lui sourit en le regardant avant de lécher sa verge sur toute sa longueur. Ce satané piercing à la langue serait sa perte.

Il frissonna et dut s'ordonner de ne pas jouir immédiatement.

— Seigneur, ce que c'est bon de te voir comme ça, dit-il avec franchise.

— À genoux ? demanda-t-elle, ironique.

— Avec ma queue dans ta main. Je suis sûr que tu aimeras la tête que j'aurai quand tu chevaucheras mon visage.

Elle rit avant de lentement sucer ses bourses. Il déglutit et essaya de garder les yeux ouverts. Il ne voulait rien manquer de ce spectacle. Quand elle lécha le bout de son sexe, il gémit.

— Tu as exactement le goût que j'imaginais, dit-elle, répétant presque ce qu'il lui avait dit précédemment.

— Ah oui ? Ça te plaît ?

— Mmh mmh. Maintenant, laisse-moi faire.

Elle l'avala, le prenant aussi loin que possible. Elle utilisa ses mains sur la partie qui ne rentrait pas. Elle le stimulait avec son anneau tout en suçant.

Il donna un coup de bassin, incapable de se contenir, mais quand elle fit « mmh » contre sa peau, il sut que ça lui plaisait. Elle caressa ses bourses d'une main et passa l'autre derrière ses fesses pour faire courir ses doigts le long de sa raie. Comme il avait toujours son jean autour des jambes, il ne pouvait pas les écarter autant qu'il l'aurait souhaité, mais il avait envie de ses mains sur elle, il voulait *tout* ce qu'elle pouvait lui donner.

Ses reins se mirent à picoter, ses bourses se contractèrent, et il sut qu'il n'allait pas pouvoir se retenir plus longtemps.

— Je vais jouir, ma belle. Dis-moi où.

Elle le regarda avec ses grands yeux, super sexy. Comme elle ne se retirait pas, mais au lieu de ça, ouvrait la bouche plus grand, il se sentit tomber amoureux. Le premier jet frappa sa langue, et il rugit son nom, tremblant sous l'effet de son orgasme.

Il était sur le point de se pencher pour la relever et l'embrasser à nouveau avant de passer au cunni quand quelqu'un frappa à la porte avec son poing.

— Je rêve ? demanda Maya en se redressant sur des jambes tremblantes.

Jake fronça les sourcils et posa la main sur sa hanche.

— Jake ! appela Graham. Ramène-toi. Murphy est tombé dans les vapes. Habille-toi, dis au revoir à la fille et viens à la voiture. Désolé de vous interrompre, hein, mais tu répondais pas au téléphone.

Jake poussa un juron, tremblant désormais pour une tout autre raison.

— Merde.

Maya lui jeta un regard interrogatif alors même qu'elle l'aidait à refermer son pantalon en y faisant rentrer son sexe encore durci, humide de salive. Il vit son regard plein de questions et comprit qu'il fallait qu'il lui en dise un minimum.

— Murphy est notre plus jeune frère, dit-il alors qu'il relaçait le haut qu'elle portait. Il suit une chimiothérapie en ce moment, mais on pensait que ça allait.

La peur traça un chemin le long de sa colonne vertébrale et s'installa dans ses entrailles.

— C'était censé aller.

Des larmes emplirent les yeux de Maya, mais elle ne les laissa pas tomber. Elle l'embrassa doucement et tapota son torse.

— Je vais appeler un taxi. Va rejoindre ton frère. La famille, c'est important.

Elle lui adressa un sourire triste.

— Viens me trouver à Montgomery Ink, le studio de tatouage au 16 Street Mall quand tu seras prêt. Si tu veux.

Elle marqua une pause.

— J'espère que ça va aller pour ton frère.

Là-dessus, elle ouvrit la porte et passa devant un Graham au regard éberlué avant de quitter l'appartement de Jake, et sa vie.

~

Trois mois plus tard.

Jake contemplait l'enseigne de Montgomery Ink, les mains dans les poches et le cœur un peu lourd, en train de se demander s'il n'était pas sur le point de commettre une nouvelle erreur. Cela faisait trois mois qu'il avait laissé Maya partir et que sa vie était partie à vau-l'eau. Et voilà qu'il était là, la barbe mal taillée et l'impression d'avoir dix ans de plus sur les épaules.

Murphy avait failli mourir, cette nuit-là, et Jake ne savait pas ce qu'il aurait fait si son petit frère ne s'en était pas sorti. À l'heure actuelle, il n'était toujours pas sorti d'affaire mais il était stable, et il fallait que Jake sorte un peu de chez lui et de ce foutu hôpital. Maya lui avait dit de venir à Montgomery Ink quand il pourrait, et c'était la première fois qu'il en était capable, pas seulement physiquement, mais également sur le plan mental.

Comme ça s'appelait Montgomery, il supposait que sa famille en était propriétaire, ou carrément Maya. Il aimait l'idée qu'elle ait sa propre affaire et savait qu'elle serait douée pour la gérer et faire tout ce qui s'y rapportait. Elle était douée pour tellement de choses.

Il espérait simplement ne pas arriver trop tard.

Dès qu'il entra dans le bâtiment, il fut assailli par du rock, des rires et des bruits de conversations. Une fille se tenait au bureau à l'entrée, en train de tapoter un carnet avec son crayon tandis qu'elle lisait un manuel. Il y avait au moins huit postes de travail dans le bâtiment, ainsi qu'une porte qui devait conduire à un bureau et une autre à des toilettes au fond.

C'était *cool*.

Tout en rose et noir avec des dessins sur les murs qui démontraient le talent de leurs auteurs. Il en reconnut certains comme étant le fruit du travail de la personne qui avait fait les tatouages de Maya. Il n'avait passé qu'une nuit avec elle, mais il connaissait sa peau aussi bien que la sienne. Il s'en souvenait avec netteté. Il n'aurait pas qualifié ça d'obsession, mais on n'en était pas loin.

— Jake ?

Il releva la tête en entendant sa voix et se figea. Elle se tenait à l'un des postes de travail, avec un grand sourire, mais de l'inquiétude dans le regard, et les bras d'un autre homme autour de sa taille. À voir la façon possessive dont il la tenait, Jake comprit que ce mec n'était pas un de ses frères ou innombrables cousins.

Il arrivait trop tard.

Une fois encore.

Il repoussa cette pensée ainsi que la douleur dans son ventre et afficha un sourire. Il espérait simplement qu'elle n'était pas capable de lire en lui. Si c'était le cas, elle verrait à quel point ce sourire était faux.

— Salut, Maya, dit-il d'une voix bourrue.

Il se racla la gorge et essaya de prendre un air décontracté.

— C'est sympa ici.

Elle rayonna et tapota le bras du type qui la tenait. Comme il ne la lâchait pas, elle le fusilla du regard et se détacha de lui. Elle avança jusqu'à Jake et lui donna un coup de poing dans l'épaule.

— Il t'en a fallu du temps, pour te pointer, dit-elle avec un sourire tout en l'observant. Murphy, ça va ?

Elle prononça la dernière phrase à mi-voix, comme si elle avait peur de la réponse. Jake hocha la tête.

— Maintenant oui. J'ai mis du temps à venir parce que... eh bien... parce que.

Maya lui adressa un sourire triste et hocha la tête à son tour.

— Eh bien, te voilà. Bienvenu dans mon studio.

— Notre studio, corrigea un grand barbu qui avait les mêmes yeux que Maya, installé à un autre poste de travail.

— Ça, c'est mon frère, Austin, dit Maya en lui adressant un doigt d'honneur. On a ouvert récemment, mais je crois qu'on s'en sort bien. Alors, qu'est-ce que tu en penses ?

Il croisa son regard et il sut que s'il s'en allait maintenant, il ne la reverrait jamais. S'il ne restait pas pour lui parler, elle sortirait de sa vie pour de bon, et Jake n'était pas sûr de pouvoir le supporter.

— C'est... vraiment génial, Maya, dit-il sincèrement.

— Bébé, je croyais qu'on devait déjeuner ensemble, grommela le type qui la tenait dans ses bras quand il était arrivé.

Maya leva les yeux au ciel.

— Mon petit ami, Franklin, dit-elle lentement, comme pour s'assurer que Jake la comprenait.

Oui, il la comprenait très bien.

Il retint un soupir.

— Si vous étiez sur le point de sortir, je ne vais pas vous retenir.

Il fourra ses mains dans ses poches.

— Je voulais simplement passer dire bonjour et peut-être me faire un tatouage.

Il n'était pas venu pour ça, mais il n'aurait pas dit non à une œuvre des Montgomery.

— Un tatouage ? demanda Austin. On a de la place sans

rendez-vous dans un moment. Pourquoi tu ne me dis pas ce que tu voudrais ?

Maya fit un nouveau doigt d'honneur à son frère.

— Nan. Si quelqu'un doit poser son encre sur Jake, c'est moi. Tu ne le touches pas, déclara-t-elle par-dessus son épaule avant de lever le doigt vers Jake. Réfléchis à ce que tu veux. Je reviens tout de suite.

Elle rejoignit son petit ami d'une démarche légère et lui dit quelques mots. Quand Franklin lui tapota les fesses, Jake tourna son attention sur les livres posés sur la table à côté de lui. Il n'eut besoin d'attendre que quelques minutes avant que le type ne parte et que Maya vienne lui sourire.

— On est OK ? demanda-t-elle.

Jake croisa son regard.

— Oui.

Elle poussa un soupir soulagé.

— Tant mieux, parce que je t'aime bien, Jake, et je pense que tu pourrais trouver ta place ici. Maintenant, dis-moi ce à quoi tu pensais comme tatouage.

Elle l'entraîna vers son poste, et il la laissa l'y mener.

Il appréciait réellement Maya et il n'avait pas envie de partir et de ne jamais la revoir. Il pouvait être ami avec elle et s'en contenter. Ils se correspondaient, et si c'était tout ce qu'il pouvait obtenir... eh bien, ça lui allait. Parce qu'il n'y avait qu'une seule Maya Montgomery en ce monde, et Jake ne comptait pas la perdre.

Et un jour, il arrêterait de se mettre à bander chaque fois qu'il la voyait.

L'amitié, ça lui convenait. L'amitié, ça durait bien plus longtemps que le sexe.

CHAPITRE DEUX

TREIZE ANS plus tard

— Ça suffit, je vais le réduire en miettes, cracha Maya Montgomery en se levant.

Elle fit rouler sa nuque et craquer les jointures de ses doigts. Elle n'était plus aussi jeune qu'à une époque, mais elle pouvait toujours botter les fesses d'un mec qui faisait deux fois sa taille.

Callie leva les mains, les yeux écarquillés. Son amie et collègue tatoueuse secoua la tête, visiblement désireuse de calmer Maya. Elle pouvait toujours essayer.

— Maya, ne le tue pas, supplia Callie.

Maya inclina la tête vers son amie.

— Pourquoi ? Ce connard vient de te peloter le cul. Il faut que je le retrouve pour lui botter le sien. Et je n'ai jamais parlé de le tuer. C'est salissant, et ça fait trop de paperasse.

Callie se contenta de secouer la tête et posa la main sur son ventre.

— Fais-le pour le bébé.

Maya étrécit les yeux.

— Tu es, genre, enceinte de six minutes. Tu n'as pas encore le droit d'utiliser cette excuse.

— Je suis enceinte de six *semaines* et j'ai le droit d'utiliser cette excuse autant que je le veux. Je suis obligée d'arrêter l'alcool, le poisson et d'autres trucs, et puis je n'ai pas le droit de me teindre les cheveux, alors oui, il faut bien qu'il y ait des compensations.

Elle grimaça et se frotta le ventre.

— Enfin, ce n'est pas une excuse. Bon sang ! Tu viens de me forcer à utiliser mon bébé pour te manipuler. Tu es absolument démoniaque.

Maya soupira.

— Je n'ai rien à voir avec ça. Tu t'en sors très bien toute seule, niveau démoniaque. Ça doit être les hormones.

Callie se contenta de secouer ses cheveux sombres et fit un doigt d'honneur à Maya.

— J'ai hâte de te voir enceinte, Maya. Parce que c'est toi qui deviendras folle. Je veux dire, franchement, tu es déjà un peu tarée à la base.

Maya ignora la façon dont son cœur se serra (*aïe*) à l'idée d'être enceinte et elle ricana.

— Je vois très bien ce que tu essaies de faire. Tu me retiens ici pour m'empêcher de rattraper ce connard et sa petite bande de minables. Je le retrouverai, Callie. Je mets toujours la main sur les mecs que je veux.

C'était un mensonge, mais pour une raison bien différente. Maya pinça les lèvres et fit taper le piercing à sa langue contre son palais. Ce n'était pas la peine d'y penser, de penser à *lui*. Il n'y avait *rien* de toute façon. Elle était Maya Montgomery, bon sang, et elle s'en sortirait.

Merci bien.

— Assieds-toi et finis ton croquis afin d'être prête pour ton prochain client, dit Callie d'une voix douce. Le connard qui a osé *me* peloter est sorti d'ici sans tatouage et sans rien. Je ne lui ai pas cassé les doigts, alors ce n'est pas pour que tu le fasses. Rappelle-toi, Maya, je peux me défendre toute seule.

— Ce n'est pas ce que pense Morgan.

Morgan était le Dom et le mari de Callie. Il avait quelques années de plus que Maya et une encore plus grosse différence d'âge avec Callie, pourtant ils allaient parfaitement ensemble.

— Morgan sait que je peux me défendre toute seule, dit Callie avec un sourire. Il sait que si j'ai besoin d'aide, je ferai appel à lui : super canon, trop fort. Et puis on rentrera à la maison faire l'amour.

Même si elle les adorait tous les deux, Maya n'avait pas envie d'avoir des images de Morgan et Callie en train de s'envoyer en l'air dans la tête, alors elle repoussa ces pensées et se jeta sur son fauteuil dans le coin de son poste de travail. Elle savait qu'elle se conduisait comme une gamine immature, mais elle ne pouvait pas s'en empêcher. Elle était d'une sale humeur.

— Très bien. Je reste ici et je dessine.

— Genre, comme si c'était ton boulot ? demanda Austin d'une voix traînante en marchant dans le studio.

Enfin, marcher n'était pas le bon mot : il se déplaçait d'une démarche féline. Comme les autres frères Montgomery : ils fonçaient, bondissaient ou allongeaient le pas. Un Montgomery ne marchait simplement pas. Même les sœurs de Maya se déplaçaient comme les garçons quand elles le voulaient : avec détermination.

Maya, par contre, devait donner l'impression de piétiner quand elle ne faisait pas attention à rouler des hanches pour se donner une allure nonchalante.

Et *pourquoi* est-ce qu'elle se faisait un monologue sur la façon de marcher des gens au lieu de faire attention à ce qui se passait dans le studio ? Mystère. Non, c'était un mensonge. Elle savait pourquoi elle laissait ses pensées se perdre sur n'importe quoi. Comme ça, elle ne pensait pas à ce qui était important.

Comme le fait qu'elle était en train de tomber amoureuse, ou plutôt, qu'elle *était* amoureuse, de son meilleur ami.

Non.

Elle ne voulait pas y penser.

Tout allait bien.

Maya allait bien.

Elle continuerait à se le répéter. Que ça allait. Qu'elle s'en sortait. Parce qu'il n'y avait pas d'autre option. Il fallait qu'elle surmonte cette folie et poursuive sa journée. Peut-être qu'elle sortirait et se ferait sauter, et tout reviendrait à la normale. Elle aimait la norme. En tout cas, ce qui était la norme pour elle.

— Maya ?

La voix d'Austin perça le brouillard de ces pensées qui tournaient en boucle, et elle secoua la tête.

— Quoi ?

— Qu'est-ce qui t'arrive en ce moment ? demanda son grand frère.

Il se laissa tomber sur le siège de Maya et passa une main dans sa barbe épaisse.

— Tu n'es pas toi-même, ces dernières semaines. Est-ce que c'est à cause d'Alex ?

Il avait baissé la voix, et elle ne put retenir les larmes qui lui montèrent aux yeux. C'était pénible que ses glandes lacrymales se déchaînent chaque fois qu'elle pensait à Alex. Elle détestait ne pas être capable de mieux se contrôler. Leur frère était en désintox depuis quelques mois maintenant et allait bientôt sortir. Il avait essayé de se tuer à petit feu en buvant, et non seulement il s'était fait du mal à lui-même, mais aussi à d'autres membres de la famille. C'était Jake et elle qui l'avaient emmené en désintox et, heureusement, Alex avait accepté d'y rester. Elle ne savait pas ce qui le tourmentait, mais elle était heureuse qu'il reçoive l'aide dont il avait besoin. Ou en tout cas qu'il essaie.

Cependant, même si savoir qu'elle avait été incapable d'aider son frère lui faisait mal, ce n'était pas ça qui la mettait dans tous ses états. Mais elle ne pouvait pas le dire à Austin. Elle ne pouvait pas non plus carrément mentir quant à Alex. Ils s'étaient tous promis d'être honnêtes par rapport à lui et aux problèmes que soulevait sa maladie.

— Je suis heureuse qu'Alex rentre à la maison, répondit-elle sincèrement.

Elle tendit la main et la posa sur le genou d'Austin. Le muscle se tendit sous sa peau un instant avant de se détendre légèrement.

— Il faut qu'il rentre à la maison, et je pense que ça lui fera du bien de nous voir.

Elle s'interrompit.

— Du moins, je l'espère. Est-ce qu'on fait ce qu'il faut ?

Austin soupira.

— Tu veux dire, le laisser sortir ? Parce que ce n'est pas de notre ressort : techniquement, il est entré en cure de façon volontaire. Et puis, je ne pense pas avoir envie d'être celui qui le forcerait à rester. Bon sang, je n'ai envie de voir aucun de nous dans cette position. Il a refusé de nous voir tout du long, donc je n'ai aucune idée de ce qu'il va se passer. Ce que je sais, c'est que j'aime notre frère et que je ne compte pas le laisser tomber.

Il ferma les yeux.

— Et je ne compte pas non plus le laisser faire du mal à mes gosses.

Maya renifla et serra le genou d'Austin avant de reculer. Peut-être que celui-ci laissait apparaître quelques-unes de ses émotions et que les étreintes ne le dérangeaient pas, mais elle savait quand il avait besoin d'espace.

— L'ancien Alex ne leur aurait jamais fait de mal. Je sais que quand il sortira, il ne sera plus l'Alex qu'il était avant de se mettre à boire. Mais avec un peu de chance, il ne sera pas non plus l'homme qu'il était pendant qu'il buvait.

Austin resta silencieux quelques instants avant de hocher légèrement la tête.

— Il ne nous reste qu'à attendre et voir venir. Et pour ta gouverne, je sais que tu as choisi ce sujet de conversation parce que tu me caches quelque chose. Mais je vais être sympa, en tout cas aussi sympa que je puisse l'être, et te foutre la paix. Pour le moment.

Il étrécit les yeux un instant, et elle fit de son mieux pour garder une expression neutre. Ce n'était pas facile car les membres de sa famille étaient capables de la percer à jour sans avoir à se donner de mal pour ça. Elle faisait de même avec eux, cela dit.

Là-dessus, son grand frère retourna à son poste de travail de sa démarche décidée et commença à se préparer pour son client suivant. Maya laissa le soupir qu'elle avait retenu jusque-là lui échapper et se renfonça dans son fauteuil.

Elle ne pourrait pas cacher son mal-être bien plus long-temps. Pour être franche, elle ne le cachait pas très bien de base. Sa famille avait toujours été douée pour lire ses émotions, puisqu'elle n'avait jamais vraiment essayé de les cacher. Il n'y avait pas de raison de le faire, en général. Plus elle était ouverte sur ce qu'elle ressentait, mieux elle se sentait, et plus elle était à même d'aider sa famille.

Jake, cependant, était capable de lire en elle mieux que quiconque.

Il était son meilleur ami, sa moitié pour tout ce qui comp-tait. À part le jour où ils s'étaient rencontrés, ils ne s'étaient jamais embrassés, n'avaient jamais rien partagé d'autre que des étreintes chastes ou des câlins tranquilles en regardant un film ou après une longue journée. Elle avait repoussé de son esprit tout ce qui concernait leur première nuit, la façon dont elle l'avait sucé et celle dont il l'avait fait jouir comme un dieu. Ce n'aurait pas été une bonne idée de garder ces souvenirs vivaces alors qu'elle sortait avec Franklin et que c'était plus ou moins sérieux entre eux. Et puis, franchement, elle avait voulu être amie avec Jake. Ça, c'était fait avec une facilité déconcertante, et elle n'aurait changé ça pour rien au monde.

Sauf que maintenant, son satané cœur la rendait dingue.

Parce que Jake était en train de tomber amoureux d'Holly. L'adorable et charmante Holly qui ne collait pas du tout avec les Montgomery, mais qui semblait très bien correspondre à Jake. Elle était légère et lumineuse, là où Maya était sombre et taciturne. Si Holly n'avait pas été qui elle était, si elle avait eu ne serait-ce qu'une once de sournoiserie, Maya l'aurait détestée. Mais le fait était que Holly était *heureuse* que Maya et Jake soient amis. Elle voulait être amie avec Maya aussi, mais semblait comprendre qu'il y aurait toujours un lien spécial entre Jake et Maya.

Sauf que ce lien avait changé pour Maya, et ça ne lui plaisait pas. Elle *détestait* ça. Elle avait envie de revenir en arrière, quand Jake était son meilleur ami. Elle voulait que sa famille se remette à blaguer sur le fait que Jake et elle devraient coucher ensemble pour mettre fin à la tension sexuelle entre eux, afin qu'elle puisse les envoyer chier. Elle n'aimait pas cette nouvelle version d'elle-même et tout le mal-être que ça impliquait.

Si elle ne se changeait pas les idées, elle allait se retrouver avec un nouveau mal de crâne, alors elle se força à évacuer tout ce qui concernait Holly et Jake de sa tête. Elle saisit son bloc de dessin et se mit à travailler sur le gros tatouage qu'elle devait faire cet après-midi.

Montgomery Ink avait huit postes de travail, mais seulement quatre artistes à plein temps. Sloane, Callie, Austin et

Maya travaillaient cinq jours dans la semaine avec une rotation pour que le studio soit ouvert tous les jours. Ils avaient quelques artistes invités qui venaient quand ils étaient dans le coin et d'autres qui travaillaient à temps partiel. Et, enfin, après des années à passer d'une réceptionniste à une autre, ils avaient embauché Autumn à ce poste, et elle se chargeait de les faire marcher à la baguette. Autumn filait le parfait amour avec Griffin, le frère de Maya, si bien que tout ça restait en famille, en fin de compte.

Maya étrécit les yeux en regardant le poste de travail du fond. Elle fronça les sourcils. Avec tout ça, ils n'avaient jamais plus de six ou sept tatoueurs en même temps dans le studio. Même s'ils embauchaient une autre personne à plein temps comme elle en avait parlé avec Austin, ils ne seraient tout de même pas au maximum de leurs capacités. Mais même si elle aurait adoré embaucher deux ou trois temps plein en plus, elle n'était pas sûre de pouvoir gérer autant de monde. Montgomery Ink était florissant et aurait pu se le permettre, mais elle aimait le fait que, même s'ils avaient le temps de prendre des gens sans rendez-vous de temps en temps, ils étaient quand même assez sélect.

Il fallait qu'ils fassent quelque chose avec le poste de travail du fond. Soit en faire un autre bureau, soit un petit salon où les clients pourraient se reposer. Elle soupira et essaya de se le représenter, mais elle n'y parvenait pas tout à fait. Elle poussa un autre soupir et jura quand son soutien-gorge s'enfonça dans sa chair. La baleine s'était brisée dans un craquement audible, et elle était à peu près sûre que ça l'avait fait saigner. La saloperie. Au diable les soutiens-gorges et au diable les seins.

Elle se tortilla en essayant de faire en sorte que ça ne perce pas davantage sa peau. Elle se figea.

Un perceur.

Il leur fallait un perceur.

— Austin ! appela-t-elle en plongeant la main vers son soutien-gorge.

Elle fit sortir la baleine cassée et l'agita vers son frère. Il leva la main et ferma les yeux.

— Je n'avais pas besoin de voir ça. On n'est pas si proches que ça.

— Oh, la ferme. Ce n'est pas pour ça que je te fais venir.

Elle pointa vers le poste de travail dans le coin avec la baleine.

— J'ai une idée.

— Et quel est le rapport avec tes nichons ?

Elle leva les yeux au ciel et jeta le morceau de métal dans la corbeille.

— Tu sais qu'on essayait de trouver quoi faire avec ce poste de travail ?

Austin hocha la tête, le regard hésitant.

— Et ?

— Pourquoi on n'embaucherait pas un perceur ?

Il fronça les sourcils.

— Ça va demander d'autres licences et de la paperasse. Et puis revoir la structure du bâtiment parce qu'on ne peut pas avoir un perceur au milieu du studio comme ça. Il faudrait un espace fermé avec une vraie porte, pas simplement des rideaux comme on a fait jusqu'à maintenant. Sans mentionner qu'il faudrait qu'on trouve quelqu'un pour travailler avec nous.

Maya agita la main.

— Et ? On est des Montgomery, et il se trouve qu'on a une boîte de BTP dans la famille. On peut gérer tout le reste. Et puis, je me dis que ce serait pas mal de mettre un autre poste de tatouage dans le fond pour avoir un espace fermé qu'on pour-rait occuper à tour de rôle. Comme ça, ce serait plus facile pour les gens qui ont besoin d'intimité sans qu'on ait besoin d'ins-taller les paravents. C'est une super idée, Austin.

— C'est ton idée, alors forcément que tu la trouves super.

Elle lui fit un doigt d'honneur, mais il sourit quand même.

— Alors ?

— Alors je pense qu'on devrait y réfléchir encore, mais ça me plaît.

Elle sourit, satisfaite. Elle aimait quand Austin voyait les choses à sa façon. La meilleure façon. Et même si elle n'était pas du genre à se laisser faire et qu'elle avait tendance à agir avec un peu plus d'effronterie que les autres, elle voulait avoir l'approbation de son frère. Il était l'aîné des huit Montgomery de ce côté de la famille. Il avait participé à leur éducation dans les limites acceptées par leurs parents. Harry et Marie Montgomery avaient su tous les élever à eux deux et n'avaient laissé Austin les aider que de façon minimale.

C'était probablement pour cela qu'ils étaient tous si proches et pour cela que, quand son père était tombé malade, son monde avait failli s'effondrer. Elle ferma les yeux et prit une grande inspiration. Mais avant qu'elle puisse se ressaisir, Austin passa son bras autour de ses épaules et l'attira contre lui.

— Qu'est-ce qui ne va pas ?

Il l'embrassa sur le front.

— Pour de vrai, cette fois.

— Je pensais à papa.

Elle pouvait être complètement franche à ce sujet. Certains hommes auraient peut-être cherché à se tenir à l'écart de ce genre d'émotions, mais Austin n'était pas comme ça. Pour tout dire, c'était lui qui avait le plus mal vécu le cancer de leur père. Son grand frère voulait toujours régler les problèmes de tout le monde, et quand un problème était trop grand pour lui... eh bien, ce n'était pas quelque chose qu'il savait gérer.

Maya n'était pas tout à fait pareille, mais elle avait besoin de tout savoir sur leur famille. Elle avait besoin de s'assurer qu'elle savait tout ce qui n'allait pas dans son entourage pour pouvoir apporter son aide. Et si elle ne pouvait pas aider elle-même, elle se débrouillait pour qu'Austin ou sa grande sœur Meghan s'en charge. Les autres trouvaient peut-être qu'elle était cancanière, notamment sa sœur Miranda et son beau-frère Decker, depuis un certain incident, mais elle voulait simplement aider comme elle le pouvait.

Et *pourquoi* elle se plongeait soudain dans l'introspection, elle n'en savait rien. Peut-être que la baleine de son soutien-gorge l'avait fait tourner bizarre.

Austin la serra contre lui et l'embrassa à nouveau sur le front.

— Tu veux en parler ? Je sais qu'il est en bonne santé maintenant, en rémission, mais ça nous a vraiment foutu la trouille, à un moment.

Elle secoua la tête alors que Callie arrivait derrière elle et la serrait dans ses bras. Callie n'était pas une Montgomery, mais elle faisait partie de la famille. Quand Sloane entra dans le studio il les vit, et haussa un sourcil avant de poser son sac pour les rejoindre et la serrer dans ses bras à son tour.

Ils se tinrent comme ça tous les quatre, en une étreinte géante, sans parler. Maya aurait pu trouver ça bizarre, bon, d'accord, c'était bizarre, mais elle avait besoin de cet instant. Elle n'avait pas compris à quel point jusqu'à maintenant.

Sloane se racla la gorge.

— Ce n'est pas que ça me dérange de vous faire des câlins, hein, mais vous voulez bien m'expliquer ce qu'on est en train de faire ?

Austin ricana.

— Je sais pas, mon vieux. On était tranquille nous. C'est toi qui as les mains baladeuses.

Sloane haussa et abaissa ses sourcils d'un air suggestif avant de tendre la main pour la poser sur les fesses d'Austin, quelque chose qu'il n'aurait jamais fait avant de commencer à sortir avec leur amie Hailey. Maya et Callie se mirent aussitôt hors de portée des deux hommes tandis qu'ils commençaient à se donner des petits coups pour rire. Heureusement, il était encore trop tôt pour qu'il y ait des clients alors Maya pouvait profiter de la façon dont leur famille de cœur à Montgomery Ink interagissait. Elle avait peut-être une très grande famille de base, mais il y avait toujours de la place pour plus. Entre Callie, Sloane, leurs partenaires, les partenaires de ses frères et sœurs, ses cousins et Jake, il y avait tellement de gens dans sa vie qu'il lui était difficile de se sentir seule.

Difficile, mais pas impossible.

La sonnette au-dessus de la porte retentit. Maya jeta un regard derrière Callie et se retrouva à devoir coller un sourire sur son visage. Bon sang. Il fallait qu'elle se reprenne et qu'elle passe outre *ce truc* parce qu'elle refusait de perdre son meilleur ami et ce qui faisait la normalité de sa vie.

— Jake ! appela-t-elle. Tu crois que tu peux calmer ces crétins ?

Jake pouffa de rire, et ce fut à cet instant que Maya se rendit compte qu'il n'était pas seul. C'était rare qu'il le soit, ces temps-ci.

Holly fit un signe de la main et se mordit la lèvre comme si elle retenait un rire. Si Maya n'avait pas été une Montgomery et si Holly n'avait pas été si gentille, elle aurait détesté cette fille parfaite. Toute blonde, toute mignonne, et pas un seul tatouage en vue. Mais elle faisait sourire Jake, alors il allait simplement falloir qu'elle s'y fasse.

— Je reviens tout de suite, mon cœur, dit Jake avant d'embrasser rapidement Holly et de se joindre à la mêlée.

Il évita un faux coup de poing de la part d'Austin et donna un coup d'épaule dans le ventre de Sloane. Heureusement, ils se tenaient à l'écart des postes de travail, mais s'ils n'arrêtaient pas très vite, Maya allait devoir s'en mêler.

Elle se sentait toujours mal de l'avoir entendu appeler Holly « mon cœur », mais elle contourna les trois mecs qui avaient décidément trop de temps libre et avança jusqu'à la jeune femme.

— Salut, ça va ? demanda-t-elle.

Et voilà : détendue. Tout allait bien. C'était la copine de son meilleur ami, et tout allait *bien*. Jake n'avait pas fait vœu de célibat au cours de toutes ces années où ils avaient été amis, et elle certainement pas non plus. Ce n'était pas la première fois qu'il sortait avec une fille ou un garçon.

Mais c'était la première fois que c'était aussi sérieux.

Et ça suffisait.

— Salut, Maya, dit Holly avec un sourire.

Elle était tellement *gentille*. Mais pas faussement gentille. Non, comme quelqu'un qui s'inquiétait sérieusement des autres. Maya s'inquiétait des autres également, mais elle aimait aussi jurer et baiser.

— Jake voulait me montrer cet endroit vu que je n'étais jamais venue.

Elle regarda autour d'elle, les yeux un peu écarquillés.

— *J'adore* le rose vif avec le noir. Ça te ressemble vraiment.

Maya haussa les sourcils.

— Je suis rose vif ?

— Ben, oui. Ce n'est pas pastel, mais c'est quand même féminin. Y a un petit côté rock star et sexy à la fois. Et puis, le noir l'équilibre tout en le faisant ressortir. Alors c'est totalement toi. C'est chouette qu'Austin t'ait laissée choisir les couleurs.

Maya cligna des yeux, un peu perturbée par la façon dont Holly lisait en elle.

— Austin n'a pas eu le choix, mais je crois que ça lui est assez égal, au fond, dit-elle en haussant les épaules. Ça fait plus de dix ans qu'on tourne autour de cette palette, on n'a pas beaucoup changé.

— Mais ça a un côté frais et pas aussi… effrayant que je l'avais imaginé.

Holly grimaça et secoua la tête.

— Je suis bête. Je ne voulais pas dire que ça fait peur d'être ici ou quoi que ce soit. Je ne sais pas ce que j'imaginais parce que je n'étais jamais venue dans un studio de tatouage avant, et ce que j'avais vu à la télé ou ailleurs ce n'était pas… génial.

Maya se contenta de pouffer de rire doucement.

— La représentation dans les médias n'est pas très juste, mais c'est le cas pour la plupart des choses. Notre studio est propre et bien rangé. Oui, on a des dessins aux murs et les couleurs sont vives, mais c'est ce qui nous plaît. Nos tatouages sont parfois vifs, et c'est une forme d'art, alors ça nous convient. Si ce n'était pas propre, on ne pourrait pas travailler. Il y a des tas de standards à respecter pour qu'on puisse rester ouverts et, franchement, on veut faire mieux que ce qui est imposé, de toute façon. On enfonce des aiguilles dans la peau des gens, il faut que ce soit parfaitement hygiénique.

Holly fit à nouveau le tour des lieux du regard, un sourire sur le visage.

— Tu es tellement passionnée par tout ce qui concerne ton travail. Je trouve ça génial. Tout le monde n'est pas comme ça, tu sais ? Mais tu fais un métier que tu adores, et de ce que j'en ai vu sur Jake, tu es *douée* pour ça. Très douée.

Maya retint une grimace à la pensée des tatouages qu'Holly avait dû voir. Jake en avait partout sur le torse, le dos, les jambes et les bras. À part quelques petits motifs qu'il s'était fait tatouer avant de la rencontrer dans ce bar toutes ces années auparavant, elle était responsable du moindre centimètre carré.

Il lui appartenait d'une certaine façon, mais pas comme il appartenait à Holly.

Et Maya le vivait bien.

Et si elle continuait à tourner en rond comme ça dans sa tête, elle allait devoir se foutre des baffes.

Jake les rejoignit avec un grand sourire et une fine pellicule de sueur sur les tempes. Il passa un bras autour des épaules de Holly et fit de même avec Maya.

— Et voilà, mes chéries, dit-il avec un sourire.

Il était tellement aveugle, des fois. S'il avait fait un peu gaffe, il aurait vu que Maya était en train de craquer aux entournures. S'il avait été capable de la *voir* comme il le faisait avant de rencontrer Holly, il aurait compris à quel point elle avait mal, même si elle n'en avait aucun droit. Mais il ne voyait que Holly. Et c'est ainsi que les choses se devaient d'être. Maya n'avait rien à dire. Mais ça faisait quand même ultra mal qu'il ne s'aperçoive de rien. Il avait toujours fait attention à elle, jusqu'à maintenant.

Maintenant, elle ne passait plus en premier, ce n'était plus à elle qu'il faisait attention.

Elle était tellement égoïste que ça n'en était même plus drôle. Alors elle refoula toute cette douleur et se laissa aller contre lui.

— Tu es un idiot, déclara-t-elle d'une voix traînante. Je t'ai dit de les séparer, pas de te joindre à eux.

— Tu m'as demandé de les calmer, répondit-il avec un grand sourire. C'est ce que j'ai fait. Il fallait simplement que je les infiltre d'abord.

Maya leva les yeux au ciel et lui donna un petit coup avant de croiser le regard de Holly. L'autre femme l'observa avec acuité avant de lui faire un petit sourire. Maya n'aimait pas ce sourire, elle n'aimait pas la façon dont Holly semblait en savoir trop.

Danger, danger, Maya Montgomery.

— Alors, tu es venu pour un tatouage ? demanda Maya en s'éloignant du couple.

Elle avait besoin de distance. D'une sacrée distance.

Jake secoua la tête.

— Pas cette fois-ci, mais j'ai une idée à laquelle il faut que je réfléchisse.

Maya hocha la tête et se tourna vers Holly.

— Et toi ?

L'autre femme secoua la tête.

— Non, je n'ai aucun tatouage et… eh bien, je ne suis pas sûre que ça me corresponde. Il faudrait que ce soit important, tu vois ? Pour l'avoir sur ma peau toute ma vie. Eh bien… je ne sais pas.

Maya haussa les épaules. Elle ne pouvait pas lui en vouloir : un tatouage, c'était pour la vie, effectivement. Et oui, il fallait que ça ait une signification, même si cette signification c'était uniquement le plaisir de le voir chaque fois que l'on posait les yeux dessus.

— Tu as raison, finit-elle par dire. Il faut que ça ait une signification, c'est vrai.

— Mais si jamais je me décide, je veux que ce soit toi qui le fasses, dit Holly avec un sourire. Je te fais confiance, et je sais que tu ferais un super boulot.

Jake eut un grand sourire, heureux de voir ses deux filles préférées en si bons termes, et Maya ne put que hocher la tête. Parce que si Holly voulait que Maya lui fasse un tatouage, elle le ferait, et il serait parfait. Maya ne faisait pas de tatouages ratés.

Parce qu'un tatouage, c'est permanent, se dit-elle. Tout comme elle avait pensé que le serait la présence de Jake dans sa vie. Et pourtant, à la différence des motifs à l'encre sur sa peau, elle pouvait le sentir s'éloigner, disparaître comme un souvenir oublié.

Et elle n'aimait pas ce que ça lui faisait ressentir.

Elle n'aimait pas ça du tout.

CHAPITRE TROIS

BORDER GENTRY PASSA la main sur son crâne rasé et se força à ne pas remonter sur sa moto pour partir dans la direction opposée. Il était venu à Denver pour une vraie raison, mais il était aussi là parce qu'il savait qu'à son âge, il fallait qu'il arrête d'essayer d'échapper à ses démons.

Ils le trouvaient de toute façon et lui faisaient vider bouteille après bouteille sans que jamais ses souffrances ne s'allègent. Et comme Border ne voulait pas finir au fond d'un fossé, par épuisement ou coma éthylique, voilà qu'il se trouvait à la périphérie de Denver, son casque à la main et le poids d'une longue vie sur les épaules.

Il avait du mal à réaliser que ça faisait plus de quinze ans qu'il n'était pas rentré chez lui.

Chez lui.

Drôle d'appellation, pour un endroit qui avait essayé de le tuer plus d'une fois, même s'il avait fait face à sa mortalité en d'innombrables autres lieux depuis qu'il était parti. Alors, franchement, ce n'était pas son sort qui l'inquiétait dans le fait de revenir là.

Il avait laissé derrière lui son meilleur ami, la seule personne que Border avait laissé voir en lui. Le seul homme qu'il ait aimé sans jamais le lui avoir dit. Il avait vécu deux ans de bonheur torturé avec Jake Gallagher et avait pris la fuite quand les choses avaient commencé à devenir compliquées ; quand l'idée de qui il risquait de devenir s'il ne s'éloignait pas de son père lui avait fait davantage peur que l'idée d'être seul.

Border repoussa ses pensées et balança une jambe au-dessus de sa moto tout en fixant son casque. Les vibrations du moteur remontèrent dans ses jambes et son dos quand il démarra l'engin, et il poussa un soupir. Il était plus calme, désormais. La moto était comme une extension de lui et lui permettait de se sentir un peu plus complet. C'était idiot de penser comme ça, mais quand il était plus jeune, il s'était accroché à cette idée de toutes ses forces.

Même s'il portait du cuir ainsi que des gants et un casque, le vent était une maîtresse cruelle qui le giflait tandis qu'il progressait. Il n'y avait ni neige ni verglas, mais il faisait bien trop froid pour conduire comme ça. Son pick-up l'attendait ailleurs, et il ne pourrait pas le récupérer avant le lendemain. Alors, pour l'instant, il lui fallait un repas chaud et un endroit où dormir avant de réfléchir à la prochaine étape de son plan bien trop vague.

Étape une du plan : ne pas mourir.

Étape deux : trouver Jake.

Étape trois : mettre la fille en sécurité.

Étape quatre : répéter l'étape une.

Étape cinq : décider quoi faire de sa vie.

Plutôt simple, si on y réfléchissait. Les lumières d'un bar où il était allé quelques fois quand il était plus jeune brillaient dans l'obscurité, et son estomac grondait. Il n'aurait rien eu contre manger un morceau avant de trouver un motel où passer la nuit. Frissonnant de froid, il quitta la route et entra sur le parking.

Le bar était presque vide, il faisait bien trop froid pour que les gens normaux aient envie de sortir un soir de semaine. Border avança jusqu'au comptoir et croisa les doigts pour qu'ils servent encore à manger. Il lui semblait se rappeler que ça avait été le cas, mais ça faisait trop longtemps pour qu'il en soit sûr, et puis franchement, les choses changeaient.

Toujours.

— Qu'est-ce que je vous sers ? demanda le grand type derrière le bar.

— Vous servez toujours à manger ? demanda Border.

L'homme pointa vers le menu.

— Oui.

Border y jeta un regard rapide, et son ventre gronda de façon sonore.

— Je vais prendre un coca et un cheeseburger. Avec toutes les garnitures.

— Des frites ?

— Oui, parfait.

Il en avait déjà l'eau à la bouche. Ça aurait pu avoir un goût de plâtre, il n'aurait rien remarqué tellement il avait la dalle.

— Mets-en deux, Bob, dit quelqu'un derrière lui en s'asseyant à côté de Border.

Celui-ci se tourna et cligna des yeux.

— Storm ? Storm Montgomery ?

Storm eut un grand sourire. Il n'avait guère changé. Bien sûr, il avait quelques rides en plus autour de la bouche et des yeux, et il avait gagné en muscles, mais il était toujours grand, barbu, toujours un Montgomery.

— Border Gentry, déclara-t-il. Ça fait bien trop longtemps. J'ai failli ne pas te reconnaître.

Border se leva et étreignit Storm en lui tapotant le dos.

— De tous les bars où…

Storm leva les yeux au ciel.

— J'habite par ici, en fait, alors c'est moi qui devrais dire ça.

Le barman leur servit deux cocas et secoua la tête avant de s'éloigner sans un mot. Border haussa un sourcil interrogatif avant de lever son verre pour un toast. Storm l'imita.

— Bob n'aime pas quand on ne commande pas d'alcool, répondit-il à la question silencieuse.

Ils burent tous les deux, et Border vida la moitié de son verre. Il avait besoin de sucre, il était épuisé.

— Je suis en moto, alors pas question de boire, dit-il.

— Ouais. Je me lève tôt pour bosser, mais c'est l'endroit le plus près de chez moi pour manger, vu que Miranda ne veut plus me laisser venir vider son frigo.

Border baissa les sourcils.

— Miranda, c'est la petite, c'est ça ?

Il y avait trois filles dans la famille de Storm, s'il se souvenait bien. Elles avaient toutes un prénom en M si bien que pour papa Montgomery, elles étaient les M&Ms.

— Oui, c'est une adulte, maintenant, et tout. Elle est mariée.

Border écarquilla les yeux. Les choses changeaient vraiment.

— Putain, je suis parti longtemps.

— Oui. Meghan s'est mariée deux fois depuis ton départ.

Le regard de Storm s'assombrit.

— Le premier était un connard qui est en taule, maintenant, mais il lui a donné deux gamins géniaux, alors… bon. Et maintenant, elle est mariée à Luc. Tu l'avais rencontré ?

Border secoua la tête.

— Je n'avais rencontré que toi et Wes, pour tout dire. Mais c'est difficile d'oublier les Montgomery vu que vous vous connaissez tous si bien et que vous passez votre temps à parler les uns des autres. Et puis, tu n'as pas genre, une centaine de cousins ?

Storm rit et secoua la tête.

— Oui, bon, c'est vrai qu'on se multiplie à une vitesse folle. Et tous les cousins ne vivent pas dans le coin, mais on les voit quand même de temps en temps. Oh, et c'est Maya, la dernière sœur, au fait. Et c'est la seule des filles à ne pas être mariée. Tu ne l'as jamais rencontrée ?

Border secoua la tête. Il n'avait jamais rencontré Maya, mais il avait beaucoup entendu parler d'elle, et pas par Storm.

— Elle est toujours la meilleure amie de ton gars, Jake, tu sais.

Border hocha lentement la tête.

— Oui, je sais.

Storm laissa un soupir lui échapper.

— Alors tu parles toujours à Jake ?

— Pas autant qu'avant.

Border serra son verre dans sa main.

— J'ai dégagé d'ici assez rapidement.

— Je m'en suis rendu compte.

Storm marqua une pause.

— Je ne l'ai jamais dit à Jake, au fait, qu'on se connaissait. Wes non plus. Je veux dire, tu parlais de lui alors je savais des trucs sur vous deux, mais on ne le connaissait pas, à l'époque. Ce n'est que quand Maya s'est pointée avec lui plus tard et qu'elle nous a annoncé que c'était son meilleur ami que j'ai recollé les morceaux.

— C'est un petit monde, dit lentement Border. On connaît tous les trois Jake et on se connaît les uns les autres, mais Jake ne sait pas qu'on se connaît.

Ça lui faisait mal au crâne rien que d'y penser.

Storm haussa les épaules.

— On traîne dans les mêmes endroits.

— Et vous autres Montgomery, vous vous reproduisez comme des lapins, alors forcément, on finit par tomber sur vous à Denver.

Storm lui fit un doigt d'honneur alors que Bob déposait leurs assiettes devant eux.

— Merci, mon vieux.

— Oui, ça a l'air trop bon, ajouta Border avec sincérité.

Bob se contenta de grogner et partit sans répondre.

— Sympa, dit Border en souriant.

— Tu l'as dit, répondit Storm en mordant dans son burger.

Border l'imita et gémit carrément. Les saveurs explosèrent sur sa langue, le surprenant au point qu'il manque de s'étouffer.

— Oh la vache. Je me fiche que Bob ne parle pas. Je veux faire des bébés à ce burger. Tu crois que c'est possible ? Parce que je suis amoureux, là.

Storm renifla, la bouche trop pleine pour pouvoir répondre immédiatement.

— Tu peux essayer, mais à ta place, je me contenterais de le manger et d'en commander un deuxième, si tu as faim à ce point.

Border hocha la tête et prit une autre bouchée. Il aurait bien voulu la savourer, mais il avait tellement faim, et ce burger était un don du ciel, tout en graisse, fromage et viande grillée. Il se lécha les lèvres et finit le sandwich en un temps record avant de s'attaquer aux frites. Elles étaient toujours chaudes, salées comme il faut, et pas loin de la perfection.

— Je ne me souvenais pas que c'était aussi bon, ici, dit-il après sa dernière bouchée.

Il résista à grand-peine à l'envie de lécher le sel sur ses doigts et les essuya avec la serviette en papier. Si Storm n'avait pas été en train de le regarder, il aurait peut-être léché le papier sulfurisé des frites.

— Bob a pris un nouveau cuistot il y a quelques années,

expliqua Storm en s'essuyant les doigts lui aussi. Ça a bien fidélisé les habitués. Bob ne fait pas vraiment de pub.

Border haussa les épaules.

— Avec des burgers pareils, il n'en pas besoin.

Storm sourit.

— C'est sûr. D'habitude, il y a plus de monde, mais le temps est merdique, et c'est un soir de semaine. Ce qui me conduit à te demander ce que tu fous en moto.

— Je récupère mon pick-up demain, dit Border avec un soupir. J'avais trop faim pour continuer et trouver un motel ce soir.

Storm haussa un sourcil.

— Tu as conduit jusqu'ici sans avoir d'endroit où dormir ? Et avec quoi, quelques affaires dans la sacoche de ta moto ?

— Le pick-up est… avec des gens que je connais.

Il ne pouvait pas réellement dire que les gens au camp étaient des amis, mais au moins, ce n'était pas eux qui le forçaient à rester sur ses gardes.

— On m'enverra mes fringues et les autres trucs que j'ai mis dans un garde-meubles quand j'aurai trouvé un appart où je me sente assez bien pour rester un moment. J'ai dormi sur des trucs pires que des matelas de motel.

Storm l'observa et fronça les sourcils.

— Tu comptes me dire un jour pourquoi tu es parti ? Et où tu étais tout ce temps ?

Border secoua la tête.

— Si je le fais, ce sera après avoir parlé à Jake.

— Alors c'est comme ça ? demanda Storm.

— Ça a toujours été comme ça.

L'autre connaissait une partie du passé de Border et Jake, alors il n'avait pas à le lui cacher. Simplement, il ne voulait pas tout dire à Storm. C'était pour les oreilles de Jake… s'il voulait bien l'entendre. Border avait merdé toutes ces années auparavant, mais il avait une bonne excuse.

Au fil des années il avait essayé de garder le contact avec Jake via des lettres, des appels et des SMS. Mais au fur et à mesure que le temps passait, Jake s'était fait plus distant, les appels plus courts, les réponses plus laconiques. C'était la faute de Border, il le savait, mais peut-être qu'il trouverait une façon d'arranger un peu les choses. Et puis, pour être parfaitement franc, il avait envie de découvrir qui était Maya en dehors de la petite sœur de Storm. Jake parlait d'elle comme si elle marchait sur l'eau, depuis qu'elle avait botté les fesses d'un type. Il devait y avoir quelque chose de plus profond dans cette histoire, et Border voulait savoir quoi, même s'il n'était pas en droit de l'exiger.

Bob repassa prendre leurs plateaux et déposa la note sur le dessus du bar sans un mot. Border sortit son portefeuille de sa poche.

— Laisse tomber, intervint Storm. Je m'en occupe. Pour te souhaiter un bon retour chez toi.

Et revoilà cette expression. Chez lui. Peut-être qu'un jour, ça arrêterait de lui faire l'effet d'un coup de poing dans le bide quand il y pensait.

— Où est-ce que tu comptes aller ? demanda Storm alors qu'ils marchaient vers la sortie.

Border referma sa veste en cuir et soupira.

— Dans un motel, je suppose.

Storm étrécit les yeux.

— Tu connais son adresse actuelle ?

Il n'y avait pas besoin de préciser de qui il parlait. Border secoua la tête.

— Je n'ai jamais eu sa nouvelle adresse après son dernier déménagement.

Ça lui avait fait mal, mais il savait que c'était sa faute.

— Suis-moi et je te montre.

— Il ne vaut mieux pas, répondit lentement Border. Pas tout de suite.

— S'il apprend que tu as passé la nuit ici sans aller le voir, ça va le foutre en rogne.

Storm marcha jusqu'à un gros utilitaire avec le logo de Montgomery Inc. sur le flanc. Border avait oublié que la famille possédait une boîte. Deux, même. Montgomery Ink pour le studio de tatouage, et Montgomery Inc. pour la boîte de BTP.

— Il sera en rogne que je me pointe maintenant.

— Alors fais en sorte qu'il soit en rogne à cause de ton retour, et pas parce que tu ne t'es pas donné la peine d'aller le voir.

Quelque chose passa dans le regard de Storm, et Border fronça les sourcils.

— Quoi ? Qu'est-ce que tu ne me dis pas ?

Storm secoua la tête.

— Ce n'est pas à moi de te le dire, mais... fais gaffe, d'accord, Border ? Jake est mon ami, maintenant, à cause de Maya, mais tu étais mon ami avant. Même si tu t'es tiré sans un mot.

Là-dessus, il grimpa en voiture, et Border soupira.

Il monta sur sa moto et démarra le moteur, conscient qu'il allait se geler le cul, même sans vent. Heureusement, il n'avait pas encore commencé à pleuvoir ou grêler, mais il y avait quelque chose dans l'air qui lui disait que ça serait bientôt le cas.

Il suivit Storm hors du parking, et ils prirent l'autoroute. Ils firent quelques kilomètres avant de prendre une sortie qui lui était familière. Les Gallagher vivaient de ce côté, et il semblait que Jake ne s'était pas trop éloigné quand il avait déménagé.

Ils descendirent encore quelques rues avant de s'arrêter devant une grande maison de plain-pied. Il était encore tôt, et les lumières étaient allumées. Soudain, Border eut l'envie de mettre les gaz et de décamper.

Storm lui fit signe par la fenêtre avant de repartir. Il se retrouva seul sur le bord de la route, avec des pierres dans le ventre et des frissons d'angoisse. À quoi est-ce qu'il pensait, bon sang ? Il aurait dû ignorer Storm et aller dormir dans un motel avant de rassembler le courage de voir Jake.

Maintenant il était coincé là, à moins de repartir comme un lâche. Et il était vraiment lâche quand il s'agissait de Jake. Depuis toujours. La seule fois où il avait pensé pouvoir être plus fort, il avait dû partir. S'il ne l'avait pas fait, il serait devenu l'homme qu'il détestait, l'homme qui avait essayé de le faire à son image.

Border fit rouler ses épaules et descendit de moto et essaya de ne pas vomir le burger qu'il venait de manger en avançant vers la porte d'entrée. La maison semblait habitée et bien entretenue. Il savait que les frères de Jake travaillaient dans la restauration de bâtiments, tandis que ceux de Maya avaient Montgomery Inc., alors ça n'était pas très surprenant que cette maison soit en bon état.

Il ne savait pas pourquoi il s'était mis en tête que Maya vivait là, mais à la façon dont Jake parlait d'elle, ça semblait logique. Le fait qu'il pense ça et soit quand même là en disait long sur son état psychologique.

Border ne savait pas ce qu'il voulait, il ne savait pas pourquoi il se trouvait là, mais il savait que c'était nécessaire. Ça paraissait peut-être idiot, mais c'était nécessaire.

Il laissa un soupir lui échapper et frappa à la porte, conscient qu'il était soit en train de commettre une grosse erreur, soit de retrouver le chemin qu'il n'aurait jamais dû quitter.

Quand la porte s'ouvrit, il eut le souffle coupé.

Bon sang.

Depuis toutes ces années, il n'avait jamais revu Jake. Il lui avait parlé, lui avait écrit, alors il connaissait sa façon d'écrire, de parler, la façon dont sa voix grave le faisait vibrer.

Mais il n'avait jamais posé les yeux sur lui.

Il avait changé.

En bien.

Il était grand et large, mais mince en même temps. Musclé mais avec une finesse qui laissait deviner un tempérament artistique et qui donnait envie à Border d'en voir davantage. Il portait un tee-shirt blanc et un jean, il était pieds nus et absolument canon. Des tatouages couvraient ses bras et ressortaient du col de son tee-shirt. Jake cligna des yeux et passa une main dans ses cheveux en bataille. Border déglutit, hypnotisé par le mouvement et la façon dont son tee-shirt était remonté juste assez pour que Border aperçoive son ventre plat et le tatouage qui s'y trouvait.

Jake avait été mignon quand il était plus jeune. Beau gosse, même. Depuis, il était devenu un homme, et la définition même du mot sexy.

— Border ? grinça Jake. C'est... c'est toi ?

Border hocha la tête et fourra les mains dans ses poches.

— Oui.

Il se racla la gorge et, incroyablement nerveux, se força à ne pas frotter la pointe de son pied sur le sol comme un gamin.

— C'est moi.

— Jake ? C'est qui ?

La voix douce derrière Jake força Border à relever la tête. Il croisa les yeux verts de Jake et espéra de toutes ses forces ne pas avoir fait une bêtise. Il pensait qu'après quinze ans, le lien qui existait entre eux serait devenu moins vif, mais pour une raison étrange, c'était le contraire qui s'était produit.

En tout cas, pour Border.

Jake, même s'il était un peu plus pâle que quelques

secondes auparavant, n'avait pas l'air de ressentir grand-chose à part de la perplexité et peut-être un peu de colère. Est-ce que ce n'était pas réciproque ? Est-ce que Border avait merdé de nouveau ?

Au lieu d'avancer vers lui et de le serrer dans ses bras comme il en avait envie, il resta là sur le petit perron et essaya de ne pas avoir l'air désespéré. Il n'avait pas eu une vie facile et était devenu un homme dont il pensait que Jake pourrait être fier, mais dès qu'il avait vu ce visage, dès qu'il avait plongé le regard dans ces yeux, c'était comme si tout avait disparu, comme si le temps écoulé avait été anéanti.

— Jake, répéta la voix douce à nouveau, avec une certaine inquiétude.

Jake se racla la gorge.

— Un vieil ami, finit-il par répondre.

Border poussa un soupir.

— C'est Maya ? demanda-t-il sans savoir pourquoi.

Jake eut l'air perdu un moment avant de secouer la tête.

— Non...

Une fille blonde se plaça à côté de Jake et s'appuya contre lui. Jake passa un bras autour de ses épaules et l'embrassa sur le front.

Pour il ne savait quelle raison, Border ressentit ça comme une claque dans la figure. Qui était cette fille ? Il pensait que Jake était avec Maya, ou en tout cas, qu'il était parti pour se mettre avec elle. Border n'aurait pas eu de problème avec ça, même s'il ne savait pas pourquoi il en était aussi certain. Rien n'avait de logique dans cette histoire, et maintenant il savait qu'il avait commis une erreur en venant là.

— Salut, je suis Holly, annonça la femme. Border, c'est ça qu'a dit Jake ?

Il hocha la tête et lui tendit la main comme un idiot. Il se demandait ce que Jake lui avait dit de lui, si seulement il avait mentionné son existence. Il était à peu près sûr que Jake avait dû parler de lui à Maya, même si ce n'était qu'en passant, mais il n'avait jamais entendu parler de cette Holly. Et puis quoi ? Pourquoi avait-il l'impression qu'il aurait dû être tenu au courant de la vie de Jake ? Il était parti il y avait *quinze ans* de cela. Il n'aurait pas dû se sentir blessé de ne pas être au courant de tout.

— Salut, oui, je m'appelle Border.

Holly lui serra la main avant de jeter un regard à Jake par-dessus son épaule.

— Tu comptes le laisser rentrer ou tu vas le laisser sur ton perron pour le reste de la soirée.

Ton perron. Alors elle ne vivait pas là. Et qu'est-ce que ça pouvait lui faire ? Il était simplement venu s'excuser auprès de Jake. Peut-être. Bon sang. Il aurait dû aller dormir dans un motel, plutôt.

Jake se secoua et recula en tirant Holly avec lui.

— Oui. Désolé, rentre.

Holly se dressa sur la pointe des pieds et embrassa le menton de Jake.

— J'ai l'impression que vous avez besoin de parler. Je vais rentrer et vous laisser un peu tranquille.

Jake fronça les sourcils.

— Tu n'y es pas obligée.

Border hocha la tête même s'il ressentait effectivement le besoin d'être seul avec Jake. Et en même temps pas du tout, car son cerveau filait sur une mauvaise pente.

— Non, tu n'es pas obligée.

Jake lui jeta un regard qu'il ne fut pas capable d'interpréter, et Border retint un soupir. Il ne savait pas ce qu'il était en train de faire, mais quoi que ce soit, il s'y prenait mal.

— Je sais que je ne suis pas obligée, mais je ne veux pas vous gêner.

Jake baissa la tête, et Holly l'embrassa délicatement. La même sensation de se prendre une gifle ravagea Border, mais un peu moins fort que la première fois.

— Ravie de t'avoir rencontré, Border, dit-elle en allant chercher son manteau à la porte. Je suis sûre qu'on se reverra.

Là-dessus, elle leur fit un petit signe de la main et partit en refermant la porte derrière elle. Border et Jake se retrouvèrent seuls dans la maison.

Ils restèrent là quelques instants sans parler, et l'étrangeté de la situation commença à le démanger. Ce n'était pas Jake qui avait fait rentrer Border ou dit qu'il voulait parler. C'était Holly.

— Alors... toi et Holly ?

Jake haussa un sourcil.

— Oui, moi et Holly. Je pense la demander en mariage, pour tout dire.

Jake cligna des yeux comme s'il n'avait pas eu l'intention de dire ça.

Border prit une brève inspiration. Sa poitrine lui faisait un mal de chien.

Tu n'as pas le droit d'avoir mal, pauvre con.

Il laissa cette voix résonner dans sa tête, et ça le calma suffisamment pour qu'il soit capable de reprendre la parole.

— Super.

Jake ricana, mais il n'avait pas l'air de trouver quoi que ce soit de comique à la situation.

— Je le pense. Je suis heureux que tu... eh bien, je suis heureux que tu aies trouvé quelqu'un.

Ce n'était pas totalement un mensonge, mais ce n'était pas entièrement la vérité non plus.

— Pourquoi tu pensais que c'était Maya ? demanda Jake.

Border haussa les épaules, les mains dans les poches à nouveau.

— Tu parlais de Maya comme si… eh bien, je suppose que je me suis trompé.

— Oui, tu t'es trompé. Maya est seulement mon amie, mais avec Holly, c'est sérieux. Holly est là pour de bon.

Jake ravala un juron.

— Je vais lui demander de m'épouser parce qu'il est grand temps que je me pose, et elle est la bonne personne pour moi.

Il ne savait pas pourquoi Jake lui disait ça, mais il avait le sentiment qu'il se parlait davantage à lui-même qu'à Border.

— D'accord, dit-il. Je ne sais même pas pourquoi je suis là.

— Il y a plein de choses que tu ne sais pas, Border. Ce n'est pas nouveau.

Jake se passa une main sur le visage.

— Désolé. Bon, tu as un endroit où dormir ? Je sais que ton père a perdu la maison…

Jake s'interrompit alors que Border se raidissait.

— Mon père est mort, Jake, dit-il d'une voix dépourvue d'émotions. Il a pris le volant en étant bourré. Heureusement, il n'y a que lui et l'arbre dans lequel il est rentré qui en ont souffert. Donc oui, il a perdu la maison et il n'est plus là. Je suis venu pour te dire… en fait, je ne sais pas ce que je voulais te dire, mais je peux repartir. Je crois que je voulais simplement te mettre au courant que j'étais là.

Le visage de Jake avait pâli à nouveau, et il fit un pas vers Border, le bras tendu, avant de se figer et de le laisser retomber.

— Mince, Border.

— Oui, c'est le bon mot.

— Où est-ce que tu irais si tu partais, là ? demanda-t-il d'une voix basse.

— Je trouverais un motel.

— Laisse tomber. J'ai une chambre d'amis. Tu ne vas pas aller payer pour une chambre de merde dans un truc où ils ne lavent même pas les draps.

— Alors je devrais faire confiance à tes draps à la place ?

Il dit ça avec un sourire, et Jake lui fit un doigt d'honneur. Bien sûr, lui aussi sourit, alors Border se dit les choses auraient pu être pires.

— Tu es con, dit Jake, et Border comprit qu'il ne réagissait pas simplement à son commentaire sur les draps.

— Oui, c'est vrai.

Il fit craquer ses doigts.

— Est-ce que ça ne posera pas de problème à Holly ?

Jake le regarda avant de secouer la tête.

— Elle ne vit pas ici, ça ne lui posera pas de problème. Et puis... bon, elle n'est pas au courant de ce qu'il y a eu entre nous.

Border déglutit. Il ne méritait pas d'être un souvenir que Jake partageait avec d'autres. Il en était conscient.

— Je croyais que tu comptais lui demander de t'épouser ?

— J'ai dit que j'y réfléchissais, cracha Jake avant de lever la main. Je suis fatigué et je n'ai pas envie de gérer tout ce bordel, là, maintenant. Alors, ce que je te propose, c'est que je te montre ta chambre, et on se couche. Parce que je... je peux pas, là.

Border hocha la tête et suivit l'homme qu'il avait aimé vers le fond de la maison. Il était parti pour protéger Jake et découvrir qui il pouvait devenir sans son ivrogne de père qui lui collait aux basques.

Sans but dans la vie, l'homme qu'il était en train de devenir ne lui convenait pas, mais quand il avait fini par plus ou moins se trouver, il était trop tard. Il ne pouvait pas avoir Jake comme ça avait été le cas à un moment donné, mais peut-être que si le destin lui souriait, ne serait-ce qu'un moment, il pourrait lui faire une nouvelle place dans sa vie.

Et si ce n'était pas le pire ? Il était revenu à Denver pour s'y établir, et il se retrouvait à mendier des miettes. Sans mentionner qu'il avait toujours envie de faire la connaissance de Maya.

Revenir était bien différent de ce à quoi il s'était attendu, mais franchement, il aurait mieux fait de ne s'attendre à rien. C'était comme ça qu'il fonctionnait, d'habitude.

CHAPITRE QUATRE

SE RÉVEILLER avec l'homme qu'il avait aimé autrefois sous son toit rendait cette matinée bizarre, mais Jake était habitué. Il était un Gallagher et un Montgomery honoraire, après tout.

Non seulement il s'était réveillé avec une migraine après avoir passé la nuit à se retourner dans tous les sens, mais en plus il avait aussi une érection carabinée. Il refusait de se branler car il savait que s'il le faisait, ce ne serait pas en pensant à Holly.

Ça le tuait.

Il ne trompait pas ses partenaires, il n'était pas un connard qui pensait à quelqu'un d'autre au moment de jouir. Holly était sa petite amie et donc la *seule* personne à pouvoir le faire jouir. Il y avait quelque chose de terriblement malsain chez lui pour qu'il soit en train d'avoir cette conversation dans sa tête.

Au lieu de se branler, il allait prendre une douche froide et prier pour que tout ce qui clochait chez lui, ainsi que son érection impossible, disparaisse. Il soupira et se traîna jusqu'à la salle de bain, conscient que cette journée allait être pourrie.

Lorsqu'il arriva dans la cuisine, le café était prêt, et il y avait un mot à côté de la grosse cafetière. Jake n'était pas sûr d'avoir envie de le lire après la nuit qu'il avait passée.

Jake,

Je suis parti tôt pour aller chercher mon pick-up et quelques affaires. Je serai de retour ce soir, mais si tu ne veux pas que je reste plus longtemps que cette nuit, pas de souci.
À bientôt.
B.

Jake ne froissa pas le papier pour en faire une boule, mais il faillit.

Au diable ce type. Au diable les souvenirs. Où diable tous ces trucs qui le rendaient dingue. Border n'était pas censé être là. Il était censé être sur le chemin qu'il avait pris toutes ces années auparavant en laissant Jake et ce qu'ils partageaient derrière lui.

Bien sûr, il n'y avait pas réellement eu quelque chose entre eux. Il n'y avait que la promesse d'une possibilité, pas ce dont ils avaient réellement besoin. Ils avaient couché ensemble parce que les filles avec qui ils étaient aimaient regarder. Ils s'étaient donné du plaisir dans l'idée qu'ils le faisaient pour quelqu'un d'autre et non pour eux-mêmes. C'était un mensonge, bien sûr. Il l'avait su dès le départ, tout comme Border. Mais ils avaient trop la trouille pour réfléchir à ce qu'ils voulaient, et quand Jake avait eu le courage de faire quelque chose, Border était parti.

Il avait perdu tout à la fois son meilleur ami et l'homme dont il était tombé amoureux.

Le fait que cela se soit produit de nouveau quelques années plus tard avec Maya lui avait fait comprendre qu'il n'avait pas la moindre idée de ce qu'il faisait. Il avait toujours un temps de retard, il partait toujours dans le mauvais sens.

Et maintenant, il avait Holly. Il avait fait les choses bien, avec elle, et il continuerait parce que peu importait ce qu'il avait pu ressentir autrefois pour Border et Maya, Holly était son présent et les autres son passé.

Jake se passa une main sur le visage et fit de son mieux pour repousser ces pensées. Il avait du travail aujourd'hui, des projets qui arrivaient à échéance et de la paperasse qui n'allait pas se faire toute seule. Il s'inquiéterait de quoi faire avec Border quand il aurait remis ses idées en place. Bien sûr, dès qu'il pensait cela, Maya faisait irruption dans son cerveau. Il se maudit.

C'était toujours comme ça.

Cette impossible femme emplissait toujours son esprit lorsqu'il ne le souhaitait pas.

Il poussa un soupir et se versa une tasse de café, reconnaissant que Border en ait préparé. Il prit une gorgée et grimaça. Visiblement, Border aimait toujours son café extra-fort. Jake n'avait plus qu'à le boire et s'y faire. C'était ce qu'il faisait pour tellement de choses, désormais.

Au lieu de rester dans sa cuisine à fixer la cafetière comme un abruti, il passa à l'arrière de la maison où il avait converti l'autre grande chambre en un atelier. Pour il ne savait quelle raison, les anciens propriétaires avaient eu deux grandes chambres. Peut-être qu'un parent ou quelqu'un d'autre vivait avec eux. Quoi qu'il en soit, il avait récupéré la chambre où il y avait la meilleure lumière et de grandes portes qui conduisaient à une terrasse pour en faire son atelier. Même si ça aurait été sympa d'en faire sa propre chambre, c'était le meilleur espace pour sa poterie.

Ses frères travaillaient avec leurs mains pour restaurer ou reconstruire des maisons et bâtiments anciens. Jake était également un manuel, mais il créait des œuvres d'art. Il fabriquait bien sûr des pots, des assiettes, et des vases, mais aussi des pièces uniques pour chacun de ses acheteurs. Il travaillait principalement avec de la terre cuite mais aussi parfois avec de la pierre et des gemmes précieuses. Cela dépendait de ce qui fonctionnait le mieux pour son projet. Il avait même son propre four à céramique dans le jardin, dans un petit bâtiment construit exprès, où il pouvait se rendre depuis la terrasse.

Il réalisait aussi des créations pour ses frères car ils avaient parfois besoin de petits détails qui n'étaient pas dans les cordes de Graham, Owen ou Murphy. Jake était l'un des frères Gallagher, alors même s'il avait parfois l'impression qu'il était un peu à l'écart en ce qui concernait le travail, il les aidait quand c'était nécessaire. C'était sa famille.

Il s'installa et fit craquer sa nuque, conscient qu'il fallait qu'il se mette au travail et peut-être même qu'il laisse son esprit se perdre dans ce projet. Si ça fonctionnait, il pourrait réfléchir à quoi faire ensuite. Parce que s'il continuait à se mentir à lui-même, il finirait par blesser quelqu'un. Quelles que soient les circonstances, Jake refusait de faire du mal à ses proches. Il s'était pris des baffes par le passé et il refusait que ça arrive à Holly... ou Border... ou, bon sang, à Maya.

Il alluma la musique et se mit au travail. L'argile molle et humide glissait entre ses doigts, et il poussa un soupir. Ça allait l'aider. Ce ne serait pas la première fois. Il s'immergea dans son travail et la musique et élimina tous les *et si* de son cerveau.

Bien plus tard, ses cheveux se dressèrent sur sa nuque, et il arrêta le tour et la radio avant de se tourner lentement.

Griffin et Luc se tenaient sur le seuil, les sourcils haussés. Griffin était un Montgomery, un des fils du milieu de la fratrie, et il était écrivain. Luc était arrivé dans la famille en épousant son amie d'enfance, Meghan. L'un et l'autre étaient devenus des amis de Jake car les Montgomery étaient connus pour adopter les personnes en manque d'une famille, même si ce n'était pas tout à fait le cas de Jake.

— Ça fait combien de temps que vous me matez en mode flippant ? demanda Jake en se levant.

Il essaya d'ignorer le nœud qu'il avait dans le dos. Apparemment, il n'était plus aussi jeune qu'autrefois, et rester courbé au-dessus de son poste de travail pendant si longtemps ne lui réussissait pas. Il ignora la petite voix d'ado qui pouffa de rire dans sa tête et passa à l'évier qu'il avait installé dans son atelier. Il avait conservé la salle de bain de la suite mais il essayait de se débarrasser de la plus grosse couche de terre avant de l'utiliser. Sa femme de ménage lui en était reconnaissante.

— On vient d'arriver, dit Luc. On a amené un plat thaï de ce restau que tu aimes, vu qu'on était dans le coin.

Jake fronça les sourcils en se séchant les mains.

— Vous êtes en train de me dire que vous étiez dans le coin par hasard, un jour de semaine, et que vous avez amené à déjeuner ?

Griffin haussa les épaules.

J'ai fini mon roman la semaine dernière et je laisse le suivant décanter un peu dans ma tête avant de commencer la rédaction. Autumn est à Montgomery Ink aujourd'hui donc elle ne m'aide pas sur l'administratif et je prends un jour de congé.

— Je suis en congé aussi, dit Luc.

Il se passa une main sur l'épaule, et Jake grimaça. Il s'était fait tirer dessus par l'ex de Meghan il n'y avait pas si longtemps, et même s'il n'avait plus le bras en écharpe, ça devait encore lui faire mal régulièrement.

— Je ne suis toujours pas à temps plein, expliqua Luc. Alors je me suis dit que plutôt que d'embêter Meghan, j'allais venir voir ce que tu faisais.

Jake n'y croyait toujours pas tout à fait, même si ça avait l'air d'être la vérité. Mais son estomac n'écoutait pas son cerveau et se mit à gronder bruyamment.

Griffin sourit et lui fit signe de les rejoindre.

— Allez viens. On a tout mis sur la table basse.

Jake soupira et les suivit, conscient qu'il aurait été futile de résister. Les Montgomery étaient comme les Borgs dans Star Trek. Même les Montgomery par alliance, qui n'avaient pas pris le nom, avaient cette tendance à prendre soin des autres et à se montrer surprotecteurs, à étendre les tentacules de leur empathie partout. Si Jake n'avait pas eu le sentiment d'en avoir besoin ce jour-là, il aurait pu se sentir piégé. Mais quoi qu'il en soit, ils étaient là tous les deux, alors Jake allait manger un peu et essayer de calmer ses méninges.

Le fait qu'ils soient amis tous les trois était un peu bizarre. Jake était l'ami de Maya, pas son petit copain, et Luc avait passé une dizaine d'années hors de Denver avant de revenir. Il était rentré dans Montgomery Inc. et avait fini par épouser Meghan. Griffin s'était coupé de la plupart des Montgomery car il était écrivain et n'appartenait à aucune des deux affaires familiales, mais il commençait lentement à redevenir plus social.

Jake avait une certaine relation avec chacun des Montgomery, mais ces deux-là étaient ceux qu'il voyait le moins. Mais avec tout ce qui s'était passé récemment, ils s'étaient mis à se fréquenter davantage. Il était complètement intriqué dans le tissu de cette famille, et s'il n'avait pas eu un sale pressentiment par rapport à l'un de leurs membres, il aurait pu se détendre davantage.

Ils mangèrent un délicieux curry et un Pad Thaï en parlant de leurs projets en cours et des enfants de Luc et Meghan. C'était sympa de prendre un après-midi tranquille et de simplement manger et papoter. C'était le genre de relation qu'il avait avec ses frères, et maintenant avec les Montgomery aussi. Jake avait de la chance, il en était conscient. Mais il avait aussi une épée de Damoclès au-dessus de la tête, et de cela aussi il avait conscience.

— Qu'est-ce qui te tourne dans la tête ? demanda Luc en s'essuyant la bouche.

C'était un bel homme, tout en peau sombre et muscles fins. Meghan avait de la chance. Même avoir dû rester alité après s'être pris une balle n'avait pas affecté la façon dont Luc se déplaçait, ni son apparence.

— Pas grand-chose, répondit Jake avec nonchalance.

Griffin pouffa.

— Oui, on sait que tu es un peu simplet, mais tu ne voudrais pas nous dire pourquoi tu as ces poches sous les yeux ?

Griffin ressemblait aux autres Montgomery : des cheveux sombres et des yeux bleu clair. Il n'était pas aussi costaud que les autres, mais c'était sans doute lui qui avait le plus de tatouages, à part Austin. Maya blaguait toujours en disant qu'elle prenait une moitié et Austin l'autre. Le résultat en était un chef-d'œuvre.

Jake secoua la tête, se demandant pourquoi il pensait aux tatouages des Montgomery plutôt qu'à ce qu'il devait répondre.

— Jake, dit doucement Luc. Dis-nous ce qui se passe.

— Tout va bien.

Ce n'était pas vrai et pourtant il n'aurait su exprimer ce qu'il pensait et ressentait avec des mots. Il n'était pas bon à ça, ou en tout cas, il ne savait pas le faire sans en savoir d'abord parlé avec Maya. Et ça, c'était bien un de ses problèmes. Il comptait trop sur Maya. Elle était sa meilleure amie et elle faisait tellement partie de sa vie qu'il ne savait plus fonctionner sans elle.

— Tu mens, déclara Griffin sans ambages tout en piquant le dernier rouleau de printemps.

— Je n'ai simplement pas envie d'en parler, d'accord ?

— Est-ce que ça a quelque chose à voir avec le fait que quelqu'un ait dormi dans la chambre d'amis hier ? demanda Luc.

Jake se raidit.

— Quoi ?

Griffin haussa les épaules.

— La couverture au pied du lit n'est plus pliée de la même façon.

— Comment est-ce que tu fais pour remarquer un truc pareil ? demanda Jake en secouant la tête.

— Je suis écrivain, c'est mon boulot de remarquer ce genre de choses.

— Non, ça se passe dans ta tête, ce que tu écris, c'est de la fiction, pas des enquêtes journalistiques, rétorqua Jake.

Griffin lui fit un doigt d'honneur.

— Je ne suis pas si atroce que ça.

— Si, rétorqua Luc, mais on s'éloigne du sujet. Qui a dormi ici la nuit dernière et qu'est-ce qui se passe au juste, Jake ? Tu n'es pas toi-même, en ce moment.

Jake déglutit avec difficulté.

— Un vieil ami. Et je ne suis pas vraiment d'humeur à en parler. En fait, je ne saurais même pas quoi dire, alors laissez tomber, d'accord ?

Les garçons observèrent son visage avant de retourner à leur déjeuner, et Jake se détendit quelque peu. Si eux se rendaient compte que quelque chose clochait, alors tout le monde pouvait s'en rendre compte. Il ne voulait même pas imaginer ce que Maya en penserait. Elle voyait toujours tout.

Et Holly.

Bon sang. Holly.

Il n'était pas correct envers elle. Il n'arrêtait pas de se dire qu'il allait la demander en mariage, qu'ils partiraient ensemble vers le soleil couchant et toutes ces conneries, parce que c'était ce qu'il fallait qu'il fasse. Du moins, ce qu'il *pensait* devoir faire.

Sauf que ce n'était pas correct. Il l'appréciait et, s'il prenait suffisamment de temps pour ça, il pourrait même tomber amoureux d'elle.

Mais il n'était pas amoureux d'elle pour le moment.

Et il savait que la seule façon pour que ça arrive, c'était d'écarter de sa vie et de ses pensées deux personnes qui appartenaient à son passé.

Et Maya et Border ne s'étaient jamais rencontrés. Ils n'étaient pas les deux faces d'une même pièce, mais plutôt deux parties de son passé et désormais de son présent. Il avait toujours pensé que Maya ferait partie de son futur, mais pas de la façon dont il l'avait souhaité à une époque.

Et désormais... désormais, tout ça, c'était trop, et il savait que s'il ne faisait pas quelque chose, il finirait par se détester. Il détesterait la façon dont il se retrouverait à traiter Holly et à se traiter lui-même.

Il fallait qu'il mette fin à son histoire avec Holly. Il n'y avait rien d'autre à faire. Il n'était pas un connard et, pourtant, s'il continuait comme ça, il deviendrait un homme qu'il serait incapable de reconnaître, un homme qu'il mépriserait.

Jake ne savait pas pourquoi Border était là ni ce qui en découlerait, mais il savait que ce ne serait pas ce qu'il avait voulu à une époque. Et en ce qui concernait Maya ? Ils avaient très nettement décidé de placer leur relation sur le terrain de l'amitié, et c'était là qu'elle resterait. Mais quoi qu'il en soit, il savait qu'il ne pouvait pas rester avec une femme qu'il n'aimait pas vraiment simplement parce qu'il pensait qu'il était temps pour lui de se poser.

Parce que c'était quelque chose qui briserait Holly. C'était une chouette fille. Heureuse, rayonnante. Et un jour, elle rendrait un homme très heureux. Mais il n'était pas cet homme.

Il poussa un soupir. Il avait mal au ventre, mais un peu

moins qu'avant. Il se leva sur des jambes légèrement tremblantes.

— Je, heu… il faut que je retourne travailler.

Les deux hommes l'observèrent avant de hocher la tête et
de l'aider à nettoyer. Ils lui dirent au revoir et laissèrent Jake
chez lui avec cette nouvelle résolution en tête.

Il fallait qu'il le fasse, sinon, il allait tout détruire.

Il se remit au travail, conscient qu'il n'avait pas la tête à son
art, mais il y avait quelques parties qu'il pouvait réaliser même
en étant un peu distrait. Quand le soleil se coucha, son dos lui
faisait mal, et il avait une migraine, mais il était résolu.

La sonnette retentit, et il poussa un soupir. Ça aurait pu
être n'importe qui mais il avait la sensation que c'était l'une des
trois personnes qu'il avait en tête : Holly, Border ou Maya.
Holly ne rentrait pas comme ça chez lui, même s'il lui avait dit
qu'elle le pouvait. C'était peut-être un signe que la relation ne
fonctionnait pas comme elle l'aurait dû, mais il repoussa cette
pensée. Maya entrait et sortait comme dans un moulin, mais
elle avait arrêté de le faire depuis qu'Holly dormait là fréquem-
ment. Une fois encore, un signe qu'il avait ignoré. Quant à
Border ? Eh bien, il ne connaissait plus Border, n'est-ce pas ?

Quand il ouvrit la porte, il n'aurait su dire s'il devait se
sentir perturbé ou soulagé. Holly se tenait sur le seuil. Elle se
mordillait la lèvre avec une mine inquiète.

— Salut, je peux rentrer ? demanda-t-elle.

Jake s'écarta pour lui faire de la place. Il ne se pencha pas
pour l'embrasser ou la serrer contre lui. Quelque chose n'allait
pas, et il ne voyait pas comment entamer la conversation qu'il
fallait qu'ils aient.

De la tension émanait d'elle, et Jake fronça les sourcils.

— Qu'est-ce qui ne va pas, Holly ?

Il l'aida à retirer sa veste, mais elle se dégagea avant qu'il
puisse poser la main sur son épaule.

Quand elle se retourna et croisa son regard, Jake se figea. Des larmes baignaient ses yeux, mais elle ne les avait pas laissé tomber sur ses joues. À vrai dire, elle semblait... *déterminée* désormais.

— Je crois que ça ne fonctionne pas, Jake.

Il cligna des yeux, choqué, mais pas aussi blessé qu'il aurait dû l'être. Elle était en train de rompre avec lui ? Le jour où il avait enfin décidé de regarder ses sentiments en face et de ne pas faire de mal à la femme qui lui faisait face. Mais vu les larmes dans ses yeux, peut-être qu'il était trop tard pour ça. Eh mince. Il n'avait pas prévu ça, n'avait pas envisagé cette possibilité. C'était lui qui allait briser le cœur d'Holly, pas l'inverse. Enfin, est-ce que ça pouvait arriver ?

Pouvait-elle lui briser le cœur alors qu'il ne lui avait jamais réellement appartenu ? Alors qu'il ne l'avait jamais laissée l'avoir ?

Bon sang, il était un pauvre abruti, et il était en colère parce que c'était *elle* qui faisait ça et non pas lui. Il y avait quelque chose qui clochait chez lui pour qu'il soit en train de penser ça au lieu de paniquer parce qu'elle le quittait.

Le silence s'étendit entre eux alors qu'il galérait à mettre de l'ordre dans ses pensées. Il déglutit.

— Qu'est-ce qui ne fonctionne pas ?

Il le savait, mais il fallait bien qu'il dise quelque chose. Holly lui adressa un petit sourire triste et le voile sur ses yeux se leva.

— Tu sais de quoi je parle. Je n'aurais pas dû laisser cette situation perdurer aussi longtemps mais je pensais que, peut-être...

Elle soupira et secoua la tête.

— Enfin, disons que je pensais qu'un jour, je pourrais te suffire.

Jake fit un pas vers elle, la main tendue.

— Holly...

Il se faisait vraiment l'effet d'un salaud. Tout ce temps où il avait pensé faire de son mieux, et ça n'avait pas suffi.

Elle recula et leva les mains, la paume vers l'extérieur.

— Non, ne me touche pas, d'accord ?

Il se figea, les sourcils haussés.

— Je ne te ferai pas de mal, Holly.

— Mais c'est déjà fait.

Elle poussa un juron à mi-voix. Elle était rarement vulgaire et ne s'autorisait ce genre de vocabulaire que quand c'était important.

— Je n'aurais pas dû dire ça. C'est moi qui me suis mise dans cette position.

— Ce n'est pas comme ça que ça marche, Holly. Je t'ai fait du mal et je ne le voulais pas. Ce n'est pas toi qui es responsable du mal que je t'ai fait.

— Eh bien, quoi qu'il en soit, j'aurais dû partir. Je t'aime beaucoup, Jake. Tu es gentil, attentif, et tu es simplement quelqu'un de bien. Je pensais qu'on finirait par pouvoir construire un futur ensemble, mais ça ne va pas arriver.

— Je suis désolé, Holly.

Il avait peut-être eu l'impression que c'était à lui de dire ces choses, mais il semblait qu'Holly avait besoin de le faire elle-même. C'était la moindre des choses que de la laisser décider. Mais quand même, ça aurait dû être lui. Parce que comment... les autres... allaient-ils le voir s'ils apprenaient que ce n'était pas lui qui avait rompu ?

Bon sang.

Il repoussa ces pensées de son esprit.

— Ce n'est pas grave, Jake, dit Holly.

Elle sourit à nouveau. Il aimait son sourire, mais il n'était pas amoureux d'elle. Et c'était son problème à lui.

— Il faut que tu sois là où se trouve ton cœur, et ce n'est pas avec moi. Je ne vais pas te dire que ça ne fait pas mal, mais j'aurais dû mettre fin à cette histoire il y a longtemps, dès que j'ai compris.

Il fronça les sourcils.

— De quoi est-ce que tu parles ?

Elle secoua la tête et soupira.

— Tu sais exactement de quoi je parle. Cherche plus près de toi, Jake. Regarde qui se tient à tes côtés. Ce n'est pas moi. Elle est tout pour toi, et tu ne fais rien pour que ça marche.

Jake ouvrit la bouche. La referma. Il ne voyait pas quoi répondre.

— Dis-lui ce que tu ressens, parce que rester de côté jusqu'à la fin de ta vie, ce n'est juste pour aucun de vous deux.

— Je ne comprends pas de quoi tu parles. J'ai toujours été *là*. Je ne t'ai jamais trompée, je n'ai jamais été avec quelqu'un d'autre.

La panique s'empara de lui. Il essaya de la repousser, mais elle ne fit que planter ses griffes plus profondément en lui.

— Je sais. Je sais que tu n'as jamais fait quoi que ce soit par rapport à ces sentiments que tu fais de ton mieux pour réprimer. Mais tu aimes Maya, Jake. C'est ta meilleure amie, mais je sais que ça pourrait être davantage.

Elle fit une pause comme si elle essayait de trouver quoi dire ensuite. Jake avait l'impression de s'être pris un coup dans le ventre. Il n'avait jamais prononcé ces mots à voix haute et, franchement, il n'en avait jamais eu envie. Parce que s'il le faisait, il pouvait dire adieu à sa santé mentale.

— Holly...

Sa voix craqua.

— Dis-lui, Jake. Et je ne sais pas exactement ce qui s'est passé avec Border, mais il faut que tu affrontes ça aussi. Tout cacher dans ta vie finira par rejaillir sur toi.

Elle avança vers lui et posa sa petite main sur son torse. Il déglutit mais ne bougea pas. Il en était incapable.

Quand elle se redressa pour embrasser son menton, il ravala des larmes. Qu'est-ce qui était en train de lui arriver, sérieux ?

— Sois heureux, Jake. C'est tout ce que je te souhaite. Je trouverai mon bonheur de mon côté. Je pensais l'avoir mais si j'avais besoin de me casser la tête à ce point, alors c'est que ce n'était pas ça.

Elle se dégagea et marcha jusqu'à la porte.

— N'attends pas trop longtemps, Jake. Ne perds pas ce qui pourrait être.

Là-dessus, elle ouvrit la porte et eut un petit hoquet. Jake ne regarda pas dans cette direction car il savait déjà qui se trouvait de l'autre côté. Il le *sentait*, putain. Parce que, bien sûr, il fallait que Border se trouve sur son perron pour être témoin de cette scène. Pourquoi la vie lui aurait-elle épargné cela ?

— Pardon, murmura Holly avant de disparaître.

Les grands pieds de Border se faufilèrent à l'intérieur, et il referma la porte derrière lui. Jake laissa un soupir lui échapper et se força à ne pas regarder l'autre homme.

— J'ai besoin d'un verre, lâcha-t-il avant de partir vers la cuisine.

Il sortit deux bières et en ouvrit une dont il avala une bonne quantité avant de retourner dans le salon. Il s'assit à l'autre bout du canapé par rapport à Border et lui tendit l'autre bière sans un mot.

Border la prit en faisant attention à ne pas toucher ses doigts. Jake porta la bouteille à ses lèvres à nouveau. Ils restèrent assis en silence pendant que le monde de Jake se retournait sous ses pieds. Il n'essaya pas de parler, n'essaya pas de bouger pour essayer de déterminer quoi faire. Parce que les choses n'avaient pas fini de changer et qu'il avait le sentiment que tout ce qu'il pensait avoir possédé serait complètement détruit.

Mais pour l'instant il avait uniquement besoin de boire et de broyer du noir. Ensuite, peut-être, et c'était un gros peut-être, il déciderait quoi faire. Parce qu'il n'avait pas envie de réfléchir au fait que la présence de Border rendait ça un peu plus supportable, ni au fait qu'il aurait voulu Maya à ses côtés en un instant pareil. Il était celle vers qui il se tournait quand tout allait de travers.

Mais qu'est-ce qui se passerait s'il changeait les choses entre eux ?

Vers qui se tournerait-il alors ?

CHAPITRE CINQ

MAYA SE RÉVEILLA EN SUEUR, une main dans sa culotte et frustrée. Ces foutus rêves érotiques ne lui permettaient jamais de jouir quand elle l'aurait voulu. Agacée, elle retira sa main et laissa celle qui tenait son sein tomber sur le côté.

Elle se tapa la tête contre l'oreiller quelques fois avant de rouler sur le côté pour laisser un petit cri lui échapper. C'était la cinquième nuit d'affilée qu'elle rêvait qu'elle couchait avec Jake. Une fois, ils étaient au studio de tatouage, et Jake la renversait sur son tabouret avant de la prendre par-derrière en criant son nom. Une autre fois, il la léchait sur la table de la salle à manger en guise de petit déjeuner. Ils avaient baisé sous la douche, en missionnaire dans la chambre et en amazone sur son canapé.

Et pourtant, elle n'avait jamais d'orgasme.

Au lieu de ça, cet enfoiré éjaculait, et elle se réveillait avant de trouver son plaisir, incapable de jouir et en rogne contre le soleil qui osait la tirer du sommeil. Saloperie de soleil. Saloperie de matin.

Elle ferma les yeux et soupira. C'était probablement pour

ça que sa famille se tenait à l'écart jusqu'à ce qu'elle ait pris son café. Si elle l'avait pu, elle serait probablement restée à l'écart d'elle-même aussi. Au lieu de se laisser tomber du lit et de marcher comme un zombie jusqu'à la cafetière, elle passa dans la salle de bain pour se débarrasser de l'odeur du sexe et de la frustration. Elle détestait cette odeur. Et une fois qu'elle serait propre, elle mettrait les draps dans la machine afin de ne pas avoir sous les yeux les couvertures tordues par ses rêves érotiques. Seulement alors, elle se ferait un café et essayerait de se débarrasser de son humeur pourrie grâce à la caféine. Ça n'avait jamais complètement fonctionné, mais bon, on pouvait toujours essayer de s'en remettre au sucre et à la torréfaction.

Après être passée aux toilettes et s'être lavé les dents, elle se débarrassa de ses vêtements et mit l'eau en route dans la douche. Une fois qu'elle fut sûre qu'elle ne se gèlerait pas à cause de sa tuyauterie moisie, elle se glissa sous le jet et ferma les yeux.

Le rêve avait été si *net*. C'était comme si elle sentait encore les mains de Jake sur ses hanches, ses lèvres sur son cou. Si elle essayait, elle percevait encore son odeur sur sa peau, et pourtant il n'avait jamais été là. Ça faisait, quoi, bien treize ans, depuis cette nuit qu'ils avaient passée ensemble, et pourtant, elle se rappelait encore les sensations.

L'eau glissa sur sa peau, et elle laissa sa main se nicher entre ses jambes. Quand ses doigts effleurèrent son clitoris, elle se mordit la lèvre. Elle déconnait complètement. Elle n'aurait pas dû penser à Jake de cette façon-là, pas alors qu'il ne lui appartenait pas, mais il semblait qu'elle était incapable de s'en empêcher.

Elle passa ses doigts sur son clitoris en s'appuyant en arrière contre le carrelage froid. Entre ça et l'eau chaude qui coulait sur ses seins et jusqu'à son sexe, elle se retrouva à déglutir. Elle cambra les hanches tandis qu'elle se donnait du plaisir d'une main et pinçait ses tétons de l'autre. Elle hoqueta quand elle enfonça deux doigts en elle. Elle était si trempée, si chaude, elle sentait qu'elle était *tout près*. Elle s'imagina la voix de Jake lui dire qu'elle était coquine de penser à lui pendant qu'elle se masturbait, elle s'imagina la sensation de sa barbe sur la soie de ses cuisses.

Et elle bascula.

Elle jouit avec force, son corps se mit à trembler, et son sexe se contracta autour de ses doigts. Ses genoux faiblirent, et elle se laissa lentement glisser au sol, reconnaissante de ne pas s'être fait mal en tombant. Quand elle revint enfin à elle, elle se rendit compte qu'elle frissonnait sur le sol de la douche, les bras serrés autour de ses genoux et le cœur lourd.

C'était la première et la dernière fois qu'elle faisait ça.

Ce n'était pas correct envers Jake, envers Holly, et pas correct envers elle-même.

Elle posa la tête sur ses bras et laissa tomber une larme solitaire. Voilà. C'était fini, Jake. C'en était fini de ces *sentiments*. Elle allait s'endurcir et être la fille pas commode que tout le monde pensait qu'elle était parce que là, ce n'était plus possible. Ça ferait mal, elle aurait la sensation de ne plus pouvoir respirer, mais elle regarderait Jake tomber amoureux de Holly pour de bon et resterait sur le côté tandis qu'il trouverait le bonheur.

Elle trouverait le sien aussi parce qu'elle n'en pouvait plus d'être cette personne. Elle n'aimait pas ce fantôme qui pleurait dans la douche parce qu'elle avait compris trop tard ce qu'elle voulait, ce qu'il lui fallait.

Elle était Maya Montgomery et, bon sang, elle allait s'en sortir.

Elle allait se sécher et retrouver la vie dont elle avait besoin. Demain.

Pour aujourd'hui, elle s'autorisait à se morfondre et pleurer.

Demain, elle serait Maya de nouveau.

Demain.

~

Plus tard ce jour-là, Maya se frotta la nuque tandis qu'elle examinait le CV d'une certaine Blake Brennen. Austin et elle avaient mis une annonce pour un perceur deux jours auparavant, et ils avaient déjà trois douzaines de personnes qui avaient répondu. Apparemment, les gens avaient envie de travailler à Montgomery Ink. Ça aurait dû lui faire ultra plaisir, et plus tard, ce serait le cas, mais pour le moment, Maya avait seulement envie de dessiner le motif qu'elle avait en tête et pas de gérer la paperasse.

Blake était assise dans la salle d'attente pendant que Maya considérait les informations fournies. Elle avait environ dix ans d'expérience et le même âge que Maya. Apparemment, Blake voulait changer de décor et elle avait jeté son dévolu sur Montgomery Ink. Austin avait appelé les personnes qui la recommandaient et avaient dit que si elle s'intégrait à leur petite famille, il la prendrait. Il ne l'avait même pas vue, et Maya en était heureuse.

Parce que si Austin avait été célibataire, il se serait certainement mis à baver sur cette fille. Bon sang, même Maya bavait un peu et elle n'était pas de ce bord. Blake était toute en cheveux sombres et courbes sculpturales, avec de grands yeux et une attitude qui lui plaisait.

En dehors de leurs silhouettes, elles ne se ressemblaient pas, mais Maya avait compris qu'elle avait des affinités avec Blake dès qu'elle l'avait vue. Si ses yeux à elle étaient bleus, ceux de Blake étaient d'un marron doré. Là où Maya avait des cheveux noirs et une frange agressive, ceux de Blake étaient un peu plus clairs et légèrement ondulés. Maya supposait qu'elle devait faire environ cinq centimètres de plus qu'elle, même si c'était dur à dire avec les bottes à talons hauts qu'elle portait. Blake avait autant de tatouages que Maya, mais tout comme chaque personne est unique, les dessins à l'encre sur leurs peaux l'étaient aussi.

Quoi qu'il en soit, Maya l'apprécia immédiatement, et ça l'énerva un peu. Blake avait un bon CV et des compétences, d'après ses anciens employeurs, mais ce n'était pas parce qu'elle avait un look cool qu'elle serait à sa place chez Montgomery Ink. Ils blaguaient peut-être sur le fait qu'ils adoptaient facilement de nouveaux membres, mais ce n'était qu'une façade. Ils ne laissaient entrer dans le groupe que ceux qui s'intégraient bien avec eux. Cependant, une fois que le lien était créé avec un Montgomery, on ne sortait plus de cette toile que formait leur famille.

Maya reposa le CV et fit craquer sa nuque. Il était temps de voir ce que cette femme pouvait faire. Elle ne percerait personne aujourd'hui car le studio n'était pas encore équipé pour cela, mais ça viendrait dans les prochaines semaines. Sa famille savait se montrer *rapide* pour un petit projet tel que celui-ci. Ils avaient construit le bâtiment des années auparavant de façon à ce qu'il puisse accueillir ce genre de changements, alors ça ne prendrait guère de temps avant qu'ils puissent accueillir leur premier perceur.

Il fallait simplement que Maya s'assure que cette personne pouvait être Blake.

Elle sortit du bureau et s'avança, les yeux sur elle. L'autre femme était concentrée sur Sloane, ou plutôt sur le travail de Sloane, et Maya appréciait cela.

— Blake ? demanda-t-elle.

Celle-ci dirigea son attention vers elle et se leva. Elle ne souriait pas mais elle ne faisait pas la tête non plus. Maya ne savait pas trop quoi penser d'elle mais avec un peu de chance, elle serait capable de se faire une idée parce qu'il n'y avait pas moyen qu'elle l'embauche sans savoir ce qui la motivait.

— Oui ? Est-ce qu'il vous faut d'autres recommandations ou quelque chose ?

Maya secoua la tête.

— Non, on a tout ce qu'il faut.

Elle fronça les sourcils et croisa les bras devant sa poitrine.

— Tu es qualifiée, c'est certain, et tous les gens à qui on a parlé disent que tu connais ton affaire, mais je ne suis pas encore convaincue.

Le regard de Blake se posa sur le piercing à l'arcade de Maya.

— Tu es déjà bien percée. L'arcade et la langue ? Quoi d'autre ?

Maya eut un sourire ironique.

— Je suis sûre que tu voudrais bien le savoir.

Sloane laissa un rire profond lui échapper tout en travaillant sur le dos de quelqu'un.

— Un problème, Sloane ? demanda Maya tout en gardant l'œil sur l'autre femme.

— Pas du tout, rétorqua-t-il. Même si c'est intéressant de vous regarder vous jauger comme ça.

Blake croisa le regard de Maya et haussa un sourcil à son tour avant de se tourner vers Sloane.

— C'est parce qu'on est des femmes ? Tu penses qu'on devrait se mettre en culotte-soutif et faire du catch dans de la crème anglaise ?

Sloane croisa leurs regards à toutes deux et pouffa de rire.

— Évite de mettre de la crème anglaise ou un autre truc sucré dans une zone qu'un mec ou une nana risque de vouloir explorer plus tard. Vaut mieux de la boue. Ça se lave bien.

Maya rejeta la tête en arrière et éclata de rire. Blake l'imita.

— On ne se laisse pas faire, ici, dit Maya une fois qu'elle eut retrouvé sa respiration. Mais de ce que j'en vois, toi non plus.

Blake haussa les épaules.

— J'aime bien titiller les autres, alors il vaut mieux que je sache accepter qu'on me titille aussi.

Sloane se mit à rire à nouveau. Maya le fusilla du regard, et il leva les deux mains, l'aiguille à tatouer dans l'une d'elles. Son client riait en silence, et Maya dut se retenir de lever les yeux au ciel.

— Je n'ai rien dit, finit par protester Sloane.

Hailey, la propriétaire du café voisin et la petite amie de Sloane, rentra à cet instant. Elle inclina la tête de côté.

— Maya Montgomery, est-ce que tu es en train d'embêter mon homme ?

Elle avança jusqu'à Sloane et l'embrassa sur le dessus de son crâne rasé. Il lui sourit avant de s'appuyer contre elle avec un grand sourire. Son changement d'attitude fut si drastique que ça prit Maya par surprise une seconde. Elle était tellement heureuse pour ses deux amis. Ils avaient passé bien trop longtemps l'un sans l'autre, et voilà que désormais, ils étaient ensemble, et adorables. Et Maya n'utilisait pas le mot adorable à la légère.

— Rien qu'un peu, mais il le méritait, dit-elle avec un rire.

Elle soupira, consciente qu'elle ne faisait que gagner du temps. Austin était à l'école de son fils où il y avait un événement, alors c'était elle la patronne. Il lui avait donné l'autorisation d'embaucher Blake s'il lui semblait que ça collait, et Maya ne prenait pas ce rôle à la légère.

— Revenons à nos moutons, Blake, dit-elle en tournant son attention vers elle. Ce qu'il y a sur ton CV nous plaît. Une fois que le studio sera prêt, j'aimerais te voir au travail, mais ce n'est pas tout.

Blake hocha la tête, avec un certain espoir dans le regard. Tant mieux. Elle n'était pas uniquement une peste casseuse de couilles. Montgomery Ink en avait déjà une et ça suffisait largement.

— On est une famille, ici, poursuivit Maya. Littéralement dans certains cas, mais tout autant une famille sans liens du sang pour le reste. Donc, Austin et moi sommes prêts à te prendre à l'essai. Si tu ne t'intègres pas, c'est fini.

Blake inclina la tête.

— Alors il faut que je fasse amis-amis ?

Maya secoua la tête.

— Non, mais il y a une certaine ambiance dans ce studio, et étant donné que je suis co-gérante, je veux que ça continue de fonctionner. Ça ne sera pas tout le temps pareil au fil du temps. On fait entrer de nouvelles personnes, les choses changent. Et quand des gens sont obligés de partir ? Eh bien, ça change aussi. Alors non, tu n'es pas obligée de faire amis-amis, mais il faut que tu travailles *avec nous*. On est bons dans notre domaine. Sacrément bons. Et on a une réputation à maintenir. On ne veut pas que notre perceuse foute ça en l'air.

Blake sourit à ces mots.

— C'est entendu.

Maya hocha la tête.

— Parfait. On peut passer derrière pour parler des détails, mais en tout cas, bienvenue à Montgomery Ink.

Elle lui tendit la main, et Blake la serra, toujours avec ce sourire. Maya le lui rendit, consciente que Montgomery Ink était en train de changer un peu, mais que cela voulait dire de nouvelles idées, davantage d'énergie. Ça lui convenait.

En tout cas elle l'espérait.

Quand Blake repartit, il ne restait plus qu'une heure de travail à Maya, et elle n'avait pas eu de client depuis le déjeuner. Il y avait peu de monde sans rendez-vous, ce jour-là, car on était au milieu de la semaine, et Sloane avait pu s'occuper d'eux sans problème. Maya avait passé l'essentiel de la journée sur la paperasse, ce qu'elle aimait le moins dans ce métier.

Elle soupira et passa à son poste de travail en essayant de se vider la tête des chiffres pour se tourner vers sa créativité. Elle avait quelques croquis à finir pour de nouveaux clients, et elle voulait qu'ils soient aussi parfaits que possible avant de les leur montrer.

Quand la sonnette au-dessus de la porte retentit, elle releva la tête et abandonna son fauteuil en trombe, oubliant tout ce qui concernait les chiffres et ses croquis.

— Qu'est-ce qui se passe ? demanda-t-elle en tirant sur le bras de Jake. Qu'est-ce qui ne va pas ?

Jake secoua la tête.

— Ces derniers jours ont été plutôt merdiques.

Maya le regarda de près et comprit que merdique n'était pas un mot assez fort. Il ne s'était pas rasé depuis plusieurs semaines, mais surtout, il ne s'était pas soucié de prendre soin de sa barbe. Il avait des cernes sous les yeux et avait dû se passer la main dans les cheveux un bon nombre de fois vu comment ils tenaient droit tous seuls par endroits. Sans penser aux inquiétudes qu'elle avait eues ces dernières semaines, elle posa son autre main sur son torse et se laissa aller vers lui.

— Jake.

Il eut un petit sourire triste et secoua la tête.

— Je n'aurais pas dû venir ici.

Elle ne savait pas pourquoi ça faisait si mal à entendre. Elle aurait dû être un refuge pour lui. Elle avait *toujours* été un refuge. Qu'est-ce qu'elle avait fait pour que ça ne soit plus le cas ? Mince. Peu importait ce qui arrivait dans sa vie et sa tête, elle et Jake étaient une équipe. Elle ne voulait pas imaginer que ça puisse ne plus être le cas.

Elle tira sur son bras à nouveau et, cette fois, il la laissa le guider. Elle était peut-être capable de mettre KO un type qui faisait deux fois sa taille, mais c'était dur de faire bouger Jake quand il n'en avait pas envie.

Elle conduisit son meilleur ami dans son bureau et essaya d'ignorer le regard entendu que Sloane lui adressa. Ce mec était bien trop observateur pour son propre bien. Elle lui fit un doigt d'honneur pour la forme et referma la porte derrière Jake et elle.

— Qu'est-ce qui ne va pas, Jake ? demanda-t-elle.

Elle ne savait pas quelle Maya être avec lui en ce moment. Est-ce qu'elle devait lui dire de serrer les dents ? Ou le serrer dans ses bras parce qu'il souffrait ? Elle n'était pas aussi superficielle qu'elle en donnait l'impression, mais parfois les gens avaient simplement besoin qu'on leur botte les fesses. Mais là, elle n'était pas certaine d'être assez forte pour ça, pas alors que Jake faisait cette tête-là.

Jake s'effondra sur une des chaises et se passa la main sur le visage.

— Beaucoup de conneries, voilà quoi.

Maya laissa un petit grondement lui échapper et s'accroupit devant lui. Elle ignora la position que ça lui faisait prendre, pratiquement agenouillée à ses pieds, le visage à hauteur de son entrejambe. Ce qui lui tournait dans la tête gâchait la façon dont elle se comportait avec lui.

— Sois un peu plus spécifique, Gallagher, ou je vais être obligée de te botter les fesses.

Il pouffa de rire et coinça une mèche de ses cheveux

derrière son oreille. Ils se figèrent tous les deux devant ce geste, et elle déglutit, la bouche soudain sèche.

— Holly et moi on a rompu.

Il le dit si vite qu'elle faillit en tomber à la renverse, bouleversée par ces paroles. Elle se releva sur des jambes tremblantes et le contempla, le cœur brisé. Toute cette douleur, c'était parce que lui et Holly n'étaient plus ensemble ? Elle avait su qu'il était en train de tomber amoureux d'elle, mais ça faisait quand même mal d'entendre le ton de sa voix. Elle repoussa l'idée qu'il était célibataire, désormais.

C'était son meilleur ami. Rien de plus. Rien de moins.

— Je suis désolée, dit-elle avec franchise. Je sais que tu l'aimais beaucoup.

— C'est elle qui m'a largué.

Il secoua la tête.

— Et je ne l'avais pas vu venir. Et maintenant, Border est là, et tout part en couille.

Maya cligna des yeux plusieurs fois de suite pour digérer tout ça. C'était *Holly* qui l'avait largué. Alors il devait toujours être à fond sur elle. Et Border ? C'était un ami à lui avant qu'elle le connaisse. Et elle savait que ce n'était pas simplement un vieil ami, pas un ex non plus, mais davantage que quelqu'un avec qui il avait perdu le contact. Ce n'était pas étonnant qu'il ait l'air de s'être pris une cuite en restant sobre. C'était beaucoup à gérer d'un coup.

Bien sûr, le fait que Border soit de retour ne faisait que renforcer le fait qu'entre elle et Jake il n'y avait que de l'amitié. Jake était célibataire, et son ex était de retour en ville après avoir disparu pendant une éternité.

Eh bien tant pis.

Elle allait prendre soin de son meilleur ami et faire de son mieux pour que ça ne soit pas bizarre. Parce que ça ne l'était pas. Ça ne pouvait pas l'être alors que cet homme était resté à ses côtés pendant tant d'épreuves au cours de la dernière décennie, et rien ne pouvait changer cela. Ils étaient *amis*.

— Ça fait beaucoup, finit-elle par dire. Quand est-ce que Border est arrivé ?

Jake haussa les épaules.

— Il y a quelques jours. Juste avant que Holly me largue. Et bon sang. Elle m'a simplement jeté, tu vois ? Je voulais rompre avec elle, et au lieu de ça, elle se pointe et me dit que je devrais suivre mon cœur ou je ne sais quelle autre connerie. Je croyais qu'elle parlait de Border, tu sais, parce qu'il venait d'arriver, même si elle ne connaît pas notre passé. Mais ensuite, elle s'est mise à parler de toi, et je suis juste resté planté là comme un pauvre idiot.

Maya pencha la tête de côté, le cœur battant.

— Pardon ?

— Je veux dire, bon sang, pourquoi elle irait s'imaginer que tu pourrais te mettre entre nous ? Tu es ma meilleure amie. Tu es *Maya*. Tu n'es pas une concurrente.

Maya resta là comme une idiote et essaya d'analyser ses paroles. Ça n'aurait pas dû faire aussi mal que ça, mais apparemment, elle n'arrivait pas à réfléchir normalement quand il s'agissait de lui.

Et c'en était assez. Il n'y avait pas moyen qu'elle continue comme ça. Elle en avait marre. Elle ne voulait plus être sombre, ne plus être elle-même. Son ami avait besoin d'elle, et apparemment, il ne la considérerait jamais comme une petite amie potentielle. Penser qu'elle aurait pu l'être, penser qu'elle pouvait avoir droit à un autre rôle dans sa vie ne faisait que lui rendre les choses plus difficiles.

Elle n'aimait pas cette Maya. Elle n'aimait pas qui elle devenait quand elle se mettait de côté.

Mais elle ne serait jamais avec lui. Pas comme elle l'aurait voulu ou comme elle pensait le vouloir. Alors elle allait serrer les dents et se rappeler qui elle était avant, parce que cette pâle imitation d'elle-même n'était pas quelqu'un qu'elle avait envie d'être. Elle allait remettre le masque qu'elle avait porté pendant si longtemps, celui qui lui permettait d'envoyer chier tout le monde et d'aller *bien* quoi qu'il se passe. Elle était *mieux* comme ça.

Peu importait que Jake soit célibataire, désormais. Peu importait que Holly l'ait mentionnée quand elle avait rompu avec lui. Parce que Jake ne la voyait pas comme ça. Ça faisait longtemps qu'il ne la voyait plus comme ça, si ça avait jamais été le cas au départ. Une nuit d'ivresse où ils avaient presque couché ensemble ne comptait pas pour grand-chose sur l'ensemble de leur relation. Jake pouvait retrouver son ex, et Maya s'en remettrait.

Ce n'était rien, vraiment.

Rien.

— Pourquoi elle penserait une chose pareille ? demanda Maya d'une voix basse, dépourvue d'émotions. On est amis, Jake. On a toujours été amis. Je sais que tout le monde ne comprend pas cela, mais je pensais que Holly comprenait.

Jake croisa son regard.

— On n'a pas toujours été simplement amis, Maya.

Maya sentit sa mâchoire se crisper. Ils avaient toujours fait attention à ne jamais reparler de cette nuit, à ne jamais mentionner le fait qu'elle avait pris son sexe dans sa bouche et qu'il l'avait fait jouir avec ses doigts. Même Graham et Owen n'avaient jamais mentionné l'avoir vue ce soir-là, dans ce bar. C'était une règle tacite, et voilà que Jake la remettait en cause.

— C'était une seule nuit, il y a longtemps, dit-elle d'une voix calme.

Elle refusait de craquer, même si elle aurait préféré être n'importe où plutôt que là. Elle s'était réfugiée derrière sa façade, et rien ne pouvait l'abattre, pas même les souvenirs communs qu'évoquait son meilleur ami.

— Et on n'en a jamais parlé.

Maya secoua la tête.

— Pour en dire quoi ? C'était sympa, et on sait tous les deux qu'on est bons au lit. Mais les choses ont changé après ça, et on est restés amis depuis tout ce temps.

— Et Holly pense que tout ça n'est pas réglé.

C'était vrai.

— Et donc ? Tu as dit que tu comptais rompre avec elle mais tu ne l'as pas fait. Tu as attendu que ça vienne d'elle. Border est là et, franchement, je n'ai pas envie de devenir un bouc émissaire.

— Je crois que je suis trop crevé pour gérer ça.

Elle souffla. Typique.

— Mettons. Mais je suis toujours ta meilleure amie, alors si tu veux prendre un verre et parler de tout ça, dis-le-moi. Et si tu veux que je casse du sucre sur son dos avec toi ? Eh bien, je peux faire ça, même si ça doit être contraire aux règles de la solidarité féminine ou je ne sais quoi. Oh, et Jake ? La prochaine fois que tu rentres ici dans un état pareil, dis-moi direct ce qui ne va pas. On a toujours su gérer ce genre de choses, et pourtant tu...

Elle s'interrompit. Mentionner que c'était étrange entre eux en ce moment n'aiderait en rien ; ils le savaient déjà tous les deux.

— Maya, gronda Jake, les yeux fermés, la tête renversée contre son dossier. Je ne sais pas ce que je suis en train de foutre.

— Eh bien, décide-toi, Jake. Parce que tu sais que je serai toujours à tes côtés, mais je ne peux pas le faire si tu changes les choses entre nous.

Elle avait déjà changé de son côté, mais c'était sa faute, et elle gérerait ça toute seule. Elle n'avait pas transformé sa relation avec Jake, pas vraiment. Et il n'y avait pas moyen qu'elle le fasse sans avoir pleinement conscience des conséquences. Parce que là, elle avait mal au crâne, et sa façade était en train de craquer. Jake ne savait pas ce qu'il voulait. Maya non plus, c'était clair. Et puis il y avait Border. Où est-ce qu'il était ? Qu'est-ce qu'il voulait ? Et pourquoi ne l'avait-elle pas encore rencontré ?

Trop de choses dépendaient de ce qui suivrait, et ça voulait dire qu'il fallait qu'elle recule l'inévitable jusqu'à ce qu'ils aient tous les idées un peu plus claires.

— Je ne sais pas ce que je veux, finit par dire Jake.

Maya prit une grande inspiration.

— Alors rentre chez toi, et on se verra plus tard. Parce que je *sais* que c'est nul de se faire larguer. Je sais que tu as mal en ce moment, mais je ne veux pas te servir de punching-ball émotionnel.

Jake renifla.

— Je croyais que c'était à ça que servaient les meilleurs amis.

Elle secoua la tête et sentit ses yeux la brûler. C'était pénible.

— On est de ceux qui sont capables d'encaisser les coups les plus durs, mais ça veut aussi dire qu'on sait *exactement où* frapper l'autre.

Elle marqua une pause.

— Rentre chez toi, Jake. Appelle-moi quand tu auras besoin de moi.

Jake se leva et la fixa. Elle inclina la tête pour croiser son regard. Il était si grand, là, intimidant. Elle n'était pas sûre d'être prête à lui faire face, à assumer.

— Je ne sais pas ce dont j'ai besoin, Maya. Je ne sais pas si c'est de toi.

Elle laissa les mots rebondir sur sa carapace. Elle ne se laisserait pas blesser par ces paroles.

— Alors découvre-le, parce que je ne suis pas ton punching-ball.

Elle désigna la porte d'un mouvement du menton.

— Tu connais la sortie.

Il soupira et partit vers la porte.

— Je t'aime, Maya. Tu le sais, hein.

Elle le savait, et ça faisait mal.

— Oui, et je t'aime aussi. Va-t'en, maintenant.

Il ouvrit la bouche pour dire quelque chose mais changea d'avis avant de sortir et de la laisser seule avec ses pensées. Sa carapace tiendrait ; elle serait la Maya qu'elle aimait, pas celle qui demandait la permission pour ressentir, pour se languir. Parce que cette Maya ne ressentait que ce qu'elle voulait, et de la douleur pour l'homme qui venait de sortir de cette pièce ne faisait pas partie du deal.

Ça allait.

Et si elle se répétait ça encore une fois, elle se botterait le cul à elle-même.

Maya poussa un soupir. Quelque chose avait changé entre eux deux, et elle ne savait pas ce que ça voulait dire. Elle n'était pas non plus sûre d'avoir envie de le découvrir. Il y avait certaines choses dont on ne se remettait jamais, et il semblait bien que c'était le cas, cette fois-ci.

CHAPITRE SIX

BORDER AVAIT envie de taper dans quelque chose. N'importe quoi. Ça faisait presque deux semaines qu'il s'était pointé à Denver pour essayer de déterminer son futur, et tout ce qu'il avait trouvé, c'était une porte fermée et un chemin qui menait à des promesses brisées.

Il avait cru laisser tout ça derrière lui quand il s'était barré de Denver, à la base, mais apparemment, le vieux dicton était vrai, et on ne pouvait jamais échapper à son passé.

Qu'est-ce qu'il faisait ici ? Ça faisait deux semaines qu'il dormait dans la chambre d'amis de Jake, mais il ne lui avait pas parlé à part pour échanger quelques politesses. Il n'avait jamais dit à Jake qu'il était désolé d'être parti, ni qu'il avait ressenti plus que de l'amitié pour lui autrefois.

Jake ne lui avait jamais demandé ce qu'il avait fait pendant toutes ces années, et Border ne le lui avait pas dit de lui-même. C'était comme s'il y avait un mur entre eux qu'il ne parvenait pas à franchir ou comprendre. C'était de sa faute si c'était bizarre entre eux, mais Jake ne l'aidait pas. Depuis qu'Holly avait rompu avec lui, il était encore plus grognon que d'habitude. Bien sûr, comme Border ne connaissait pas cet *homme* comme il avait connu le *gamin* qu'il était à l'époque où ils étaient amis, c'était peut-être simplement son comportement normal. Mais il avait le sentiment que ce n'était pas le cas. Et aussi que ce n'était pas juste à cause d'Holly.

Au cours des deux semaines qui s'étaient écoulées, Border n'avait pas rencontré Maya, et Jake n'avait pas parlé d'elle. C'était comme si, quand Holly avait rompu avec Jake, ça avait eu des conséquences sur Maya aussi. Border ne savait pas ce qu'il se passait, mais il avait un sale pressentiment.

Cela dit, depuis qu'il était revenu, tout son temps n'avait pas été consacré à se lamenter sur Jake ou à essayer de décider quoi faire de sa vie. Non, il avait travaillé et ignoré farouchement tout ce qui concernait les autres Gallagher. Et les Montgomery, d'ailleurs. Il ne voulait pas se retrouver mêlé à ces deux familles qui s'agrandissaient sans cesse tant qu'il n'était pas capable de se trouver dans la même pièce que Jake sans se sentir très bizarre.

Même s'il était à Denver pour Jake et qu'il refusait de se mentir là-dessus, peu en importait son envie, il était aussi là pour mener à bien une mission inachevée. Il s'était planté de la pire des façons possibles, et il n'y avait pas moyen qu'il laisse le reste de cette mission partir à vau-l'eau parce qu'il se conduisait comme un ado en chaleur avec Jake Gallagher.

Border ne dépendait pas du gouvernement, et il n'avait pas les mêmes règles que ceux dont c'était le cas, mais il avait néanmoins un code d'honneur. Et ne pas laisser mourir les gens dont il avait la responsabilité en faisait partie. Bien sûr, il ne pouvait rien dire de tout cela à Jake. Ça aurait mis tout le monde en danger si Jake avait eu la moindre idée de ce qu'il faisait pour gagner sa vie.

Il poussa un soupir et regarda son téléphone où il lut le message le plus récent de la famille à qui il avait confié sa dernière protégée. C'étaient des gens bien, et il savait qu'ils la garderaient en sécurité, pas comme dans le dernier endroit où Border s'était trouvé. Il ferma les yeux et essaya de faire taire le souvenir des cris dans sa tête.

Ce n'était pas comme s'il était agent secret ou un truc sensationnel dans le genre. Il remplissait simplement des missions pour des gens qui ne pouvaient pas s'en sortir tout seuls. Tout ce qu'il faisait était légal, mais parfois, c'était à la limite. Il protégeait les gens quand ceux qui auraient dû le faire n'en étaient pas capables.

Et parce qu'il travaillait seul la plupart du temps, il avait dû apprendre à faire confiance à son instinct. Cette confiance avait causé la mort de gens proches de lui, et maintenant, il devait en assumer les conséquences. Il avait laissé tomber le milieu, laissé tomber tout ce qui aurait pu le tuer dans les années à venir. Il n'avait plus qu'à finir cette mission-ci et il serait sorti d'affaire.

Le fait qu'il pouvait le faire à Denver, tout en essayant de retrouver une vie qu'il pensait vouloir, avait fait que ça valait le coup de revenir.

Sauf que Jake n'arrêtait pas de le repousser, sans même le faire exprès, et Border ne savait pas combien de temps il allait encore pouvoir le supporter avant de lui exploser à la gueule.

Jake rentra en trombe dans le salon, de l'argile sur les bras et une marque sur le front. Il s'était lavé les mains, mais elles étaient encore mouillées, et il serrait les poings. Il grogna pour lui-même.

— Un problème ? demanda Border.

Il était en train de remuer une grande casserole de chili et haussa un sourcil vers l'autre homme.

— Nan, ça va, cracha Jake.

Il ouvrit le frigo et regarda à l'intérieur sans rien y prendre avant de le refermer.

— Qu'est-ce que tu prépares ?

Border continua à s'occuper de son plat pour éviter de mettre les pieds dans un autre plat : ce qu'il se passait entre lui et Jake.

— J'ai faim et je voulais manger. J'en ai marre de commander des trucs à emporter pour ne pas te déranger alors je cuisine pour nous deux. Tu aimais bien mon chili, autrefois.

Ah, eh bien, les deux pieds dans le plat.

— Je me souviens à peine de ton chili, gronda Jake.

Border leva les yeux au ciel.

— Tu t'en souviens très bien. Ne sois pas un enfoiré parce que tu es de mauvaise humeur.

Jake fit courir son majeur sur son sourcil.

— Moi, je pense que c'est le bon moment pour être un enfoiré, quand on est de mauvaise humeur.

Border ricana. Jake n'avait pas tort.

— Admettons.

Il plongea la cuillère en bois dans le chili et la porta à ses lèvres. Les yeux toujours sur Jake, il souffla dessus pour refroidir la bouchée de nourriture.

— Tu veux goûter ?

La gorge de Jake se contracta alors qu'il déglutissait, et il hocha la tête. Border avança la cuillère vers ses lèvres, et l'autre homme ouvrit la bouche. Quand Jake referma sa main autour du poignet de Border pour éviter qu'il ne bouge, Border retint un gémissement.

La langue de Jake sortit et il goûta le chili avant de prendre la bouchée sans jamais quitter Border du regard.

Les haricots épicés n'avaient jamais été aussi sexy.

Jake se lécha les lèvres et hocha la tête.

— Super bon. Pas trop piquant, mais ça a du caractère.

Border relâcha lentement sa respiration avant de laver la cuillère et de la poser à côté de la casserole.

— Tant mieux. C'est ce que je voulais.

Jake s'appuya contre le frigo et croisa les bras sur son torse.

— Qu'est-ce que tu fais ici, Border ?

Celui-ci bougea pour pouvoir caler sa hanche contre le plan de travail. Il avait imité inconsciemment la pose de Jake, mais il n'en changea pas. Jake ne parlait pas du chili, et Border n'allait pas faire semblant de ne pas l'avoir compris.

— Je reviens m'installer ici.

Jake écarquilla les yeux.

— Pour de bon ?

— Oui, pour de bon. Je te l'ai déjà dit.

Est-ce qu'il l'avait fait ?

— Tu l'as peut-être mentionné, mais je n'étais pas sûr de te croire, tu vois ? Tu es parti longtemps, et il y a d'autres endroits où tu aurais pu te poser.

— Et je l'ai fait. Mais là, je veux être ici.

— Ici à Denver ou ici avec moi ? Parce que je ne sais pas ce que tu veux, Border, et encore moins ce que moi je veux.

Jake n'était pas prêt pour cette conversation, et ils en avaient tous les deux conscience, mais ce n'était pas comme si Border avait pu reculer désormais.

— J'ai passé trop de temps à fuir, j'ai vu des trucs que j'aurais préféré ne pas voir, fait des choses que je ne voulais pas faire. Maintenant, je veux rentrer chez moi. Parce que peu importe où je suis allé, Denver a toujours été mon chez-moi.

Tu as toujours été mon chez-moi.

— Vraiment ? Parce que je n'ai aucune idée de ce que tu as fait pendant tout ce temps.

— Et tu n'as jamais posé la question.

Oui, ça faisait mal qu'il n'ait jamais montré de curiosité à cet égard. Et apparemment, Border avait envie de pinailler là-dessus. Jake leva les mains vers le ciel en fronçant les sourcils.

— J'étais un peu occupé à gérer ma vie de merde, là, merci bien.

Border secoua la tête.

— Ta vie de merde ? Je ne vois pas une vie de merde. Je vois un homme qui a une famille géniale, un homme qui a un boulot et une maison qu'il adore. Je veux dire, putain, tu peux travailler de chez toi, et j'ai vu ce que tu produis.

Il fit un geste de la main qui englobait toute la maison.

— J'ai vu tes œuvres ici et à l'extérieur. Tu as du talent, tu en as toujours eu. Oui, Holly t'a largué, mais tu m'as dit toi-même que tu comptais le faire.

— Ce n'est pas aussi simple que ça ! hurla Jake.

— Ça ne l'est jamais, mais bon sang, Jake. Compose avec la réalité, pas avec ce que tu penses devoir faire. Tu n'es pas mal parce que toi et Holly n'êtes plus ensemble. Tu es mal parce que ce n'est pas toi qui as rompu. Tu es sens dessus dessous parce qu'elle a pris la décision la première.

— Va te faire foutre, Border. Tu ne me connais pas. Tu ne sais pas ce que je ressens.

Border se pencha vers lui.

— Et c'est de la faute de qui ? C'est de la faute de qui si je ne connais pas l'homme que tu es devenu ?

— La tienne, connard. La tienne, putain.

Jake se redressa.

— C'est toi qui es parti. C'est toi qui as décidé que je ne te suffisais pas. Alors ne viens pas chouiner parce que tu ne me connais plus.

Il l'avait cherché, là.

— Ce n'est pas ce que je voulais dire.

— Oui, ben c'est ce que tu as dit. Je n'étais pas assez bien pour toi. Je n'étais pas une nana. Tu ne voulais pas vraiment baiser avec moi, tu voulais uniquement tirer ton coup et ne plus en parler. Je comprends. Mais ne viens pas faire comme si tu n'avais rien fait. Ne viens pas faire comme si tu avais une place dans ma vie désormais.

La poitrine de Jake se soulevait rapidement, et Border avait envie de lui mettre un coup de poing pour avoir dit tout ce qu'il fallait, même si tout était de travers.

— Oh, la ferme. Je ne suis pas parti parce que tu étais un mec. Je suis parti parce que j'étais tombé amoureux de toi, abruti. Je suis parti parce que j'avais peut-être vingt ans, mais je n'étais pas encore un homme. Mon père t'aurait tué, s'il avait su. Tu le comprends, ça ? Il t'aurait tué parce qu'il ne pouvait pas me tuer moi, même si c'est clair qu'il a essayé. S'il ne s'était pas tué à force de boire, il serait toujours en train d'essayer. Je suis parti parce que je ne savais pas qui j'étais sans cet homme constamment en train de me rabaisser, et je n'étais pas digne de toi. Alors oui, je suis parti. Je l'ai fait d'une façon nulle et je ne peux pas réécrire le passé, mais je suis là, désormais, et tu ne sembles pas capable de voir ça en face.

Jake recula, les yeux écarquillés.

— Nous étions adultes, Border. Il n'aurait pas pu nous toucher.

— Tu sais comment il était, alors ne te mens pas à toi-même. Et puis, Jake ? Tu n'as jamais rien dit. Tu ne m'as jamais dit ce que tu ressentais. Pour ce que j'en savais, j'étais amoureux de toi, et toi, tu aimais me sauter pour exciter nos copines. Je. Ne. Savais. Pas.

Jake marqua une pause si longue que Border eut peur d'avoir merdé de nouveau.

— Je... je ne savais pas non plus. Je suis bi, Border. Je n'ai pas peur de cette étiquette.

Border poussa un soupir et ferma les yeux.

— Je suis bi aussi. On était jeunes et cons et on n'avait aucune idée de ce qu'on était en train de foutre. Nous sommes plus vieux, désormais, mais je crois que nous ne savons toujours pas ce que nous sommes en train de faire.

— Je croyais le savoir, dit Jake simplement. Je pensais que

j'avais compris, en tout cas. J'avais un boulot, une maison et une fille que je pensais épouser.

— Tu ne l'aimais pas, Jake, et on le sait tous les deux. Holly le savait aussi.

Jake serra la mâchoire.

— C'est ce qu'elle a dit.

— Elle a aussi parlé de Maya.

Il fallait qu'il rencontre cette femme, celle qui possédait le cœur de Jake, et pas celle que Jake avait acceptée faute de mieux. Parce qu'il y avait quelque chose là, quelque chose que Border devait régler. Il y avait un truc à l'arrière-plan de son cerveau, une idée qu'il n'arrivait pas tout à fait à saisir par rapport à eux trois, et il fallait qu'il comprenne de quoi il s'agissait.

— Ferme-la avec Maya. Tu ne la connais pas. Tu ne comprends pas.

— Tu as envie d'elle, Jake. Je le vois quand tu prononces son prénom.

— C'est ma meilleure amie, cracha Jake.

— J'en suis sûr, mais tu as envie d'elle.

Jake gronda.

— Et tu es en train de dire que j'ai aussi envie de toi. C'est ça ?

Border inclina la tête de côté.

— C'est le cas ?

— Va te faire foutre, Border. Tu ne peux pas débarquer ici et changer qui je suis. Tu ne peux pas tout foutre en l'air comme ça.

— Les choses avaient déjà l'air de partir en couille sans moi.

Il jouait les connards et en était conscient. Mais s'il ne forçait pas Jake à faire face à ses pensées et à ses peurs, ils n'iraient nulle part.

— Va. Te. Faire. Foutre.

Le poing dans sa mâchoire n'aurait pas dû surprendre Border, mais ce fut le cas. Sa tête vola en arrière, et il grimaça en se massant le menton là où Jake l'avait frappé.

— Tu te sens mieux ? demanda Border.

Il se passa la langue sur les dents pour voir s'il n'y en avait pas de déchaussée. Cet enfoiré tapait fort.

Jake secoua la tête.

— Non. Ta mâchoire, c'est du granite.

Border pouffa, visiblement amusé.

— Pas vraiment, mais merci.

— Je ne sais pas ce que je suis en train de foutre, dit Jake au bout d'un moment. Et le fait que tu sois là ne m'aide pas.

Border eut l'impression de se prendre un coup dans le plexus solaire, mais il fit de son mieux pour ne pas le montrer.

— Tu veux que je m'en aille ? Je peux. Mais je ne quitterai pas la ville. Il faut qu'on parle.

— Je croyais que c'était ce qu'on venait de faire, rétorqua Jake. Qu'est-ce que tu veux au juste, Border ?

— Toi, lâcha-t-il.

Il eut envie de se foutre des baffes. Eh bien, plus moyen de revenir en arrière maintenant, même s'il s'était planté.

— C'est toi que je veux, Jake.

Celui-ci devint pâle, et Border retint un soupir. Ce n'était pas la réaction qu'il avait espérée en dévoilant ses sentiments à l'homme qu'il désirait.

— Je ne sais pas ce que je veux, Border, murmura Jake. C'est... ça fait longtemps.

Border se redressa et se déplaça jusqu'au bout du plan de travail pour laisser un peu d'espace à Jake.

— Je vois.

C'était vrai. Il était parti trop longtemps, il avait merdé.

Jake tendit la main et saisit son bras.

— Non, tu ne vois pas. Je raconte n'importe quoi. Tu es

revenu sans crier gare, mais ce n'est pas vraiment ça, au fond, n'est-ce pas ? Tu as toujours été là d'une certaine façon. Tu m'appelais de temps en temps depuis ton départ.

Jake croisa le regard de Border.

— Et j'avais *besoin* de ces appels, Border. Même s'ils me tuaient.

Border déglutit.

— J'en avais besoin aussi.

Il ferma les yeux.

— Mais tu as besoin de Maya aussi.

Jake pinça les lèvres.

— Nous sommes amis.

— Tout comme nous l'étions, contra Border. Ne la perds pas parce que tu as peur.

— Et toi ? demanda Jake d'une voix basse.

Le cœur de Border battait à ses oreilles, et il prit une grande inspiration, essayant de retrouver le contrôle de lui-même. La pensée qui crépitait à l'arrière de son cerveau se matérialisa tout entière, et il se serait volontiers traité de fou. Il n'avait même pas encore *rencontré* Maya, mais il était sur le point de faire quelque chose d'incroyablement stupide malgré tout.

— Et si c'était nous deux ?

Jake se figea, et Border ne sut pas quoi dire ensuite.

— Comment ça, et si c'était nous deux ? demanda une voix depuis le salon.

Border se tourna à cette voix féminine, et Jake jura. La fille qui les avait interrompus était belle à se damner. Des courbes sexy et un regard noir encore plus sexy. Ses cheveux noirs arrivaient en dessous de ses épaules, et elle avait une frange en travers du front. Elle avait un piercing à l'arcade et des tatouages partout sur les bras. Ses yeux bleus ressemblaient terriblement à ceux de Storm.

— Maya, dit Jake doucement. Qu'est-ce que tu as entendu, au juste ?

Maya Montgomery. C'était la femme qui détenait le cœur de Jake, en tout cas une partie. Et Border ne s'était jamais senti si chanceux ni si mort de trouille de toute sa vie.

— Je ne sais pas interpréter ce que j'ai entendu, alors vous voulez bien m'éclairer, tous les deux ?

Border soupira alors que Jake restait silencieux, le visage de marbre, alors qu'il essayait de réfléchir à quoi dire.

— Je suis Border, dit-il enfin. Tu dois être Maya Montgomery.

Maya croisa le regard de Border, et ils laissèrent tous les deux un petit soupir leur échapper.

— Enchantée, je suppose.

Il ne put retenir un sourire à ces mots.

— Je suppose que je suis enchanté aussi.

— Qu'est-ce que tu fais là, Maya ? demanda enfin Jake avant de jurer à nouveau. Je veux dire, putain.

Il avança vers elle et l'attira dans ses bras, ce qui surprit Border et, apparemment, Maya aussi.

Elle lui tapota le dos avec maladresse et fronça les sourcils vers Border par-dessus son épaule.

— Eh, eh, dit-elle doucement. Qu'est-ce qui se passe, Jake ?

Il secoua la tête, et Border s'appuya au plan de travail tandis qu'il observait leur dynamique.

— Je fous tout en l'air, comme d'hab, répondit Jake. Comment ça va, toi ?

Elle cligna des yeux quelques fois avant de croiser le regard de Border.

— De quoi est-ce qu'il parle ?

Border haussa les épaules.

— C'est lui qui devrait t'en parler.

Maya se tourna vers Jake avec un air d'attente. Jake se passa une main sur le visage et se détacha de son étreinte.

— Border et moi étions en train de parler du passé.

— Tu veux dire, entre vous et le fait qu'il soit parti ? demanda-t-elle.

C'est là que Border comprit que Maya savait *tout* de lui alors qu'il ne savait que quelques trucs d'elle. Jake avait sacrément de la chance de l'avoir dans sa vie, si elle ne prenait pas la fuite comme Border l'avait fait.

— C'est ça.

Son téléphone vibra, et il baissa les yeux pour lire le message. Un frisson parcourut sa colonne vertébrale, et il grinça des dents.

— Il faut que j'y aille.

Jake fronça les sourcils.

— Comment ça ? Tu ne crois pas qu'on devrait parler ?

Border rangea son téléphone et hocha la tête.

— Si, et on le fera quand je reviendrai, mais c'est un truc de boulot, je n'ai pas le choix.

— Qu'est-ce que tu fais comme boulot ? demanda Maya.

Il croisa son regard et ressentit une connexion se créer immédiatement. Le genre de connexion qu'il n'avait eu jusqu'a-lors qu'avec une seule personne dans sa vie : Jake.

Sérieusement ?

— Je protège des gens, finit-il par dire. Et il faut que j'y aille. Mais, Maya : parle avec lui. Demande-lui ce qu'il se passe. Et sois ouverte.

Il ne savait pas pourquoi il lui disait ça. Mais c'était ce qu'il venait de faire.

Là-dessus, il ramassa ses clés sur le plan de travail et avança jusqu'au couple. Quand il se pencha pour embrasser la tempe de Jake, ils se figèrent tous les trois.

Il n'avait pas prévu de faire ça, mais ça lui avait semblé aussi naturel que de respirer.

Et puis il se surprit à nouveau en faisant la même chose avec Maya.

— Je reviendrai. Ravi de t'avoir rencontrée.

Il les laissa dans le salon, et sentit leurs regards dans son dos tandis qu'il refermait la porte derrière lui. À quoi est-ce qu'il pensait, bon sang ? Qu'est-ce qu'il foutait ?

Il voulait être avec Jake. C'est ce qu'il avait toujours voulu, mais il avait eu trop la trouille pour agir en ce sens. Mais il voulait aussi que Maya soit avec Jake parce que cette fille le rendait heureux. Il ne savait pas du tout ce qu'il ferait ensuite, ni même si le choix lui appartenait puisqu'il les avait laissés seuls tous les deux.

Quoi qu'il en soit, quelque chose allait changer, quelque chose d'énorme, et il faudrait qu'il le mette de côté pour pouvoir travailler sur d'autres choses. Parce que quelqu'un avait besoin de lui pour rester en vie, et il était hors de question qu'il perde une personne de plus à cause de ses choix.

Son cœur se serra à la pensée de ce qu'il avait vu lors de son dernier échec, et il repoussa ce souvenir. Il n'échouerait pas. Il ne perdrait pas celle-ci.

Et il ne perdrait pas Jake. Pas à nouveau.

Quant à Maya ? Eh bien, il trouverait quoi faire avec elle aussi.

Les cheveux sur sa nuque se dressèrent alors qu'il montait dans son pick-up. Il retint un juron.

Il avait l'impression d'être observé, comme si quelqu'un avait eu les yeux sur lui. Mais il ne pouvait pas se permettre de montrer qu'il avait cette sensation. Parce que ça risquerait de mettre Jake et Maya en danger. Et c'était la dernière chose qu'il souhaitait.

Il ne savait peut-être pas ce qu'il voulait en ce qui concernait cet homme et la femme qui se tenait à ses côtés, mais il savait qu'il fallait qu'il le mette de côté pour gérer les objectifs très concrets qui se trouvaient devant lui.

Et la première des choses à faire, c'était de s'assurer que Jake et Maya étaient en sécurité.

Il démarra son pick-up et quitta l'allée en priant pour que la personne qui le surveillait le suive. Border n'allait peut-être pas pouvoir continuer à habiter chez Jake, si ça continuait comme ça.

Ou bien il perdait la boule et devenait parano. Quoi qu'il en soit, il avait un boulot à faire, et quelqu'un dont il devait s'occuper.

Et quand il reviendrait à la maison ?

Eh bien alors, il serait temps de décider de la prochaine étape. Parce qu'il n'y avait pas moyen que les choses reviennent à la normale, désormais. C'était impossible.

Et Border ne pouvait s'empêcher de ressentir un certain espoir au fond de lui, alors même qu'il était assailli par l'angoisse et l'inquiétude. Les choses changeaient, et il allait devoir s'accrocher et suivre le mouvement.

Une fois de plus.

CHAPITRE SEPT

JAKE ALLAIT DEVENIR DINGUE. Enfin, si ce n'était pas déjà fait. Il n'avait pas la moindre idée de ce qu'il venait de se passer dans la cuisine avec Border, et encore moins de ce qu'il s'était passé dans le salon. Mais quoi qu'il en soit, il se tenait désormais à côté de Maya, les mains dans les poches, mal à l'aise, alors qu'il essayait de trouver quoi dire.

Apparemment, il n'était pas aussi malin qu'il le pensait car il n'arrivait pas à trouver la moindre phrase pour briser la tension.

Maya le fixait, l'air perdu. Elle finit par le laisser là et passa dans la cuisine où elle remit le chili sur le feu.

— Je suppose que c'est Border qui a commencé ça, vu que tu ne sais pas faire le chili.

Jake poussa un soupir soulagé. Il pouvait parler du chili. C'était un bon point de départ.

— Je sais cuisiner.

Maya haussa un sourcil en le regardant, et son satané piercing trop sexy brilla dans la lumière.

— Je n'ai pas dit que tu ne savais pas cuisiner, j'ai dit que tu ne savais pas faire le chili.

Elle se pencha au-dessus de la casserole et inspira.

— Ça sent bon.

Elle couvrit la casserole et la retira du feu avant de s'appuyer au plan de travail et de croiser les bras devant sa poitrine.

— Bon tu comptes m'expliquer ce qu'il vient de se passer ? Je n'y comprends rien.

Jake s'appuya au bar si bien qu'il était en face d'elle, mais sans la toucher.

— Je n'en sais rien.

— Tu mens, dit Maya avec aisance. Et tu sais que je n'aime pas les menteurs. Alors pourquoi tu ne me dirais pas ce qui était en train de se passer dans cette cuisine avant que j'arrive. Dis-moi pourquoi ta main est rouge et pourquoi Border a l'air de s'être pris un gnon dans la mâchoire. Dis-moi pourquoi tu m'as serrée dans tes bras comme ça quand je suis arrivée. Pourquoi Border nous a embrassés tous les deux. Et ce que vous vouliez dire avec votre « tous les deux » ou je ne sais pas quoi quand je suis arrivée. Qu'est-ce que tu en dis ?

Elle inclina la tête vers lui, follement sexy. Il avait fait de son mieux pendant très longtemps pour ignorer à quel point elle était sexy en général. De temps en temps, il se rappelait la façon dont elle avait dansé cette nuit-là, son allure quand elle était à genoux devant lui. Il se rappelait même avoir ri à cause de sa discussion sur les bons cunnis et sa véhémence à ce propos. Il se rappelait de moindres détails, même s'il avait fait tout ce qu'il pouvait pour oublier.

Ils étaient amis, meilleurs amis, et ça fonctionnait parce qu'ils ne brouillaient pas les lignes. Mais désormais, il ne voyait plus où se trouvaient les frontières, il ne voyait plus qu'elle.

Et Border.

Et il ne savait plus du tout où il en était.

— Border est de retour à Denver, commença-t-il.

Maya cligna lentement des yeux.

— Ça, j'avais compris.

— Il est de retour parce qu'il veut faire de cet endroit son chez-lui.

Elle écarquilla les yeux.

— Tu veux dire qu'il compte emménager ici de façon permanente ?

Il secoua la tête.

— Non, enfin, je ne crois pas. Je voulais dire Denver en général. Il habite ici parce que je lui ai dit qu'il pouvait, le temps de réfléchir à la prochaine étape. Sauf que je pense que la prochaine étape, c'est un truc plus compliqué que simplement choisir un appartement.

Maya tendit la main vers lui avant de reculer. Il n'aimait pas la voir si incertaine, si peu comme la Maya qu'il connaissait. C'était de sa faute à lui, bien sûr. Il était en train de changer leur dynamique, sans la laisser participer au changement.

— Il m'a dit pourquoi il était parti, la vraie raison. Il avait peur que son père me tue à cause de ce qu'il y avait entre nous.

Il marqua une pause.

— Même si je ne pense pas que nous ayons eu conscience à l'époque de ce que nous étions l'un pour l'autre.

Maya laissa un soupir lui échapper et avança. Elle posa les mains sur ses bras et le regarda dans les yeux.

— Et qu'est-ce que vous étiez l'un pour l'autre ?

— Je l'aimais, Maya, dit-il doucement.

Il avait toujours été franc avec elle sur absolument tout, à part sur ce qu'il avait ressenti pour elle quand il était venu la voir à Montgomery Ink pour la première fois. Il ne voulait pas mentir à ce sujet, pas alors que ça semblait si important. C'était l'un de ces moments qui pouvaient tout changer, un moment qui changerait effectivement tout. Ça ne pouvait pas être basé sur des mensonges. De cela, Jake était certain.

Maya pinça les lèvres.

— Et il m'aimait, ajouta-t-il. Et on a laissé ça se perdre parce qu'on était jeunes et qu'on avait peur de nous avouer nos sentiments.

Et voilà qu'il se trouvait là, avec bien des années de plus, et qu'il avait toujours aussi peur.

Maya ne dit rien, mais sa simple présence l'aida à poursuivre. Elle avait toujours cet effet sur lui. Peu importait ce qu'il éprouvait, il se sentait toujours *en sécurité* avec elle. Il ne fallait pas qu'il tourne le dos à cela, il ne fallait pas qu'il le perde. Et s'il s'accrochait suffisamment fort, ça n'arriverait pas, quoi qu'il puisse se passer d'autre.

Il souffla.

— Alors on a parlé de ça, et on s'est amusés à rejeter la faute l'un sur l'autre, comme des idiots, et je l'ai frappé.

— Ça ne m'étonne pas, déclara Maya, pince-sans-rire. Et il t'a frappé aussi ?

Jake secoua la tête.

— Non, même s'il aurait probablement dû. Je l'ai un peu attaqué sans prévenir. Mais il s'est laissé faire comme s'il pensait qu'il le méritait ou je ne sais quoi. Ça aurait peut-être été le cas à une époque, mais je ne pense plus que ce le soit aujourd'hui. Je ne l'ai pas frappé parce qu'il est parti, mais parce qu'il est revenu et qu'il a dit des choses que je n'avais pas envie d'entendre.

Maya secoua la tête et fit glisser ses pouces sur ses doigts rougis.

— Qu'est-ce qu'il a dit d'autre ?

— Que j'ai toujours envie de lui, dit Jake doucement. Qu'il a envie de moi.

Il marqua une pause.

— Que j'ai envie de toi.

Maya releva aussitôt la tête et arrêta de respirer.

— Quoi ?

Le cœur de Jake battait à toute allure. Il contempla la femme qui s'était tenue à ses côtés depuis si longtemps. Elle était celle qui l'emplissait d'espoir, de rire, et de douleur parce qu'il ne pouvait pas l'avoir.

Elle était tout.

Et peut-être que Border aussi.

Au lieu de réfléchir à ce que ça pouvait signifier, il utilisa sa main libre pour lever son visage vers lui et posa ses lèvres sur les siennes. Elle hoqueta contre sa bouche, et il insista. Il avait besoin de sentir son goût, il avait besoin d'*elle*. C'était ça qui lui manquait, c'était ça qu'il fallait à sa vie. Les années à être son ami, à ne rien vouloir de plus car elle le rendait heureux, que c'était réciproque et que ça devait se suffire en soi, disparurent en l'espace d'une seconde. Le désir de cette nuit dans le bar remonta à la surface à toute allure, comme un coup dans le ventre. Il avait *envie* d'elle. *Besoin* d'elle. Et il ferait tout pour la garder.

Ça semblait être ce qu'il fallait.

C'*était* ce qu'il fallait.

Maya le laissa l'embrasser quelques secondes avant de reculer.

Le coup dans la mâchoire n'aurait pas dû le surprendre, mais ce fut le cas.

— À quoi tu joues, Jake ? hurla Maya. Tu ne peux pas simplement *m'embrasser* comme ça. Tu ne peux pas changer les choses ainsi.

Elle recula de deux pas et leva le menton.

— On est *amis*. Au cas où tu l'aurais oublié.

— Je n'ai rien oublié du tout, Maya. Comment le pourrais-je ? Mais on veut tous les deux que ça change.

Maya partit d'un petit rire.

— Oh, tu lis dans mes pensées, maintenant ? Alors dis-moi à quoi je pense, là.

Elle le fusilla du regard, et Jake secoua la tête.

— Tu as envie de me frapper de nouveau.

— Un coup de chance, siffla Maya.

Jake essaya de retrouver le contrôle de sa respiration. Ce n'était pas facile alors que les lèvres de Maya étaient toutes gonflées et mouillées de ses baisers et qu'il y avait dans son regard la même chaleur que la nuit où il l'avait rencontrée.

— Nous voulons que les choses changent, Maya. C'est ce que je veux. Et je sais que toi aussi.

— Arrête de me dire ce que je veux, rétorqua Maya.

Elle ferma les yeux et inspira par le nez.

— Alors dis-moi ce que tu penses.

Elle rouvrit les yeux, et il fut incapable de déchiffrer l'émotion qui s'y trouvait.

— Je pense que les choses vont trop vite et pas assez vite à la fois. Tu étais avec Holly juste avant, Jake. Oui, ça fait deux semaines, mais ce n'est pas bien long à l'échelle d'une relation. Je sais qu'elle a parlé de moi quand vous avez rompu et je ne veux pas que ce soit la raison pour laquelle tu es en train de faire ça. Je ne veux pas non plus que ce soit à cause de ce que Border t'a dit.

Maya marqua une pause.

— Je vaux davantage que ça : si tu as envie d'être avec moi, ce ne doit pas être à cause de ce que les autres disent. Il m'a fallu du temps pour le comprendre, mais je vaux davantage que ça.

Jake secoua la tête et fit un pas vers elle. Elle ne recula pas, et il décida que c'était bon signe.

— Ça fait plus longtemps que ça que je pense à toi en ces termes.

Comme elle n'avait pas l'air convaincue, il poursuivit :

— Je suis sérieux, dit-il doucement. Je ne suis pas fier d'avouer que je n'aimais pas Holly. Je pensais que je l'aimais, ou que je pourrais l'aimer, mais ce n'était pas le cas. Je pensais que c'était le genre de personne avec qui il fallait que je sois pour passer à la phase suivante de ma vie parce que je ne pouvais pas être avec celle que je voulais.

Il secoua la tête.

— Et ça fait de moi un enfoiré.

— Un peu, oui, murmura Maya.

Jake ricana. C'était bien Maya, ça, d'être complètement franche là-dessus en un moment pareil.

— Tu es en train de dire que tu avais envie de moi avant ça ?

Jake hocha la tête. C'était tout ou rien. Parce que s'il cachait qui il était, ce qu'il voulait, il foutrait tout en l'air. C'était Maya, *sa* Maya. Il ne pouvait pas se permettre d'avoir peur et de la perdre parce qu'il n'avait pas le courage de dire à voix haute ce qu'il ressentait ou ce qu'il avait ressenti par le passé.

Oui, dit-il. J'avais envie d'être avec toi quand je suis venu à Montgomery Ink pour la première fois et que tu étais avec ce mec.

Maya grimaça.

— Je le savais, mais c'était trop tard, à ce moment-là.

— Est-ce que c'est trop tard maintenant ? demanda Jake, le cœur dans la gorge.

— Je ne sais pas, Jake. On ne peut pas se précipiter comme ça vers un changement pareil.

— Est-ce que ça change quelque chose ? Ou bien est-ce qu'on est simplement en train d'ouvrir les yeux ?

Il tendit la main et lui toucha la joue. Elle ne se retira pas, et Jake prit ça comme une victoire.

Elle ne répondit pas, et il n'était pas sûr qu'elle le puisse en un moment pareil.

— On est toujours amis, Maya. Quoi qu'il arrive, on est amis. C'est obligé.

Elle croisa son regard, pleine d'indécision.

— Et Border ? Et le passé ? Parce qu'il n'y a pas que toi et moi, dans cette histoire. Il y a une autre personne, et ce n'est pas Holly. Je ne veux pas me mettre entre vous mais… je ne sais pas, Jake.

— Je ne sais pas non plus pour Border. Je l'ai aimé autrefois, Maya. Il est de retour et je ne sais pas ce qu'il veut.

Il ferma les yeux un instant avant d'examiner son visage.

— Je ne comprends pas comment tout peut se passer en même temps comme ça. J'aurais dû me déclarer avant, mais il semblait que ce n'était jamais le bon moment. Et maintenant, il est de retour, et je ne sais pas quoi faire. Ou peut-être que je le sais, et ça me fout la trouille parce que je te veux, Maya. Je veux t'avoir dans ma vie et je ne sais pas comment y parvenir sans blesser tout le monde.

Maya prit une grande inspiration et sembla arriver à une décision.

— Alors, choisis-le. Mets-toi avec lui… et peut-être, mets-toi avec moi aussi.

Jake écarquilla les yeux.

— Quoi ?

Elle secoua la tête.

— Je ne dois pas gâcher ce qu'il y a entre vous. Je m'en rendais compte, Jake. Je m'en suis toujours rendu compte. Je ne veux pas briser ça et me mettre entre vous. Mais j'ai réfléchi aussi. Il n'y a pas que toi à avoir remarqué que les choses ont changé. Même si j'avais envie de faire l'autruche, ce qui ne me ressemble carrément pas, je savais que les choses étaient en train de changer.

Jake n'arrivait pas à respirer, n'arrivait pas à penser. La présence de Maya dans sa vie au cours des derniers mois lui revint, et il eut envie de se foutre des baffes pour avoir été si aveugle, si horrible.

— Tu... tu t'es mise à l'écart. Tu t'es éloignée. Et je n'ai rien remarqué.

Maya lui adressa un petit sourire.

— Tu essayais de faire fonctionner quelque chose. Et je comprenais, même si ça faisait mal. C'était mon problème, Jake. Pas le tien. Même si, à l'époque, j'aurais un peu voulu que ce soit aussi le tien.

— Qu'est-ce que ça veut dire ?

L'espoir était sur le point de l'envahir, et il essayait de l'ignorer.

— Je ne sais pas exactement. Mais... je me disais que, peut-être, juste peut-être, tu n'es pas obligé de choisir ? C'est bizarre, mais pas autant que ça devrait l'être.

— Qu'est-ce que tu essaies de dire au juste ?

Elle croisa son regard.

— Qu'on devrait mettre ça au clair. Tous les trois. Enfin, toi et lui, et puis toi et moi. Uniquement nous trois.

Les mains de Jake tremblaient.

— Je... je ne sais pas si Border sera partant pour ça.

Mais il le savait. C'était ce que Border avait dit, non ? Et qu'est-ce que le regard que Maya et Border avaient échangé tout à l'heure voulait dire, au juste ?

— Comme je l'ai dit, tous les trois. On va trouver quelque chose, Jake.

— Tu as déjà été dans un trouple ? demanda-t-il soudain, sans savoir d'où lui venait cette pensée.

Maya laissa un rire bref lui échapper.

— Pas de façon durable. Tu sais que j'ai déjà été avec deux mecs à la fois. On en a parlé après avoir bu de la téquila une fois. Mais je connais des trouples qui fonctionnent pour de vrai. Pour tout dire, il y a une fille qui travaille avec mon cousin à La Nouvelle-Orléans et qui est en trouple bisexuel de façon stable.

Elle secoua la tête.

— Je ne sais pas si on en est vraiment là, nous. Je crois qu'il faudra que je passe un peu plus que dix minutes avec Border pour en avoir une idée.

— Ça fait bizarre de parler de ça sans que Border soit là, dit Jake au bout d'un moment.

— Alors attendons qu'il revienne pour parler de cette partie-là.

— Et donc, toi et moi ? Est-ce qu'on fait ça ?

Clair et concis. Tant qu'ils mettaient tout à plat, ça pouvait marcher.

— Est-ce que tu parles de sexe ? Uniquement du sexe ? Ou bien quoi ?

— Ce n'est pas ce que je dis.

Mais des images de lui et Maya en train de coucher ensemble envahirent son esprit, et il déglutit pour se donner une contenance.

— Alors qu'est-ce que tu dis ?

— Je dis que si c'était que du sexe, je ne le ferais pas avec toi.

Il grimaça.

— Je ne mettrais pas en danger ce qu'il y a entre nous rien que pour du sexe.

— Mais ça veut dire que quoi que nous fassions, quoi qu'on décide, ça sera *pour de bon*. Un truc sérieux. Quelque chose de plus que simplement quelques baisers et je ne sais pas trop quoi d'autre. C'est une sacrée étape, Jake.

— Ce n'est pas ce que je dis non plus, lâcha Jake, complètement perdu.

— On aurait dit.

— Je dis que si on couche ensemble, il y aura des sentiments. Forcément. En tant qu'amis, meilleurs amis, on a des responsabilités. Et l'une d'elles est d'être conscients de ces sentiments. Je ne parle pas uniquement de cœurs brisés et de ce qui pourrait advenir de nous, je parle de tout.

— Alors c'est plus que simplement du sexe, plus qu'un désir réciproque.

Maya s'interrompit.

— Et il y a aussi ce qui pourrait arriver entre toi et Border plus tard.

— Bien sûr, oui.

Jake soupira.

— C'est toi et moi, Maya. On a toujours été un duo, d'une certaine façon. C'est toi et moi, répéta-t-il. Mais je ne vais pas non plus te faire passer devant l'autel direct.

Maya écarquilla les yeux.

— Putain, mon vieux. On n'est pas... Je veux dire... bon sang. C'est perturbant.

— Je sais. C'est compliqué, et prétendre que ça ne l'est pas nous fait insulte à tous les deux.

— Et Border ? demanda Maya. Parce que si on parle de trucs compliqués, il en fait partie.

— Border en fait partie. Il fait partie du passé... et du présent... putain. Tu vois ? Tout ça, c'est trop.

Jake secoua la tête.

— Peut-être qu'il faut qu'on prenne un peu de recul pour voir où on en est, parce que je galère, là.

Maya resta silencieuse si longtemps qu'il eut peur de l'avoir perdue.

— Alors ne compliquons pas les choses. Faisons ce que nous aurions dû faire avant et arrêtons de réfléchir.

Jake fit la moue.

— Il *faut* qu'on réfléchisse.

— Alors baise-moi.

Jake croisa son regard et cligna des yeux.

— C'est tout le problème en ce moment. La baise. Les sentiments. Tout ça.

— Baise-moi en sachant que c'est plus que du sexe parce que je t'aime comme mon meilleur ami. Et on verra ce qui se passe. Mais sache que je t'aimerai toujours comme mon meilleur ami. Ce qui veut dire que quoi qu'il se passe, *quoi* qu'il se passe, je ne vais pas disparaître. Les choses ne changeront pas de ce côté-là.

Elle crispa la mâchoire.

— C'est certain.

— Elles ne peuvent pas changer, dit Jake au bout d'un moment. Je ne le permettrai pas. D'autres choses changeront, par contre. Mais ce qu'il y a entre nous ? La base ? Ça ne changera pas.

— Mais ? demanda Maya. Parce que je sens bien qu'il y a un mais.

— Mais il faut que tu saches que je ferai de mon mieux pour ne pas foutre ça en l'air. Je vais te montrer ce qu'on pourrait avoir et essayer de ne pas trop réfléchir. Et ce qui arrivera avec Border ? Eh bien, je n'en sais rien. Parce que c'est trop d'un coup, tu vois ?

Maya prit son visage entre ses mains. Elles étaient douces sur sa peau, il avait envie de se laisser aller contre elle et se retint à grand-peine.

— Arrête de réfléchir.

— Ce n'est pas facile alors qu'on est sur le point de tout changer.

Maya lui jeta un regard scrutateur.

— D'accord. Alors arrête de te rendre malade pour ça. Prends-moi, mets-toi avec moi. Fais ce qu'on aurait dû faire il y a bien longtemps au lieu de tourner autour du pot.

Elle marqua une pause.

— Et mets-toi avec Border si c'est ce qu'il te faut.

Jake ouvrit la bouche pour dire quelque chose, et elle secoua la tête.

— Je ne suis pas comme mes sœurs, tu le sais. J'ai toujours été un peu plus ouverte, alors ça ne va pas être différent cette fois-ci. Tu peux être avec lui et avec moi. Une fois qu'on se connaîtra mieux, peut-être qu'on pourra être tous les trois ensemble. Mais il faut que tu trouves ta voie, Jake. Et je suis suffisamment égoïste pour avoir envie de trouver mon chemin avec toi. C'est du sérieux, mais ce n'est pas pour autant qu'il faut qu'on se prenne au sérieux. C'est ça, la différence.

Il ne savait pas quelle divinité l'avait béni dans une vie précédente, mais en contemplant la femme qui se trouvait en face de lui, il sut qu'elle aurait éternellement sa gratitude.

C'était une femme plus forte que toutes les autres personnes qu'il connaissait et qui avait non seulement envie d'être avec lui, mais qui voulait en plus qu'il voie comment il se sentait avec un autre homme. Ça devait être complètement inédit et pourtant, c'était bien ce qu'il vivait.

Tu risques d'avoir mal, murmura-t-il.

Maya lui adressa un sourire triste.

— J'ai mal sans toi pour le moment, Jake. Je suis prête à prendre ce risque pour toi. Tu en vaux la peine. J'aimerais que tu sois capable de le comprendre.

Jake se pencha et posa son front contre le sien.

— Tu es tellement plus forte que moi.

— Non, ce n'est pas vrai. C'est simplement mon tour d'être forte. Je me suis appuyée sur toi par le passé, et ça arrivera de nouveau. Alors, est-ce qu'on ne ferait pas mieux de se soutenir l'un l'autre, Jake ?

— Je t'aime, Maya, murmura-t-il. Tu es ma meilleure amie.

— Je t'aime aussi.

Ils savaient tous les deux que ces mots auraient une autre signification à l'avenir. Il était impossible de le nier. Et pour cette raison, Jake savait qu'il allait devoir arrêter de les utiliser jusqu'à ce qu'ils puissent trouver leur place dans ce que serait leur relation désormais.

— Alors qu'est-ce qu'on fait, maintenant ? demanda-t-il.

Maya laissa un rire lui échapper.

— On n'a jamais été aussi empruntés, hein ?

Jake laissa sa main glisser le long de son flanc.

— Non, je suppose, en effet.

Elle se lécha les lèvres, et il déglutit avec difficulté.

— Tu veux bien m'embrasser à nouveau ?

Jake lui sourit alors.

— La Maya que je connais ne demande pas pour qu'on l'embrasse, ma belle.

Elle leva les yeux au ciel et sourit.

— Peut-être que tu ne me connais pas aussi bien que tu le penses.

Il fit passer sa main sur ses fesses, et quand il les serra, ils poussèrent tous les deux un soupir.

— Je pense que je te connais très bien, Montgomery. Je pense que si tu veux ce baiser, cette fois, tu devrais le prendre. Tu es la femme qui m'a expliqué qu'un type qui savait pas faire les cunnis, c'était mort. Celle qui m'a sauté dessus ce soir-là. Alors prends ce que tu veux, Maya, et j'en ferai autant.

Les pupilles de Maya se dilatèrent, et il sut qu'il avait dit ce qu'il fallait.

Quand elle posa la main derrière son crâne et amena ses lèvres aux siennes, il fut perdu. Elle mordit sa lèvre inférieure et lui arracha un gémissement. Il rapprocha les jambes de la jeune femme de lui, et elle l'embrassa avec davantage d'ardeur. Il ondula contre elle, la longueur de sa verge durcie s'enfonça dans son ventre, et il sut qu'ils avaient franchi le point de non-retour.

Mais Jake n'avait pas envie de revenir en arrière.

Jamais.

Il fit courir ses mains sur le corps de Maya avec l'envie d'apprendre le moindre centimètre carré d'elle. À nouveau, pour la première fois, pour maintenant, à jamais. Ils étaient plus âgés, désormais, ils avaient bien plus d'assurance, et pourtant, c'était une configuration nouvelle entre eux. Ce n'était pas un coup d'un soir après une longue nuit à danser et à boire. Il n'était même pas sûr que c'était ce que ça aurait été à l'époque.

Mais ils étaient amis, maintenant, et il savait qu'il ferait tout son possible pour garder les choses ainsi.

Il se retira et essaya de reprendre son souffle.

— Je veux t'avoir dans mon lit, Maya. Je te veux partout, en fait.

— Alors prends-moi, Jake, dit-elle, haletante. Parce que je ne crois pas pouvoir attendre davantage. Oh, et tu ferais mieux de prévoir un cunni, cette fois-ci. Juste un conseil.

Il renversa la tête en arrière et rit, conscient que, quoi qu'il arrive par la suite, Maya était avec lui et qu'il essayerait de conserver ce qu'il y avait entre eux... d'une autre façon.

C'était sa Maya.

Et Border ? Eh bien, peut-être qu'il aurait Border aussi.

Ça aurait dû faire de lui quelqu'un d'égoïste, mais il ne pouvait s'empêcher de penser qu'il devenait enfin Jake Gallagher.

Un sacré veinard.

CHAPITRE HUIT

MAYA DÉGLUTIT TANDIS que Jake riait, et elle essaya de ne pas paniquer. Elle ne blaguait peut-être pas en réclamant un cunni, mais elle ne savait pas trop quoi faire ensuite.

Maya *détestait* ne pas être sûre d'elle.

Et elle n'avait jamais été aussi sûre de ne pas être sûre. Certes, elle s'était dit qu'elle essaierait un trouple avec eux, mais voilà qu'elle était là, en train de faire le premier pas.

Et elle n'avait même pas encore parlé à Border.

Elle faisait peut-être fausse route, si elle partait du principe que Border ne voudrait pas en entendre parler, même si Jake avait le sentiment que si, mais elle n'était pas sûre d'avoir envie d'arrêter d'être dans les bras de Jake en cet instant.

Elle prendrait les choses comme elles venaient et essaierait de protéger son cœur ce faisant. Parce qu'il n'y avait plus de retour en arrière possible, désormais. Elle voulait ce qui était en train de se passer, même si elle ne savait pas trop quoi faire de ce désir.

Jake recouvrit sa bouche de la sienne, et elle se laissa aller contre lui. Ses lèvres et ses mains la tiraient de la plupart de ses pensées sombres. Il avait toujours été capable de le faire d'un simple regard, mais désormais ça allait plus loin.

Elle recula et prit son visage entre ses mains en essayant de reprendre sa respiration.

— Alors, on le fait vraiment ?

Jake se lécha les lèvres avant de mordre les siennes.

— Eh bien, c'est ce qu'on était en train de faire. Jusqu'à ce que tu arrêtes pour demander si on le faisait, alors je ne sais pas.

Elle poussa son torse et leva les yeux au ciel.

— Parle à mon cul.

Il tapota ses fesses avant d'en serrer une dans sa main.

— J'aime bien ce cul. Tu comptes me laisser le sauter ?

Si elle avait été en train de boire, elle lui aurait probablement recraché la boisson au visage.

— C'est le genre de truc qui te plaît, hein ?

Il lui sourit, avec une mine d'écolier innocent, mais tatoué.

— Pour tout dire, c'est plutôt mon cul qui prend, merci bien.

D'où était venue cette pointe d'accent texan, elle n'en savait rien, mais ça lui plaisait.

Elle se mit à rire et le fit se rapprocher d'elle pour poser la tête sur son torse en essayant de ne pas se mettre à gigoter dans ses bras.

— Maintenant, je suis en train de t'imaginer en train de te faire prendre, et ça me rend toute chose.

Jake eut un rire rauque et l'embrassa sur le dessus du crâne.

— C'est plutôt bon signe si ça t'excite de m'imaginer avec un autre mec.

Maya se recula pour le regarder.

— *Toi* tu m'excites. Toi et Border ? Je dois dire, ce n'est pas exactement le fantasme que j'avais en tête quand tu m'as dit que tu avais déjà couché avec des mecs, mais bon sang, Jake.

Elle se lécha les lèvres et laissa l'anneau à sa langue glisser sur sa peau humide.

— Je crois que ça va beaucoup me plaire.

Il gronda et lécha l'endroit qu'elle venait de toucher avec sa langue. Elle frissonna dans ses bras.

— Tu n'as pas répondu à la question. Est-ce que je peux te prendre par-derrière ?

— Tu es si poli, murmura-t-elle.

Il lui donna une tape sur les fesses, et elle laissa un geignement lui échapper.

— Maya.

Quand elle se mit à gigoter à nouveau, il lui donna une autre claque, et elle gémit cette fois-ci.

— Oui, tu peux me prendre par-derrière. Mais je veux te sentir devant d'abord. En fait, le premier truc que je veux faire, c'est me frotter sur ton visage. Qu'est-ce que tu en dis ? Oh, et puis je veux lécher ta queue avec mon piercing de nouveau. Tu te souviens, Jake ? Tu te souviens de la sensation de ma bouche autour de toi ? Parce que je me rappelle le goût que tu avais et je veux le sentir de nouveau.

Jake écrasa sa bouche de la sienne, et elle fut perdue. Elle avait besoin de ce baiser, besoin de *lui*. Quand il la souleva, les mains sous ses fesses, elle enroula ses bras autour de son cou et ses jambes autour de sa taille. Ils gémirent tous les deux car son sexe *très* dur était coincé entre ses cuisses. Il la porta jusqu'à sa chambre en pelotant ses fesses tout du long et en l'embrassant comme s'il ne pourrait jamais être rassasié d'elle. Tant mieux, parce que c'était réciproque.

Le visage de Border lui vint à l'esprit, et elle ne put retenir un frisson. Elle en savait tellement sur lui grâce à Jake, même si elle venait seulement de le rencontrer. Il était important pour Jake, et donc il serait important pour elle aussi. Ils verraient ensuite quoi faire avec lui, parce que pour le moment, il s'agissait de Jake et elle.

C'était quelque chose qui aurait dû arriver bien avant, et pourtant ça n'avait jamais été le bon moment.

Jusqu'à maintenant.

Jake les amena au bord de son immense lit et la posa à terre. Maya se laissa glisser contre lui de manière sensuelle. Elle aimait la façon dont ses yeux s'assombrissaient quand elle faisait ça. Il y avait beaucoup de choses qu'elle aimait chez cet homme.

Et il fallait qu'elle arrête de penser comme ça. Parce qu'ils étaient sur le point de coucher ensemble et de voir où ça les menait. Ce n'était pas le moment de paniquer.

Bien sûr.

Il l'embrassa à nouveau et prit délicatement son visage entre ses mains. Elle fit courir ses ongles sur son torse avant de tendre les bras pour faire pareil dans son dos. Elle aurait pensé qu'ils seraient déjà à poil en cet instant, en train de baiser. Mais cette façon lente de faire les choses était bien meilleure que tout ce qu'elle avait pu imaginer.

Quand il recula pour essayer de reprendre son souffle, elle se laissa tomber à genoux devant lui. Il essaya de la relever par les épaules, mais elle secoua la tête.

— Maya, tu n'es pas obligée de faire ça. Je croyais que tu voulais que je te lèche.

Elle le regarda tout en défaisant le bouton de son jean.

— Je veux que tu me lèches, et c'est ce qui se passera ensuite. Mais je veux te sucer d'abord. Ça te pose un problème ?

Jake renversa la tête en arrière et éclata de rire.

— Bon sang, Maya, j'adore ta bouche. Qu'elle soit sur ma queue ou en train de parler. Alors tu veux commencer ? Vas-y, je t'en prie, bébé.

Elle inclina la tête de côté.

— Je ne sais pas si j'aime qu'on m'appelle comme ça.

Elle passa la main dans son jean et en ressortit son pénis. Il gémit quand elle fit un mouvement de va-et-vient, puis un second.

Il caressa la joue de Maya et se lécha les lèvres.

— Et si je cherchais quelque chose qui te plaise ?

Elle cligna des yeux en le regardant avant de le lécher sur toute sa longueur.

— On verra.

Là-dessus, elle suça son gland avant de l'engloutir. Il gronda tandis qu'elle faisait rouler sa langue et laissait son piercing opérer sa magie. Elle ne pouvait pas tout à fait le prendre en entier, alors elle entoura la base de son sexe de sa main pour le stimuler ainsi tout en bougeant la tête. Elle aimait faire des fellations, elle aimait le pouvoir que ça lui donnait. Elle aimait savoir que ce serait elle qui amènerait Jake au bord de la jouissance rien qu'avec sa bouche et ses mains.

Jake passa la main dans ses cheveux avant de les enrouler autour de son poing. Quand il baissa les yeux vers elle, elle se retira mais garda la bouche ouverte.

— Tu es tellement sexy, Maya.

Il se renfonça en elle et vint taper au fond de sa gorge avant de se retirer. Elle ne s'étouffa pas, heureusement, et, la fois suivante, Jake n'alla pas aussi profond.

— Je ne veux pas te faire mal, mais j'ai envie de baiser ta bouche. Qu'est-ce que tu en dis ?

En guise de réponse, elle suça, et il loucha. Parfait. Il se laissa glisser hors de sa bouche avant de la pénétrer comme il avait annoncé vouloir le faire. Elle garda les mains sur ses cuisses, les ongles enfoncés dans sa peau. Il avait fait descendre son jean en dessous de ses genoux quand elle avait commencé alors elle avait plus de prise comme ça.

Quand il se retira à nouveau et fit carrément un pas en arrière cette fois, elle gronda.

— Je n'en avais pas terminé. Tu ne me laisses jamais finir.

Il lui sourit et la tira vers lui pour pouvoir s'emparer de sa bouche.

— Je ne suis plus aussi jeune qu'avant. J'ai envie de jouir en toi, Maya. J'éjaculerai dans ta bouche une autre fois.

Elle croisa son regard.

— C'est ce que tu as dit la dernière fois.

Il observa son visage avant de hocher la tête.

— C'est vrai, mais la dernière fois, on a dû s'arrêter à cause de choses indépendantes de notre contrôle. Aujourd'hui ? Aujourd'hui, on ne va pas s'arrêter. Et la prochaine fois ? Oui, il y en aura une.

Maya resta silencieuse et regarda les émotions peintes sur son visage. Ce n'était pas la dernière fois, ce n'était pas un jeu. Ce n'était pas juste un dérapage entre amis, mais si elle y réfléchissait de trop près, elle allait craquer. Alors pour l'instant, c'étaient deux meilleurs amis qui se trouvaient l'un l'autre.

Pas que pour une nuit.

Ça ne se passerait pas comme ça.

C'était impossible.

Quand Jake fit passer son tee-shirt au-dessus de sa tête, elle le laissa faire lentement, elle le laissa la regarder. Il voulait tellement avoir le contrôle de ce qui se passait qu'elle le sentait et, pour une fois, elle se dit qu'elle pouvait le lui laisser. Peut-être pas entièrement, mais suffisamment pour qu'elle s'autorise à simplement *ressentir*.

Il défit l'agrafe de son soutien-gorge, et elle tira sur les bonnets pour laisser le sous-vêtement tomber par terre à côté d'eux. Il défit rapidement le pantalon de Maya, et elle l'aida à le retirer. Comme elle ne voulait pas être la seule à se retrouver nue, elle tira sur le bas de son tee-shirt, et il la laissa le faire passer au-dessus de sa tête. Et puis il balança son pantalon en travers de la pièce et la poussa doucement au niveau de la poitrine.

Elle eut un petit rire quand ses fesses touchèrent le lit, un rire qui se transforma rapidement en glapissement quand il souleva ses jambes pour les poser sur ses épaules, tira ses fesses vers le bord du lit, et commença à la lécher.

Elle s'agrippa au lit d'une main et entremêla les doigts de l'autre dans ses cheveux. Il se repaissait d'elle comme s'il était affamé, comme un dieu du sexe oral. Elle n'arrivait plus à respirer, plus à parler, mais elle savait qu'en dépit de leurs blagues, Jake Gallagher était le Roi du Cunnilingus.

Il aspira ses petites lèvres dans sa bouche avant de les laisser ressortir avec un *pop*. Puis il lécha autour de son clitoris, pour la faire languir, avant de le prendre pour de bon dans sa bouche et de passer sa langue dessus. Elle trembla, son corps s'arc-bouta, si proche de la délivrance.

Quand il la pénétra avec deux doigts, elle jouit avec un hoquet. Son sexe se contracta autour de lui pendant son orgasme, mais ça ne l'empêcha pas d'imprimer un mouvement de va-et-vient à ses doigts. À vrai dire, il accéléra tout en gardant sa bouche sur son clitoris. Ça permit à Maya de retrouver son excitation, et quand elle explosa à nouveau, ses tétons lui faisaient terriblement mal et elle n'arrivait plus à retrouver sa respiration.

— Jake, haleta-t-elle. Je... je ne respire plus.

Il releva la tête, la bouche luisante de sa cyprine.

— Est-ce que je passe le test ?

Elle gronda à nouveau et tendit la main vers lui. Ce crétin refusa de bouger. Au lieu de ça, il amena ses doigts mouillés à ses lèvres, et elle les entrouvrit pour lui. Se goûter sur ses doigts faillit la faire jouir à nouveau, et vu la tête qu'il faisait, Jake en était parfaitement conscient.

— Suce ça, bébé, suce ça comme si c'était ma queue, gronda-t-il, la bouche toujours mouillée.

Il n'aurait pas dû avoir le droit d'être aussi sexy.

Elle recula et laissa ses doigts ressortir de sa bouche.

— Si tu ne me baises pas immédiatement, je ne serai pas responsable de mes actions.

Il sourit avant de reculer.

— Il me faut une capote. Une seconde.

Il courut quasiment jusqu'à la table de nuit, et sa verge impressionnante rebondit contre son ventre.

— Tu es très agréable à regarder, Gallagher. Je veux sentir cette queue en moi. D'accord ?

Il eut un grand sourire tandis qu'il revenait vers le lit en déroulant le préservatif sur son sexe. Il était très, très doué, son Jake.

Elle voulut remonter un peu sur le lit mais il l'attrapa par les genoux.

— Qu'est-ce qu'il y a Gallagher ?

— Je veux que tu restes comme ça, dit-il.

Il la saisit par les chevilles avec un grand sourire.

— Tes jambes sur mes épaules pendant que je te baise.

Il s'enfonça lentement en elle, et elle laissa un petit cri lui échapper. Elle se mit à trembler.

— Tellement parfaite, putain.

Quand il fut entièrement en elle, elle sentit des larmes lui monter aux yeux. C'était *Jake*. Ce n'était pas un mec qu'elle voyait comme ça, un type qu'elle avait choisi pour la nuit, pour satisfaire une envie. C'était l'homme qui la connaissait mieux que personne. Celui qui lui apportait de la glace à la pistache les deux premiers jours de ses règles parce qu'il savait que c'était le seul truc qui ne la faisait pas vomir. Celui qui l'avait consolée quand son ex l'avait larguée, celui qui lui tenait les cheveux parce qu'elle avait bu trop de téquila. Il était ami avec sa famille, il passait du temps avec eux même quand elle n'était pas là. Il aidait ses frères et sœurs à mettre de l'ordre dans leurs vies amoureuses quand c'était nécessaire.

Il était tout pour elle.

Et il était en elle, immobile, les yeux dans les siens.

Ce n'était pas étonnant qu'elle laisse une larme couler.

— Maya ? demanda-t-il d'une voix rauque.

Il ne fallait pas qu'elle gâche ça avec ses émotions, mais elle ne pouvait pas les cacher non plus. Pas avec Jake. Jamais. La seule fois où il n'avait pas su ce qu'elle ressentait, c'était quand il le cachait de son côté, et là, ce n'était plus le moment de faire ça.

— C'est... incroyable de te sentir en moi.

Elle avait murmuré, et il lui sourit tendrement. Il se pencha en avant pour s'emparer de ses lèvres, et elle ne put s'empêcher de sourire.

— Je n'ai jamais rien connu d'aussi bon que d'être en toi, Maya. C'est... c'est tout pour moi.

Comme ses chevilles se trouvaient en cet instant au niveau de ses propres oreilles, elle ne put s'empêcher de rire. Il eut l'air vexé l'espace d'une seconde avant de sourire avec elle.

— Tu es très, *très* souple, Montgomery.

Il agita les sourcils, et elle tendit la main pour s'accrocher à ses cuisses.

— Des années de gym et autres sports.

Elle contracta ses muscles intérieurs, et il retint sa respiration.

— Maintenant, baise-moi, Jake Gallagher. Baise-moi jusqu'à ce que mes seins sautent en tous sens et que je jouisse sur ta queue.

Il se redressa à ses mots et entraîna ses jambes avec lui.

— À vos ordres, Madame.

Maya se lécha les lèvres.

— J'aime bien ce que j'entends.

Elle tira sur les anneaux à ses tétons, et Jake déglutit avec difficulté. Ses tétons à lui étaient percés aussi, et elle avait hâte de lui administrer le même traitement. Ils avaient été si absorbés par leurs baisers qu'elle n'avait pas eu l'occasion de prendre son temps avec le corps de Jake. La prochaine fois, elle en lécherait le moindre centimètre carré.

Jake se retira et garda son regard plongé dans le sien avant de se renfoncer en elle. Elle prit une brève inspiration et fit rouler ses hanches pour venir à sa rencontre tandis qu'il continuait à la baiser. Leur vitesse augmenta tandis qu'ils trouvaient leur rythme, et elle ne put s'empêcher de vouloir jouir en même temps que lui.

Quand elle tendit la main vers lui, il la fit remonter un peu plus haut sur le lit et bougea si bien qu'il allait toujours à la même allure, mais au lieu d'être debout devant le lit il était maintenant agenouillé au bord et tellement plus proche d'elle. Il se pencha, et elle tira sur les anneaux à ses tétons. Il poussa un sifflement mais ses pupilles se dilatèrent.

— Ça te plaît ? demanda-t-elle.

Il passa la main entre eux et tira sur un de ses piercings à elle. Devant son sifflement, il se lécha les lèvres.

— Oui, ça me plaît, Maya. Je veux que tu recommences, encore et encore.

Elle fit courir ses ongles sur son torse, puis ses bras, et il s'allongea complètement sur elle sans jamais ralentir son rythme. Elle le serra contre elle et fit onduler ses hanches alors qu'ils se rapprochaient de plus en plus de l'extase. Quand il passa la main entre eux et fit glisser son pouce sur son clitoris, elle jouit en s'arc-boutant. Jake prit ses lèvres et elle le sentit se vider dans le préservatif, profondément en elle.

Ils avaient joui ensemble, s'étaient laissé dégringoler au même moment dans une cascade de plaisir et de promesses.

Quand ils furent tous les deux capables de respirer à nouveau, il la serra contre son flanc, son sexe toujours entre ses cuisses, et ils restèrent allongés comme ça.

— C'était... commença Jake.

— ...tout, finit-elle.

Il n'y eut pas d'autres paroles, pas de sentiment de gêne, pas de promesses, pas de regrets. Ce n'était pas possible en cet instant. Pas entre elle et Jake. Plus tard, quand elle serait seule, elle ferait le point sur ce qui venait de se passer. Mais pour l'instant, elle avait tout ce qu'il lui fallait. Jake à ses côtés, elle enveloppée de son odeur.

Il était tout ce dont elle avait besoin.

Et quand il irait voir Border parce qu'elle n'était pas tout ce dont il avait besoin, elle ne serait pas jalouse.

Parce qu'elle ne pouvait pas l'être, pas vraiment. Et cela aurait dû l'inquiéter, mais ce n'était pas le cas.

Tout avait changé, et pourtant, Maya Montgomery savait qu'elle accepterait le voyage et que peut-être, *peut-être*, elle y trouverait la paix qu'elle avait toujours cherchée.

Maya se passa une main sur le visage et essaya de ne pas bâiller. Elle et Jake étaient restés debout très tard la veille, même si elle n'avait pas dormi chez lui. Elle était partie avant que Border revienne, et même si ça la rassurait d'un côté, une part d'elle aurait souhaité le voir. Il y avait eu une connexion entre eux, et puisqu'il faisait partie du passé et du présent de Jake, il fallait qu'elle fasse connaissance avec lui.

Bien sûr, comme elle n'avait pas beaucoup dormi, elle aurait probablement dû faire une sieste dans l'après-midi. Au lieu de ça, comme c'était son jour de congé, elle avait fait toutes ses courses et essayé de se préparer pour la soirée entre filles chez elle. Le fait que leur rendez-vous pas tout à fait hebdomadaire doive avoir lieu chez elle le lendemain du soir où elle avait couché avec Jake voulait probablement dire que le destin avait une dent contre elle.

C'était impossible de garder des secrets avec cette bande.

Bien sûr, d'habitude, c'était elle qui posait les questions indiscrètes, mais c'était un détail.

La sonnette de son F3 retentit, et elle fit rouler ses épaules. Il était l'heure de faire face au peloton d'exécution.

Meghan et Miranda, ses sœurs qui la complétaient si bien, se tenaient de l'autre côté de la porte, avec de grands sourires et du rire dans les yeux.

Elles passèrent le seuil avant que Maya puisse les inviter à le faire.

— Entrez, dit-elle, pince-sans-rire.

Meghan lui fit signe que ce n'était rien et posa le plat qu'elle portait sur le plan de travail.

— Estime-toi heureuse qu'on ne soit pas entrées sans frapper comme tu le fais, dit-elle en souriant.

Miranda posa un autre plat à côté de celui de Meghan et leva les yeux au ciel.

— C'est la vérité.

Ses sœurs se mirent au travail sur les sauces apéro qu'elles avaient apportées pour la soirée pendant que Maya se tournait pour aller fermer la porte. Elle ne savait pas trop ce qu'elles avaient apporté, mais ce serait délicieux et lui vaudrait probablement un kilo dans chaque fesse.

Des fesses que Jake aimait apparemment beaucoup.

À peine eut-elle refermé la porte que quelqu'un frappa et elle la rouvrit aussitôt. Autumn, la petite amie de Griffin, et Sierra, la femme d'Austin, se tenaient de l'autre côté. Maya leur fit signe d'entrer et rit quand Tabby, Hailey et Callie les suivirent à la queue leu leu.

Tabby travaillait pour Wes et Storm, Hailey était la propriétaire du café voisin du studio de tatouage et elle sortait avec Sloane, tandis que Callie travaillait à Montgomery Ink et sortait avec Morgan.

Elles commençaient sérieusement à être à court de filles célibataires dans ce groupe. Pour tout dire… Maya et Tabby étaient les seules, et ce n'était peut-être même plus le cas pour Maya.

— Tout le monde est là, annonça-t-elle.

La seule personne qui manquait était Holly, et elle ne pensait pas qu'elle reviendrait. Maya l'aimait bien, mais ça aurait probablement été un peu gênant entre elles désormais.

Elle fit craquer ses épaules et se prépara pour une nuit de potins, de conversations sérieuses et d'alcool pour celles qui n'étaient pas enceintes ou ne devaient pas prendre la voiture immédiatement. Ce qui voulait dire que c'était surtout Maya qui boirait. Youpi, parce qu'elle avait bien besoin d'un verre ou deux, ou sept, pour comprendre ce qu'elle était en train de trafiquer.

Elle n'avait pas paniqué tant que ça au lit avec Jake, mais là, elle était en train de péter un câble. Qu'est-ce qu'elle foutait ? Elle avait *baisé* avec son meilleur ami. Couché avec lui. Eu une relation sexuelle. Fait l'amour. Peut-être pas fait l'amour, car ça aurait sous-entendu des sentiments qui lui faisaient peur. Et qu'est-ce qu'elle avait fait d'autre ? Elle lui avait dit de coucher avec Border aussi. Et Border l'avait embrassée sur la tempe et lui avait adressé un regarde de braise.

Seigneur, elle se retrouvait en plein dans une série pour ados, avec tout ce qu'il fallait de tourments émotionnels et de secrets. Il ne lui manquait plus qu'une voix off ironique annonçant au monde qu'elle n'était pas tout à fait idiote et que c'était elle qui détenait tout le pouvoir. Ou peut-être que cette voix annoncerait qu'elle était complètement tarée et n'avait pas la moindre idée de quoi faire ensuite.

Est-ce qu'elle devait appeler Jake ? Est-ce qu'elle devait passer là-bas pour les voir, lui et Border ? Est-ce qu'ils seraient en train de s'envoyer en l'air ? Et est-ce que ça lui posait un problème ? Est-ce que c'était ce qu'elle *voulait* ?

— Tu as tiré ton coup, déclara Tabby fermement.

Maya cligna des yeux. De tous les gens qui auraient pu s'en rendre compte, elle aurait mis Tabby en dernier sur la liste. Tabby régnait sur Montgomery Inc. Elle savait comment gérer Wes et Storm tout en ayant l'air ultra sexy dans ses jupes crayons et ses talons aiguilles.

Mais elle n'était pas fofolle et bavarde comme les autres : elle restait à la périphérie, si bien que Maya ne la connaissait pas aussi bien que les autres.

Pourtant, elle avait repéré ce que les autres n'avaient pas encore vu.

— Avec qui ? demanda Miranda.

Tabby grimaça.

— Désolée. Je ne voulais pas balancer ça comme ça. On dirait que les Montgomery déteignent sur moi.

Meghan et Miranda trinquèrent avec leurs sodas tandis que Maya essayait de respirer.

— Est-ce que c'était Jake ? demanda Callie.

Tout le monde se tut dans la pièce.

— Quoi ? Je sais qu'il n'est plus avec Holly et j'ai toujours pensé que vous devriez être ensemble, tous les deux.

Maya déglutit.

Normalement, c'était le moment où elle riait et leur disait d'aller se faire foutre. Sauf que cette fois-ci, elle ne pouvait pas. Quand elle hocha légèrement la tête, les filles glapirent et levèrent les mains dans un signe de joie.

— Il était temps ! s'écria Meghan.

— Je suis tellement heureuse pour toi, dit Hailey.

Tabby la regarda fixement.

— Est-ce qu'on doit être heureuses pour toi ? murmura-t-elle. Est-ce que ça va ?

Maya les regarda en clignant des yeux et laissa un soupir lui échapper.

— Non, ça ne va pas. Je suis en panique.

Elle ne pouvait pas tout leur dire, pas alors que c'était encore si récent et que ce n'était pas son secret à elle.

— Mais je ne peux pas en parler. Pas encore. D'accord ? Alors buvons, mangeons, et parlons d'autre chose. Comme ça, vous savez : je panique, mais j'ai besoin de temps pour le faire dans mon coin avant de paniquer avec vous.

Les filles hochèrent la tête, et Miranda la rejoignit. Maya se prépara à un câlin, mais au lieu de ça, on lui tendit une margarita.

— Bois, sucre d'orge. Au moins un ou deux verres, et puis mange à te faire péter le bide, ensuite, on te laissera tranquille.

Sa petite sœur l'embrassa sur la joue et la tira dans le salon.

Elle ne pouvait pas dire aux autres ce qui se passait au juste, mais le fait qu'elle ait pu leur en balancer au moins une partie voulait dire beaucoup. Ces filles étaient dans sa vie, et elle savait qu'elles seraient là quand elle serait prête à leur lâcher le reste.

Elle allait s'en sortir. Elle n'était pas seule.

Et elle avait le droit de paniquer.

Dès que les filles furent parties, elle prit son téléphone et composa le numéro de Jake. Elle n'avait pris qu'une seule margarita, elle n'avait pas envie de noyer ses chagrins dans l'alcool. C'est ce qu'Alex avait fait, et elle avait failli perdre son frère à cause de ça. Il sortirait bientôt de sa cure de désintox, et Maya voulait être en forme pour ça.

— Maya.

La voix de Jake fit naître un frisson le long de sa colonne vertébrale, et elle laissa un soupir lui échapper.

— Je croyais que tu étais avec les filles, ce soir.

Elle déglutit avec difficulté, triste de n'être pas avec lui en cet instant. Et ça l'agaçait, alors elle passa outre.

— Elles viennent de partir et je voulais t'appeler.

Jake marqua une pause.

— Je suis content que tu l'aies fait.

— Je... je voulais te dire, si tu veux être avec Border avant qu'on se revoie, c'est possible. C'est plus ou moins ce que je veux, tu sais ?

Jake resta silencieux si longtemps qu'elle eut peur d'avoir dit ce qu'il ne fallait pas.

— Bébé, il est évident que tu sais mettre les choses au clair.

Il toussa, et il sembla à Maya entendre une autre toux dans le fond. Pas celle de Jake.

— Tu étais sur haut-parleur comme j'étais en train de sortir des bières du frigo et que je n'avais pas de main libre. Border t'a entendue.

Bien sûr, forcément. Il fallait bien que Maya se ridiculise en disant aux deux mecs qui étaient seuls dans la maison que ça ne l'ennuyait pas s'ils s'envoyaient en l'air.

— Eh bien, dit-elle, pince-sans-rire. Bonjour, Border.

— Salut, Maya, ma belle, répondit la voix profonde de Border. Et je suis heureux que toi et Jake soyez enfin ensemble. Il était temps.

Elle ferma les yeux sans trop savoir quoi faire de cette information. Apparemment, elle et Border poussaient Jake vers l'autre tout en ayant des réserves pour eux-mêmes. Ça aurait dû être gênant, mais ça ne l'était pas : ça semblait *normal*.

— Eh bien, d'accord. Jake ? Je ne mentais pas. Je veux juste que tu sois heureux... et si c'est avec Border et moi ? Eh bien alors, je suppose que ça me convient. Fais ce que tu as à faire, je te demande simplement de ne pas me le cacher. D'accord ?

Elle raccrocha avant qu'aucun des deux hommes ne puisse répondre et elle hurla.

La balle était dans le camp de Jake. Ou peut-être dans celui de Border. Quoi qu'il en soit, il n'y avait plus de retour en arrière possible. Elle se trouvait peut-être bien dans une relation à trois, et elle n'avait pas la moindre idée de ce qu'elle était en train de faire.

Ça lui ressemblait bien, tiens. Sur cette pensée plaisante, elle poussa un nouveau hurlement avant de se laisser tomber sur son lit. Elle verrait ça le lendemain. Pour le moment, il fallait qu'elle dorme et qu'elle essaie de ne pas se remettre à paniquer.

Qu'elle essaie.

CHAPITRE NEUF

BORDER REGARDA FIXEMENT le téléphone de Jake et cligna des yeux. Plusieurs fois. C'était rare qu'il soit réduit au silence, mais en cet instant, il ne trouvait rien à dire. Il passa d'un pied sur l'autre, étrangement excité tout en se demandant ce qui était bien censé se passer ensuite.

Apparemment, avec Jake et Maya, on ne pouvait jamais savoir. Le fait que ça commençait à lui plaire aurait dû l'inquiéter, mais ce n'était pas le cas.

— Cette fille me tue, finit par dire Jake. Elle me tue, vraiment, et pourtant, je ne peux pas me passer d'elle.

Border le regarda, les sourcils haussés.

— Tu as couché avec elle, alors ?

Il n'était pas jaloux, loin de là, mais il avait besoin de l'entendre de la voix de Jake. Quand il était parti la veille, il avait eu le sentiment qu'ils se mettraient ensemble. Et puis, à voir la façon dont Jake évoluait ce matin-là, il avait été persuadé que quelque chose était arrivé, mais Jake n'en avait pas parlé.

Jake hocha la tête et se frotta la nuque.

— Oui, je voulais t'en parler ce soir, pour tout dire.

Il grimaça.

— Je me disais que je trouverais un moyen de te dire que Maya et moi avons couché ensemble et qu'elle veut que je sois avec toi aussi. Mais visiblement, j'ai trop pris mon temps vu qu'elle s'est débrouillée pour t'annoncer ça mieux que j'aurais pu le faire.

Border poussa un soupir et ferma les yeux. Il ne savait pas ce qu'il était en train de faire. Tout ce qu'il savait, c'est que les pensées de Maya suivaient visiblement le même chemin que les siennes. Mais il fallait qu'il prenne quelques minutes pour souffler avant de pouvoir répondre à ça.

Il y avait un truc qui le perturbait, et il fallait qu'il le balance. Même si ça faisait mal.

— Je ne compte pas revenir à ce qu'il y avait entre nous quand nous étions plus jeunes, déclara-t-il.

Il aurait pu se mettre des baffes. Il rouvrit les yeux et soupira.

Jake recula.

— Qu'est-ce que tu veux dire exactement ? Parce que c'est toi qui as lancé tout ça en revenant ici, à la base.

— Putain. Je ne veux pas dire que je n'ai pas envie d'être avec toi, Jake. Parce que si. J'en ai marre de tourner autour du pot. J'ai envie de toi, Jake. Je veux t'avoir dans mon lit et dans ma vie. Mais je ne serai pas l'homme par qui tu te laisses baiser devant Maya pour l'exciter plus qu'elle ne l'est déjà.

C'était une de ses plus grandes peurs par rapport à Jake. C'était comme ça qu'ils s'étaient fait du mal la première fois, et il ne comptait certainement pas en repasser par là.

Jake avança vers lui si bien qu'ils se tenaient tous les deux à côté du plan de travail, à peine séparés par une dizaine de centimètres.

— Ce n'est pas ce que je veux. Et je suis désolé que tu aies pensé que ce serait comme ça cette fois.

Il se passa une main dans les cheveux dans un geste très sexy.

— Je ne sais pas exactement ce que je veux, mais en tout cas, certainement pas te traiter comme de la merde. Ce qui s'est passé à l'époque n'aurait pas dû arriver de cette façon-là. On avait *tous les deux* été avec d'autres mecs avant ça, et pourtant, l'un avec l'autre ? On s'est comportés comme des petits cons. Je crois que c'est parce qu'on était si proches, tu vois,

Border croisa son regard et essaya de comprendre son point de vue. Il était perturbé par le coup de téléphone de Maya et, pour être franc, excité à mort rien que par sa voix. Il faut dire que ce qu'elle avait dit n'avait pas fait retomber la pression.

Il savait que ce ne serait pas facile de trouver leur chemin au milieu de la masse d'émotions et de restes du passé qui s'inscrivaient dans leurs vies, mais il savait que c'était ce qu'il voulait faire.

Il ne savait pas comment il ferait pour que ça fonctionne, où il en serait après cet instant, mais il savait qu'il voulait suivre le chemin qui menait à Jake, et à Maya. Il ne voyait pas d'autre moyen de faire fonctionner ce qu'il voulait et, franchement, il avait le sentiment que ce qu'il voulait *incluait* Maya.

Il se pencha en avant sans toucher Jake, mais suffisamment proche de lui pour sentir la chaleur de son haleine.

— On va trouver la prochaine étape, Jake. Tant que je ne suis pas un lot de consolation, tant que *Maya* n'est pas un lot de consolation, on trouvera un moyen.

Jake croisa son regard et observa son visage.

— D'accord, souffla-t-il. D'accord.

Border expira par le nez.

— Et toi non plus, tu ne seras pas un lot de consolation. Quoi qu'il arrive, on est tous égaux.

Jake resta silencieux si longtemps que Border eut peur d'avoir dit quelque chose qu'il ne fallait pas.

— Ça me plaît, finit-il par dire. Même si, à un moment donné, je crois qu'il va falloir qu'on se retrouve tous les trois dans la même pièce plus longtemps que cinq minutes et qu'on parle de tout ce bordel, hein ?

Border eut un rire de gorge.

— Oui, ça serait pas mal.

Il déglutit en essayant de trouver quoi dire ensuite. Il n'aimait pas ça, n'aimait pas ignorer ce qu'il était censé faire. Il n'était plus un gamin de vingt ans. Il avait vu certaines choses, fait certaines choses, des choses qui auraient fait d'autres personnes s'enfuir en glapissant. Il avait eu des relations avec des hommes et des femmes, mais jamais en même temps. Ce n'était pas comme s'il était un puceau effarouché, et pourtant, avec Jake, il était complètement déboussolé.

Peut-être parce que c'était important. Bien plus important que tout ce qu'il avait jamais fait dans sa vie personnelle. Et si sa vie professionnelle n'avait pas consisté à protéger des gens, il aurait pu dire que c'était plus important que ça aussi. En tous les cas, il n'était pas sûr de pouvoir faire la distinction entre ce qu'il ressentait et ce qu'il aurait *dû* ressentir. Il était venu à Denver pour voir Jake et rencontrer Maya, mais aussi pour se changer les idées après sa dernière mission.

Il avait perdu une part de lui-même quand il s'était montré trop lent pour empêcher l'inévitable. Ce n'était pas qu'il pensait que Jake pouvait l'aider à retrouver ce fragment de lui, mais plutôt qu'il en avait assez d'essayer de guérir seul. Il en avait marre de fuir, et il était rentré chez lui.

Sauf que rester en place, ne pas s'enfuir, semblait plus difficile que d'être constamment en mouvement pour échapper à ses peurs. Bien sûr, si faire face à ce qu'il avait fait, ce qu'il avait perdu, avait été facile, il l'aurait fait des années auparavant.

— Est-ce qu'on est en train de tout foutre en l'air ? demanda soudain Jake.

Il se passa une main dans les cheveux et fronça les sourcils.

— Je veux dire, j'ai couché avec ma meilleure amie, Border. Et c'était…

Il eut un sourire doux, et Border eut l'impression de s'être pris un coup de poing dans le ventre. Il aurait voulu que ce soit lui qui donne ce sourire à Jake, mais en même temps, il était heureux que ce soit Maya qui l'ait fait.

Il y avait quelque chose qui clochait carrément avec sa façon de penser quand il s'agissait de Jake et Maya, et franchement, il s'en fichait. Ça lui *plaisait*.

Il posa la main sur l'épaule de Jake, et ils se figèrent tous les deux à ce contact. Il avait tellement de muscles en plus, tellement de vécu en plus par rapport à quand ils étaient plus jeunes. Border avait envie d'en connaître l'entièreté, de sentir Jake sous lui, sur lui. *Autour* de lui.

Mais ils ne pouvaient pas faire ça s'ils se retrouvaient à péter un câble dans la cuisine.

— Pourquoi on ne prendrait pas un verre ou deux… sans rien faire d'autre ? proposa Border dans le silence.

Jake se lécha les lèvres, et Border eut envie de se pencher pour venir goûter l'endroit que sa langue venait de mouiller.

Jake toussa.

— Oui, un verre ou deux, c'est une bonne idée.

Ou bien une très, très mauvaise idée.

Jake se tourna, et Border laissa sa main retomber. Il fit craquer sa nuque et essaya de se débarrasser de la raideur dans ses épaules. Quand Jake regarda vers lui, il fronça les sourcils.

— Tu as mal à la nuque ? demanda-t-il en sortant deux verres à shots du placard.

Border haussa les épaules et grimaça.

— Juste un peu.

Son épaule lui faisait parfois mal quand il pleuvait ou qu'il était stressé, le souvenir d'une vieille blessure par balle, mais d'habitude, il n'y prêtait pas attention. Vu le regard de Jake, il eut le sentiment qu'il ne pourrait pas cacher cette cicatrice bien plus longtemps.

Jake lui adressa un bref signe de tête avant de sortir la bouteille de Patron de l'autre placard. Avant, il détestait la téquila mais après avoir passé tellement de temps avec Maya... ça avait changé.

Les choses changeaient toujours.

— Assieds-toi sur le canapé. Je peux faire quelque chose pour ça.

Border rit tout bas et emporta les verres à shots.

— Vraiment ? Tu comptes me faire un massage ? Tu penses que ça va nous aider à parler ?

Jake eut un grand sourire.

— Eh bien, on a déjà de la téquila, autant continuer dans cette lignée et prendre d'autres mauvaises décisions.

Border tendit la main et saisit son poignet.

— Ce qu'on fera ce soir ? Ce qu'on fera à partir de maintenant ? Ça ne peut pas être de mauvaises décisions. Ce sont *nos* décisions, mais elles ne sont pas mauvaises. Compris ?

Jake hocha lentement la tête.

— D'accord, dit-il d'une voix traînante. Et tu es sûr que la téquila ne sera pas un problème ?

— Bon sang, non, dit Border en riant. Mais je crois qu'on va en avoir besoin quand même.

— Alors assieds-toi sur le canapé. Tu n'as pas besoin de citron vert, de sel ou de quoi que ce soit, si ?

Border secoua la tête.

— Pas avec de la Patron. Ça descend tout seul.

— Un peu trop, parfois, murmura Jake.

Border s'installa sur le canapé tandis que Jake s'asseyait à côté de lui, sans le toucher, mais plus proche que les autres fois.

Il semblait qu'ils étaient prêts à s'attaquer à quelques-unes des limites qu'ils avaient évitées jusque-là.

— On ne pouvait pas se payer ce genre de bouteille quand on était plus jeunes, dit Border avec un rire. Bon sang, la merde qu'on buvait, ça a dû m'arracher une bonne partie de la muqueuse gastrique.

Jake leva les yeux au ciel et leur versa un shot à chacun.

— C'était ce qu'on pouvait se payer à l'époque.

Il tendit un des verres à Border et le fit s'entrechoquer contre le sien.

— À nous deux qui essayons de comprendre ce bordel.

Border ricana avec ironie, mais il hocha la tête. Il but rapidement son shot, et la téquila laissa dans sa gorge une traînée brûlante mais agréable. Il y avait une raison pour laquelle cette marque était sa préférée.

Jake leva la bouteille.

— Un autre ?

Même s'il aurait fallu plus qu'un shot pour que Border commence à sentir les effets d'une bonne téquila, il ne voulait pas que ça parte comme ça... pour le moment.

— Pas tout de suite.

Jake hocha la tête et reposa la bouteille avant de se renfoncer un peu dans le canapé.

— Donc voilà...

— Donc voilà...

— Tes épaules et ta nuque t'embêtent toujours ? demanda Jake.

Border aurait voulu mentir pour ne pas avoir à expliquer d'où venaient ses cicatrices, mais il savait que s'il commençait comme ça, il ne s'en sortirait pas. Une fois qu'il aurait menti, il serait obligé de consolider ce mensonge, et cela le conduirait à perdre Jake. Et probablement Maya aussi. Enfin, il fallait d'abord qu'il lui parle pour l'avoir.

Pour l'instant, Jake avait Maya. Et avec un peu de chance, bientôt, il aurait Border aussi.

Ce qui voulait dire que Border et Maya allaient devoir trouver un moyen de définir comment interagir. Un jour ou l'autre.

Et c'était à cause de ce genre de pensées qu'il avait besoin de téquila, à la base.

Il hocha la tête au lieu de répondre car il n'était pas tout à fait sûr que sa voix serait assez stable.

— Enlève ton tee-shirt.

Il cligna des yeux en entendant le ton que Jake avait pris.

— Pardon ?

— Enlève ton tee-shirt, répéta-t-il. Je vais te masser les épaules. Et c'est tout, à moins que tu ne demandes gentiment.

— Combien de téquila tu as pris pour être soudain si... agréable ?

Jake se contenta de lever les yeux au ciel et tendit la main pour tirer sur le bas de son tee-shirt.

— J'en ai marre de broyer du noir alors je vais essayer de passer outre les moments difficiles parce que je me rappelle les bons. Tu vois ? Et si je continue à réfléchir à ce que je fous en l'air, je vais *continuer* à foutre des trucs en l'air.

Border trouvait cela plutôt malin, alors il fit la seule chose possible dans ces circonstances. Il retira son tee-shirt.

Comme il avait les yeux posés sur Jake, il fut témoin de la façon dont celui-ci retint son souffle et dont ses pupilles se dilatèrent. Jake se lécha les lèvres à nouveau, et Border retint un gémissement. Il balança son tee-shirt sur la chauffeuse à côté du canapé, tout en gardant les yeux sur Jake.

— Maya m'a dit de faire ce qui me semblait bien, dit Jake lentement. De... d'être... nous. Est-ce que ça te va ?

Border inclina la tête pour observer son interlocuteur. Jake ressemblait tellement à celui qu'il avait été à l'époque, mais en mieux. Plus âgé. Ses pommettes hautes ressortaient toujours, ainsi que sa mâchoire carrée, mais il n'était pas aussi mignon qu'il aurait pu l'être à cause de son nez pas tout à fait droit, un de ses frères l'avait cassé par accident.

Au lieu d'être mignon, il était incroyablement sexy.

Border savait qu'il n'avait pas tout à fait l'air aussi… doux ? Non, ce n'était pas le bon mot car il n'y avait rien de doux chez Jake. Mais lui avait des angles un peu plus durs, à cause de la façon dont il avait été élevé et de celle dont il avait vécu après avoir quitté Denver. Border se rasait le crâne depuis si long-temps qu'il n'était pas sûr de se rappeler la couleur de ses cheveux. Il était un peu plus large que Jake, un peu plus costaud, car il avait un peu plus de muscles, mais ça n'avait pas toujours été le cas. Il n'avait peut-être pas les traits bien définis de Jake, mais il se rappelait que celui-ci aimait faire courir ses dents le long de sa mâchoire.

À l'époque, Border avait semblé lui plaire tel qu'il était, même s'ils avaient eu trop peur de briser leur amitié pour faire quoi que ce soit à ce propos.

Il était conscient que c'était différent, désormais, tellement différent. Et en ajoutant Maya au mélange, et ils n'étaient qu'à un pas de la catastrophe. Mais quoi que cela lui en coûte, Border ferait tout son possible pour que ça n'arrive pas.

— Tu es très silencieux, remarqua Jake.

Il observa son visage et ses yeux s'assombrirent, soudain pleins d'inquiétude.

— Et tu n'as pas répondu à ma question.

Au lieu de répondre, Border tendit le bras et prit le menton de Jake dans sa main. L'autre prit une brève inspiration avant de se laisser aller contre sa main. Border se lécha les lèvres et se pencha. Il fallait qu'il essaie, juste une seconde.

Quand ses lèvres touchèrent celles de Jake, ils laissèrent tous deux un gémissement leur échapper, comme s'ils étaient en manque l'un de l'autre. Peut-être était-ce le cas, et ça lui convenait très bien. Il avait besoin de cela, de plus. Et il avait peur d'avouer à quiconque à quel point il en avait besoin. Il appuya davantage, mais garda les lèvres closes, tout comme Jake. Ils auraient pu aller plus loin, et il savait qu'ils le feraient, mais pour l'instant, il avait juste besoin des lèvres de Jake sur les siennes, de sentir l'autre homme dans ses bras, même si ce n'était que pour un instant.

Il se retira au bout d'une seconde et croisa le regard de Jake.

— Bon sang, dit celui-ci avec un sourire.

— Bon sang, répéta Border.

— J'en déduis que ça te va de simplement *rester là*, alors ? Une chose après l'autre ?

Jake dessina du doigt le contour de la mâchoire de Border avant de laisser sa main retomber. Sentir la peau de Jake contre la sienne lui donnait envie de le renverser sur le canapé pour lui faire toutes sortes de choses, mais ce serait aller trop vite. Même avec leur passé, *surtout* avec leur passé, il fallait qu'ils réfléchissent avant de faire des choses qu'ils risquaient de regretter. Parce que ce n'était plus simplement eux deux qui étaient concernés. Maya se trouvait avec eux, dans cette pièce, même si elle n'était pas physiquement présente. Et cela convenait à Border, mais ça n'empêchait pas qu'il en ait toujours conscience.

Il hocha la tête.

— Je peux faire ça. Mais on reste en communication constante, d'accord ? Les secrets, ça ne fait que foutre le bordel. Et Maya fait partie du deal, tu te rappelles ? Pas de secrets envers elle non plus.

Jake secoua la tête.

— Pas de secrets envers elle.

C'est alors que Border dit quelque chose sans savoir si c'était la bonne chose à dire, mais c'était quelque chose qu'il avait essayé de démêler depuis qu'il avait vu Jake et Maya dans la même pièce.

— Je ne pense pas qu'on devrait coucher ensemble avant d'avoir parlé, toi, moi, et Maya. Ensemble.

Jake écarquilla les yeux.

— D'accord…

Il tendit la main et saisit celle de Jake.

— On a déjà couché ensemble par le passé, Jake. On l'a fait et on n'en a pas parlé. Je ne veux pas recommencer.

— Mais tu n'as pas de problème avec ce qu'il y a déjà entre Maya et moi ?

Border hocha la tête.

— Toi et Maya, vous êtes une unité. Toi et moi, c'en est une autre. Et un jour, si tout se passe bien, peut-être qu'on en sera encore une autre, tous les trois.

Il marqua une pause.

— Et je suppose qu'entre Maya et moi, c'est encore une autre relation.

Il pouffa.

— Ça fait beaucoup de relations qui doivent fonctionner comme une seule, tu vois ? Alors je crois que ce que je suis en train de dire, c'est que comme c'est moi le nouvel élément dans cette histoire, j'ai envie d'y aller… doucement. Ou plus doucement que si j'y allais à fond.

Jake fronça les sourcils.

— Tu n'es pas nouveau.

— Je suis parti longtemps, Jake. Alors, si, j'ai l'impression de débarquer. Je ne suis pas en train de dire que je n'ai pas envie de toi, parce que, putain, Jake, tu n'imagines pas à quel point mais…

— Mais tu ne veux pas qu'on couche ensemble tout de suite.

Jake eut un grand sourire.

— Et une pipe ?

Border renversa la tête en arrière et éclata de rire.

— Une pipe, c'est du sexe aussi, mon vieux. Mais…

Son sexe était douloureux, et il retint un gémissement. Maintenant, il ne pouvait plus se sortir de la tête l'image de Jake avec son pénis dans la bouche. C'était une très belle image.

— Voyons où on en sera après avoir parlé un peu plus. Franchement, je décide les choses au fur et à mesure, là, tu sais.

Jake se pencha en avant et l'embrassa délicatement. Border retint un autre gémissement.

— Parlons, alors. Parce que je veux savoir où tu es allé et avec *qui* tu étais depuis la dernière fois que je t'ai vu. On était les meilleurs amis du monde, à une certaine époque.

— Et maintenant c'est Maya, ta meilleure amie.

Il marqua une pause.

— Je n'en suis pas jaloux, tu sais. Je suis heureux qu'elle soit dans ta vie. Pour tout dire, je ne suis jaloux de *rien* de ce qu'il y a entre vous. Pas même un peu. Je suppose que c'est pour ça que je me laisse embarque là-dedans, tu comprends ? Pourquoi je pense que ça pourrait marcher. Ou en tout cas, pour ça que je l'espère.

— Tout ça est tellement bizarre et en même temps pas bizarre du tout.

Border haussa les épaules avant de grimacer.

— Allez, mon vieux, tourne-toi, ordonna Jake. Laisse-moi jeter un coup d'œil à cette épaule. Et pendant que tu y es, tu peux m'expliquer d'où tu sors cette cicatrice de blessure par balle. Parce que je l'ai peut-être ignorée pour ne pas te mettre mal à l'aise quand tu as retiré ton tee-shirt, mais je ne vais pas continuer indéfiniment. Qu'est-ce qui s'est passé, bon sang, Border ?

Border se tourna et laissa Jake s'occuper de son dos, conscient qu'il ne devait plus y avoir de secrets entre eux. Ce n'était pas possible. Mais il allait devoir lui dévoiler en douceur la vie qu'il avait vécue, parce que sinon, ça ferait trop d'un coup.

— Je me suis fait tirer dessus.

Jake lui donna un petit coup dans le flanc avant de se pencher en avant et d'embrasser doucement la peau plissée. Border prit une brève inspiration mais ne bougea pas. Personne n'avait jamais fait cela auparavant, même au cours des quelques relations qu'il avait eues depuis cette blessure.

C'était approprié que Jake soit le premier.

Jake serait toujours le premier.

— Border.

— J'étais sur une mission qui s'est mal passée. Les gens que je protégeais avaient des ennemis qui avaient de plus gros flingues que moi. J'ai réussi à les faire sortir mais je n'ai pas été assez rapide pour échapper à ce petit souvenir.

Les doigts de Jake suivirent le contour de la cicatrice, et Border déglutit en essayant de retrouver comment faire pour respirer.

— Ça a l'air méchant, Border.

Celui-ci se lécha les lèvres.

— Ce n'était pas aussi grave que ça en a l'air.

— Qu'est-ce qu'on vient de dire sur le fait de ne pas se mentir ? Parce que ce que je vois ressemble à une blessure laissée par la sortie d'une balle. Et ce n'est pas joli-joli.

— Je n'ai jamais été joli, Jake. Tu es bien placé pour le savoir.

Jake lui donna à nouveau un petit coup de poing.

— Je n'ai jamais voulu que tu sois joli, idiot. Mais arrête d'essayer de cacher tes blessures. Je peux les supporter. Tu le sais. Je ne suis pas un petit garçon qui n'arrive pas à accepter ce qui se passe autour de lui.

Il marqua une pause, et Border eut désespérément envie de

se tourner pour essayer de décrypter sur son visage ce que Jake était en train de penser. Son visage était si expressif si on savait le regarder, et il était émerveillé de voir à quel point le souvenir lui en était resté.

— Je sais que je me suis comporté comme si je n'étais pas capable de gérer certaines choses, dernièrement. Et c'est mon problème. Je n'avais pas *envie* de les gérer mais ça ne veut pas dire que je n'en suis pas capable. C'est parce que je savais que dès que j'aurais accepté cette réalité, les choses changeraient. Et je suppose que j'avais peur du bouleversement.

Border se laissa aller contre la main de Jake et soupira.

— Sérieusement, cette blessure n'est pas aussi grave qu'elle en a l'air.

Il ne s'appesantit pas sur les dernières paroles de Jake parce que ça concernait plus son ami que lui même, et il en était conscient. Des fois, on a besoin de dire à voix haute ce qu'on pense et d'avoir quelqu'un qui vous écoute, mais pas forcément quelqu'un qui vous réponde.

— La balle n'a pas touché l'os, et on m'a recousu rapidement. Ça a laissé cette cicatrice parce que je n'ai pas eu le temps d'aller quelque part où il y aurait un bon chirurgien. L'ambulancier a fait en sorte que je ne me vide pas de mon sang et que je conserve l'usage de mon bras en guérissant, mais c'était tout ce qu'il pouvait faire. On n'était pas en train de penser à mon allure sur la plage ou à ce genre de choses.

Jake embrassa la cicatrice à nouveau, et Border poussa un soupir. Sans rien dire, Jake commença à masser sa nuque et ses épaules. Les mains larges de Jake pétrirent ses muscles avec force, et il dut retenir les gémissements qui menaçaient de lui échapper à chaque mouvement. Il avait bien conscience qu'à chaque nouveau contact, il bandait un peu plus. Pour tout dire, il commençait à se dire qu'il allait se retrouver avec la marque de sa fermeture éclair gravée de façon permanente sur son sexe une fois que ça serait terminé, parce qu'il ne portait même pas de boxer.

— On ne parle pas, dit doucement Jake.

Border rouvrit les yeux.

— De quoi tu veux parler ?

Tant que Jake laissait ses mains sur lui, Border était prêt à répondre à n'importe quoi en cet instant.

— Tu t'es marié ?

Border se mit à tousser, et Jake arrêta de bouger.

— On commence dans le vif du sujet alors ? Je ne me suis pas marié, Jake.

Jake se remit à masser ses épaules.

— Moi non plus.

— Je m'en doutais, dit doucement Border. Je veux dire, on se parlait de temps en temps au téléphone. Tu aurais mentionné le fait que tu avais un mari ou une femme qui t'attendait à la maison.

Border s'interrompit.

— Et je l'aurais mentionné aussi.

— Oui, je te l'aurais dit, murmura Jake. J'ai eu quelques relations sérieuses par le passé, mais aucune qui ne prenait vraiment la direction du mariage.

— À part Holly, ajouta Border qui bizarrement ne ressentait pas de jalousie pour cette femme.

— Je ne pense pas que je serais allé jusqu'au bout, dit Jake après un petit moment. Je crois que je voulais passer à la phase suivante de ma vie, et Holly semblait pouvoir s'y intégrer. Et ça fait de moi un connard.

— Peut-être, acquiesça Border. Mais tu te rattraperas auprès d'elle.

— Comment tu peux en être aussi certain ?

— Parce que tu n'es pas un connard, même si tu fais semblant de l'être, parfois.

Jake fit courir sa main dans le dos de Border.

— Merci.

Il se racla la gorge.

— Puisqu'on est en train de parler de notre passé amoureux, je devrais probablement mentionner que ces relations ont été avec des hommes et des femmes, et une fois, une relation à trois.

Border se tourna pour pouvoir lui faire face.

— Tu es bisexuel, Jake, comme moi. J'ai été avec des hommes et des femmes au cours de ces années de séparation, moi aussi. Mais je n'ai pas été dans une relation à trois.

Il eut un petit sourire.

— La dynamique te plaisait ?

Jake hocha la tête.

— Oui, je veux dire, ça a marché un petit moment pour nous trois, mais on savait tous que ce ne serait pas quelque chose qui durerait. Mais je connais quelques personnes qui sont dans des trouples depuis des années.

Il croisa le regard de Jake.

— Alors, heu, si on veut en parler à quelqu'un, il y a des gens qui ont de l'expérience. Comme la collègue du cousin de Maya à La Nouvelle-Orléans.

Border examina le visage de Jake un instant avant de hocher lentement la tête.

— Je crois qu'il va falloir qu'on parle tous les trois avant de faire quoi que ce soit. Parce que c'est trop important pour qu'on foute tout en l'air.

Jake attrapa la main de Border.

— Oui. Oui, je crois qu'on devrait faire ça.

Il marqua une pause.

— Tu veux un autre shot ?

Ça fit rire Border.

— Oui, je crois que ça ne nous ferait pas de mal.

Tandis que Jake leur servait à boire, Border fit craquer sa nuque : la tension en avait disparu grâce aux mains habiles de Jake. Il boirait ce shot et irait se coucher. Parce qu'il refusait de foutre ce qu'il avait en l'air en buvant trop. Ils parleraient à Maya et décideraient à trois de la suite des opérations parce qu'il n'y avait pas moyen de faire quoi que ce soit sans communiquer.

C'était trop important pour s'en passer.

Ils étaient trop importants pour s'en passer.

CHAPITRE DIX

JAKE SE FROTTA l'arrière de la nuque et attendit que son café finisse de passer. Il ne s'était pas bourré la gueule la veille, mais son cerveau était suffisamment cotonneux pour lui laisser penser qu'il aurait peut-être dû s'arrêter au bout d'un shot. Ou peut-être était-ce parce qu'il était resté éveillé la moitié de la nuit à essayer de réfléchir à quoi dire à Maya et Border quand ils se poseraient enfin tous les trois pour discuter de la situation.

Car même si c'était facile de se dire qu'ils allaient trouver comment faire à eux trois, Jake savait d'expérience que ce n'était jamais aussi simple. Maya et Border pensaient peut-être qu'il y avait eu une connexion entre eux au premier regard, et grâce aux histoires que Jake leur avait racontées, mais ça ne voulait pas dire grand-chose sur le long terme.

Est-ce que ce serait une histoire entre eux trois ? Une histoire entre lui et Border, puis entre lui et Maya, sans que les deux autres ne soient jamais ensemble ? Est-ce qu'ils passe-raient tous à autre chose après avoir assouvi leurs désirs ?

Ce n'était pas aussi simple que deux meilleurs amis qui craquaient l'un pour l'autre, même pour une nuit, et Jake était bien conscient que ce n'était pas quelque chose dans lequel s'engager à la légère. C'était un tombereau de merde qui n'attendait que de leur tomber dessus, et pourtant, il savait qu'ils se lanceraient tous si c'était ce qu'ils voulaient. Ce dont ils avaient besoin.

Le café termina enfin de passer, et Jake prit sa tasse avant de boire avec avidité. Il se moquait que ça lui brûle la langue, tout ce qu'il voulait, c'était en ressentir l'effet. Les dieux de la caféine qui se nichaient dans cette tasse délicieuse lui permettraient de penser correctement.

Il eut un petit rire et prit une autre gorgée. Apparemment, prendre sa dose le rendait un peu foufou.

— Qu'est-ce qui te fait rire ? gronda Border en se traînant vers la cafetière.

Jake se lécha les lèvres en regardant la façon dont son tee-shirt moulait son torse. Il n'y avait rien de plus sexy que Border après sa douche matinale. Bon, d'accord, peut-être que voir Maya après sa douche était tout aussi sexy, mais il faudrait que Jake puisse les voir côte à côte pour comparer.

Cette image le fit sourire dans sa tasse, et Border se tourna vers lui en haussant un sourcil.

— Qu'est-ce qu'il y a ? demanda-t-il en croisant ses bras devant son torse.

— J'étais simplement en train de penser à Maya et toi après la douche, répondit-il avec franchise.

Les yeux de Border s'assombrirent.

— Est-ce qu'on prenait notre douche ensemble ?

Jake haussa les épaules.

— Si tu veux.

Border se lécha les lèvres lui aussi, avant de se tourner pour prendre sa tasse.

— Tu vas me tuer, ce matin, Jake. J'ai besoin de mon café avant que tu me fasses bander comme ça.

Jake gémit en pensant à l'érection de Border. Apparemment, il n'arrivait pas à se sortir son pénis de la tête. Et bien sûr, cette image ne fit que le mener à d'autres fantasmes à propos des endroits où ce pénis pourrait se trouver plus tard.

Ça suffisait.

Il vida le reste de son café et alla se servir une autre tasse. Ça allait être une sacrée longue journée.

— S'il te plaît, dis-moi qu'il y a du café, implora Maya en rentrant dans la maison sans frapper.

Ils faisaient ça l'un chez l'autre depuis des années, même si elle avait arrêté récemment, quand Holly avait commencé à être presque toujours là.

Il ne s'en était pas rendu compte parce qu'il avait été trop concentré sur le fait de faire rentrer Holly dans sa vie. Il avait presque perdu Maya, ce faisant. Il refusait que ça arrive à nouveau, ce qui voulait dire qu'il fallait qu'il lui parle pour de bon. Et bon sang, ça n'allait pas être facile.

— Je croyais qu'il y avait du café chez toi, dit-il Jake en prenant une gorgée de sa deuxième tasse.

Maya lui adressa un doigt d'honneur avant de se glisser entre lui et Border. Elle leur donna un coup de hanches à chacun pour se frayer un chemin jusqu'à la cafetière.

Jake croisa le regard de Border par-dessus la tête de Maya et sourit. Oui, l'avoir entre eux deux, ce n'était pas si mal. Honnêtement, il adorait ça.

— Arrêtez de vous envoyer des œillades au-dessus de ma tête, exigea Maya. J'ai besoin de caféine, et mon imbécile de frère a cassé ma cafetière cette semaine.

Jake haussa un sourcil à l'intention de Border avant de s'adresser à Maya :

— Quel imbécile de frère ?

— Storm.

Maya se tourna pour s'appuyer au plan de travail pendant que son café était en train de passer.

S'ils devaient se retrouver tous les trois chez lui comme ça, il allait peut-être devoir investir dans un modèle de cafetière avec une réserve, parce que devoir attendre pour se faire une autre tasse, c'était pénible. Jusqu'alors, il avait toujours vécu seul, et c'était parfait de se faire une tasse à la fois. Mais là ? Là, ils étaient peut-être trois, et ça voulait dire qu'il leur fallait plus de café.

Et bien plus que ça.

— Qu'est-ce que Storm a fait ? demanda Border. Il essayait de la nettoyer en la démontant ou un truc du genre ?

Maya et Jake échangèrent un regard, les sourcils haussés, avant de se tourner vers Border en même temps.

— Exactement. Comment tu as fait pour deviner un truc pareil ?

Border haussa les épaules.

— Je connaissais Storm, à l'époque.

C'était une nouvelle pour Jake, et vu l'expression sur le visage de Maya, c'était la même chose pour elle.

Le téléphone de Border vibra, et il soupira avant de jeter un coup d'œil à l'écran.

— Il faut que j'y aille, mais quand je reviendrai, il faudra qu'on parle tous les trois. De beaucoup de choses, y compris du fait que je connaissais Wes et Storm avant de partir. Ce n'est rien de grave, leur dit-il à tous les deux. Mais si on part sur le principe de « pas de secrets », alors ça veut dire que je dois vous parler de tous les gens que je connais.

Maya se lécha les lèvres, et son piercing à la langue ressortit légèrement.

— D'accord. Oui, il faudrait qu'on parle tous ensemble. Ce soir, même. J'ai un rendez-vous tard avec un client que je ne peux pas déplacer. Je reste ouvert tard pour m'adapter à son emploi du temps et je ne peux pas annuler. Franchement, je n'ai pas envie d'annuler vu qu'il paie bien. Mais une fois que j'aurais fini, je viendrai ici et on pourra... parler.

Jake hocha la tête.

— Je dois voir ma famille, ce soir, ajouta-t-il.

Il jeta un regard à Border.

— J'ai oublié de t'en parler. J'ai dit à Graham que je passerai chez lui pour manger une pizza en regardant le match d'Avalanche du Colorado. Tous mes frères viennent. Je, heu, je vous inviterais bien, mais je crois qu'ils veulent parler de vous, dit-il avec un petit reniflement.

Ça fit rire Maya et Border.

— C'est sûr, dit Border. Il faut que j'aille m'occuper d'un truc et je n'aurai probablement pas fini avant dix heures du soir, de toute façon. Alors on n'a qu'à se retrouver après ça ? Je sais que ça fait super tard, mais bon sang, on ne peut pas remettre ça à plus tard sans arrêt. Ça devient ridicule, là.

— Ça me va, dit Maya tandis qu'elle s'occupait de son café.

— Moi aussi, répondit Jake.

Il était grand temps.

Parfait.

Border se pencha en avant et embrassa délicatement Jake sur les lèvres avant d'aller jusqu'à Maya et de déposer un baiser sur sa joue, proche de sa bouche. Là-dessus, il les laissa plantés dans la cuisine comme des idiots.

— Non mais ce type, dit Maya en secouant la tête.

Ça fit rire Jake.

— Oui, je sais.

Cette fois, Maya se joignit à son rire, et il s'appuya contre elle.

— Je suis content que tu sois là, dit-il doucement. Je suis heureux que tu ne te sois pas tenue à l'écart trop longtemps.

Maya se tourna pour embrasser sa mâchoire.

— Je ne peux pas me tenir à l'écart de toi, Jake, et je crois que c'est ça, l'idée.

Jake baissa la tête et l'embrassa tendrement. Elle gémit contre lui, et il fut forcé de reculer avant de faire un truc stupide comme lui arracher son pantalon et la lécher dans la cuisine. Ça aurait fait un petit déjeuner formidable, mais il ne voulait rien faire avant d'avoir parlé avec Border. Il fallait qu'ils soient au clair sur ce qu'ils faisaient tous les trois avant de laisser le sexe embrumer leurs esprits plus que ce n'était déjà le cas.

Maya recula et se lécha les lèvres.

— Eh bien, tu sais embrasser, Jake Gallagher.

Il eut un grand sourire.

— Tu ne t'en sors pas trop mal non plus.

Maya passa de l'autre côté de la cuisine, mettant de la distance entre eux, ce dont Jake lui fut reconnaissant. À la façon dont sa poitrine se soulevait quand elle respirait profondément, il n'était clairement pas le seul à être affecté par ce qui se passait entre eux trois.

— Donc, oui, désolée d'avoir lâché tout ça au téléphone hier soir, dit Maya après un moment. Je ne voulais pas vous compliquer les choses.

Jake secoua la tête.

— Ne t'excuse pas. Pour tout dire, ça a rendu les choses... plus faciles pour Border et moi, une fois que tu as raccroché.

Maya haussa les sourcils et lui sourit.

— Oh vraiment ? Qu'est-ce qui s'est passé hier soir ?

Jake secoua la tête.

— Rien.

Maya se contenta de le regarder fixement.

— Je veux dire rien niveau sexe. On ne s'est même pas touché entre les jambes. Promis.

Maya pouffa de rire.

— Dommage pour Border, parce que c'est très sympa, de te toucher.

Jake lui fit un clin d'œil et passa la main sur son sexe qui s'était mis à bander terriblement.

— Oh, merci beaucoup.

Il secoua la tête.

— On s'est embrassés, mais tu l'as vu m'embrasser il y a deux minutes, alors rien de nouveau de ce côté-là.

— Rien de nouveau, mais super sexy.

Maya haussa les épaules.

— Je serais probablement jalouse si c'était n'importe qui d'autre, mais c'est Border, tu vois ?

Elle secoua la tête.

— On en parlera ce soir quand j'aurai essayé de formuler mes pensées.

— Ça me va. Donc oui, Border et moi on n'a fait que s'embrasser. Oh, et je lui ai fait un massage parce qu'il avait mal à la nuque et aux épaules, mais à part qu'il était torse nu, du coup, on n'a rien fait. Et on n'a pris que deux shots de téquila, alors on n'a rien fait de stupide.

Maya lui sourit.

— Tu réfléchis toujours trop, Jake.

— Eh bien, tu réfléchis autant que moi, alors je ne vois pas pourquoi tu dis ça.

— C'est vrai.

Elle se tut un instant.

— Tu te rappelles la fois où on a utilisé de la barbe à papa pour faire descendre la téquila ?

Jake se mit à rire.

— C'est toi qui as fait ça. Pas moi.

Maya partit d'un petit rire de dérision.

— Oh, non, chéri. Tu as laissé la barbe à papa fondre sur ta langue après le shot, exactement comme moi. Et si je me rappelle bien, tu as dit que c'était super bon. Ça t'a plu. Beaucoup. Et puis ensuite on a regardé des vidéos YouTube d'Adele qui chantait les Spice Girls et on a terminé avec des clips de One Direction.

Jake pinça les lèvres pour s'empêcher de rire.

— Menteuse, nia-t-il.

Maya alla jusqu'à lui et planta un doigt dans son torse.

— Ça t'a plu, Jake Gallagher. Et tu as chanté avec moi et Adele, aucun doute là-dessus. *Tell me what you want, what you really, really want.*

Jake se contenta de secouer la tête avant de se pencher pour l'embrasser tendrement.

— Ça reste entre nous, Montgomery.

Elle recula avec un grand sourire.

— Je suis sûre que Border apprécierait d'entendre cette histoire.

Jake lui donna une claque sur les fesses. Elle poussa un hoquet, et ils se figèrent tous les deux.

— Ça va être perturbant, ce truc.

Maya eut un sourire doux.

— Ça a toujours été perturbant. C'était simplement qu'on faisait semblant de ne pas s'en apercevoir.

— Je, heu... il faudrait que je me mette au travail, dit-il d'une voix profonde au bout d'un moment.

— Oui, moi aussi.

Elle prit son visage entre ses mains.

— Ce soir ?

Jake hocha la tête.

— Ce soir.

Il ne savait pas si ça voulait dire qu'ils parleraient ou davantage, mais ça voulait dire quelque chose. Et il était sûr que, quoi qu'il arrive, les choses allaient changer.

De façon définitive.

— Alors, tu comptes me dire ce qui te tracasse ? demanda Graham une fois qu'il fut installé sur le canapé à côté de Jake.

Après avoir fait sortir Maya de chez lui, il avait mis de côté toutes ses réflexions sur ce qui pouvait arriver et ce qui arriverait ce soir-là pour se consacrer à son travail. Il pensait que ce serait difficile de se concentrer, mais au lieu de cela, c'était presque comme si tout ce qu'il avait en tête *alimentait* sa créativité. Il était un artiste qui travaillait avec ses mains mais il avait besoin de son esprit et de son cœur pour créer.

Apparemment, ça l'aidait d'avoir Border et Maya en tête, même en arrière-plan. Il ne savait pas trop ce que ça signifiait, mais ça lui plaisait.

Après avoir réalisé quelques-unes de ses meilleures œuvres à ce jour, il s'était nettoyé et était parti chez son frère aîné, Graham. Les Gallagher n'étaient pas une famille aussi nombreuse que les Montgomery, mais il y en avait quand même un bon paquet. Ses parents étaient parvenus à élever quatre fils indépendants et créatifs, chacun à leur manière, même malgré l'enfer que Murphy avait vécu avec ses traitements et ses opérations.

— Tu comptes répondre ? Ou bien tu vas continuer à fixer la télé sur laquelle il n'y a même pas de son avant le début du match ?

Jake se tira de ses pensées et se tourna vers Graham.

— Quoi ?

Son frère eut un ricanement amusé.

— Mon vieux, tu es dans la lune. Qu'est-ce qui t'arrive ?

— Oui, ça fait un moment que tu as le cafard, dit Owen en débarquant dans la pièce, quatre bières à la main.

Il en tendit deux par le goulot à Graham et Jake qui les prirent.

— Et ça ne peut pas être uniquement à cause de Holly, intervint Murphy.

Il tenait quatre cartons de pizza et une boîte d'ailes de poulet. Il les posa sur la table et fit glisser le sac à son poignet qui contenait les assiettes en carton et les serviettes en papier.

— Ce n'est pas à cause de Holly, répondit Jake machinalement en regardant la nourriture. Je ne sais pas si on va avoir assez à manger, les mecs, ajouta-t-il, pince-sans-rire.

Murphy haussa les épaules.

— Je me suis dit qu'on pourrait laisser les restes à Graham.

Celui-ci jura dans sa barbe.

— J'approche de la quarantaine, les gars. Je ne sais pas si je devrais consommer autant de graisse.

Alors qu'il parlait, il ouvrit le carton du dessus et en sortit une part de pizza au salami.

— On approche tous de la quarantaine, rétorqua Owen.

Jake fit un doigt d'honneur à son plus jeune frère.

— Non, c'est vrai pour Graham et moi. Toi et Murphy n'avez pas encore dépassé les trente-cinq. Vous ne pouvez pas commencer à vous plaindre de la prochaine décennie tant que vous n'avez pas passé le milieu de celle-ci.

Murhpy eut un grand sourire qui creusa ses fossettes.

— Oui, bon, quoi qu'il arrive, tu seras toujours plus vieux que moi. Je suis simplement heureux de pouvoir prendre de l'âge.

Là-dessus, il empila quelques parts de pizza et des ailes de poulet sur son assiette et s'assit sur l'autre canapé, à côté d'Owen.

Les trois autres frères se regardèrent en silence, saisis par la façon nonchalante dont Murphy évoquait sa mortalité. Leur petit frère avait failli mourir d'innombrables fois quand le cancer s'était emparé de son corps, mais il était là aujourd'hui, bien en vie, en bonne santé, à faire des commentaires sur le fait qu'il avait une sacrée chance d'être toujours de ce monde.

Jake ne savait pas trop quoi répondre à cela alors il chargea son assiette avec du poulet, de la sauce ranch et du céleri. Il s'attaquerait à la pizza plus tard et continuerait à ignorer le fait qu'il ne savait pas quoi dire par rapport à Muprhy et son cancer.

— Alors, Holly, hein ? demanda Murphy, la bouche pleine de pizza. Tu as dit que ce n'était pas à cause d'elle.

Il avala et prit une gorgée de bière. Jake secoua la tête en le regardant manger. Et dire qu'il pensait que les Montgomery étaient de gros mangeurs.

— Non, ce n'est pas à cause de Holly, répéta-t-il.

— Alors qu'est-ce qui se passe ? demanda Owen en s'essuyant les mains sur une de ses nombreuses serviettes en papier.

Il avait quelques TOC au niveau de la propreté et de l'élaboration de listes.

— Est-ce que par hasard ça a quelque chose à voir avec le mec qui vit chez toi en ce moment ? intervint Graham. Celui avec qui tu sortais, celui qui était ton meilleur ami avant de déménager ? Celui dont tu refuses de nous parler ?

Jake poussa un soupir.

— Est-ce que tu as peur qu'on te juge ? demanda Murphy, avec quelque chose de douloureux dans le regard. Parce qu'on ne va pas le faire. Je veux dire, on ne l'a pas fait pendant toutes ces années et on ne va pas commencer maintenant. Mets-toi avec qui tu as envie. Tant que tu es heureux, nous, ça nous va.

Jake secoua la tête tandis que ses frères fronçaient les sourcils.

— Non, ce n'est pas ça. Je vous le jure. Je n'ai jamais pensé que vous, ou nos parents, d'ailleurs, pourriez me juger parce que j'étais avec un mec ou une fille. Bon sang, vous ne m'avez même pas critiqué quand j'ai été avec deux personnes à la fois.

Voilà une bonne transition pour ce qu'il voulait leur dire. Parce que même s'il n'était pas tout à fait sûr de ce qui se passerait ce soir, quand Border, Maya et lui parleraient, il ressentait le besoin d'en parler d'abord. Et pourquoi ne pas le faire avec ses frères qui en savaient déjà plus sur lui que dans la plupart des fratries ? Il ne se sentait peut-être pas toujours très raccord avec eux, vu qu'il ne travaillait pas à plein temps ensemble et qu'il avait un tempérament beaucoup plus artistique qu'eux, mais il n'avait jamais eu l'impression de ne pas être intégré, de ne pas être aimé. Ils l'aideraient, même simplement en restant assis là pour l'écouter. Le fait qu'il en était aussi persuadé l'aida à se détendre un petit peu.

— Alors, qu'est-ce qui se passe ? demanda Graham d'une voix calme.

Il était toujours le plus calme du lot, sauf quand il *perdait* son calme. Alors, c'était celui qui explosait et cassait tout avant de tout réparer à nouveau.

Jake poussa un soupir.

— Ce n'est pas uniquement à propos de Border. Il y a Maya, aussi.

Graham haussa un sourcil tandis qu'Owen riait et que Murphy arborait un grand sourire.

— Il était temps, grommela Graham.

— Oh que oui, putain, acquiesça Owen. Ça fait bien longtemps que vous auriez dû vous mettre ensemble, tous les deux.

— Et avec Border aussi ? demanda Murphy en souriant toujours largement. Alors tu es dans un trouple avec deux personnes à qui tu tiens et qui tiennent à toi ? C'est quoi le problème ?

Bon sang, ses frères continuaient à le surprendre, même si ça n'aurait pas dû être le cas. Il aurait dû avoir davantage foi en eux, mais en réalité, c'était son manque de foi en lui-même, le problème.

— C'est encore tout nouveau, intervint Jake. Tellement nouveau qu'il faut encore qu'on *parle* du fait que j'ai couché avec Maya et que pourtant, on sait tous les deux que je veux aussi être avec Border.

Graham l'observa en silence quelques secondes.

— La communication, c'est important, dit-il doucement. Tu sais, je m'en rends vraiment compte. C'est ce qui a foutu en l'air mon mariage.

Le regard de son frère se perdit au loin, la douleur visible dans ses yeux.

— Enfin, ça et d'autres choses.

Jake poussa un juron à mi-voix.

— Merde, je suis désolé de t'avoir fait penser à ça.

Graham secoua la tête.

— Je penserai toujours à ce qui s'est passé, Jake. Ce que j'ai perdu, ce que *nous* avons perdu, c'est toujours dans mes pensées. À chaque seconde de chaque foutue journée. Mais ce n'est pas le sujet : on était en train de parler de toi.

Jake hocha la tête et n'insista pas sur ce qui s'était passé avec la famille de Graham.

— On doit parler tous les trois ce soir. Établir certaines règles, ou au moins mettre à plat ce qui se passe dans nos crânes.

— Bien, dit doucement Graham. C'est bien.

— Et tu veux les deux ? demanda Owen. Tu veux une relation avec les deux ? Parce que ce n'est pas juste un plan à trois pour une seule nuit, j'ai l'impression. Si ? Je veux dire, Border et toi avez un passé commun, et Maya et toi ? Bon sang, c'est ta meilleure amie. Il ne faut pas que tu mettes ça en danger parce que tu as envie de baiser.

La colère s'empara de Jake à ces mots, mais il la fit taire.

Owen ne faisait que dire ce qu'il était nécessaire de dire, de penser, et il fallait que Jake accepte cela.

— Ce n'est pas que pour une nuit, dit-il doucement. Je ne sais pas ce que c'est, et c'est quelque chose qu'on va devoir définir ensemble, tous les trois. Mais… mais je ne veux pas non plus faire comme si c'était quelque chose de plus que ça ne l'est. Si je me lance en pensant que c'est quelque chose de définitif, je risque de tout faire foirer avant que ça commence.

— Alors ne fais pas ça, dit Murphy.

Jake le fusilla du regard.

— Attends, écoute-moi. Vas-y en sachant qu'il faut que vous pensiez les uns aux autres et que c'est ce que tu aurais fait de toute façon. Tu n'es pas un type superficiel. Tu n'es pas cruel. Si vous vous embarquez dans une relation sans date de fin définie, ce n'est pas un problème. C'est normal, Jake. Personne ne se lance dans une relation en *sachant* qu'il y aura un mariage et des bébés au bout.

Murphy et Jake grimacèrent alors que les yeux de Graham se voilaient.

— Vas-y en sachant que tu ne *veux* pas faire de mal aux autres et essaie de faire de ton mieux pas simplement pour vivre, mais pour vivre dans l'instant. C'est tout ce que tu peux faire. Sois franc par rapport à ça.

Jake soupira, et les mots de son frère s'imprimèrent en lui. Murphy avait raison, même si Jake savait que ça n'allait pas être aussi facile. Surtout avec Maya. Il savait qu'il ne pouvait pas se permettre de foutre en l'air ce qu'il y avait entre eux parce qu'elle était la personne qui avait fait de lui qui il était. Elle avait été à ses côtés envers et contre tout depuis le matin où il était entré dans Montgomery Ink. Ils trouveraient un moyen pour que ça fonctionne.

D'une façon ou d'une autre.

Ses frères restèrent silencieux un moment encore avant que

Graham ne tende la main vers la télécommande pour remettre le son.

— Le match va commencer, marmonna-t-il.

Jake hocha la tête, soulagé qu'ils soient là pour lui, même s'il ne savait pas quoi dire. Il entama son poulet désormais tiède et prit une gorgée de bière. Ça allait bien se passer, pour lui comme pour les autres. Parce que quoi qu'il arrive, il ne pouvait pas perdre Border à nouveau et il ne pouvait certainement pas perdre Maya.

Ils trouveraient quoi faire.

Il le fallait.

CHAPITRE ONZE

MAYA AVAIT les mains qui tremblaient. Heureusement, elle n'était plus en train de travailler sur le tatouage de son client, mais bon sang, ses mains ne tremblaient *jamais*. Bien sûr, elle n'avait jamais été dans cette position auparavant. Le mot « position » lui fit penser au sexe parce qu'elle avait à l'évidence l'esprit mal placé et qu'elle ne pouvait pas arrêter de penser à Border et Jake en train de baiser.

Non pas qu'elle veuille s'empêcher d'y penser.

Et aussitôt, elle s'imagina entre eux, sous eux, et peut-être sur eux s'il y avait une position où c'était possible.

Visiblement, elle ne connaissait pas grand-chose aux positions pour un plan à trois, mais elle avait dans l'idée qu'elle allait apprendre.

Et vite.

Une part d'elle avait envie de s'enfuir et de se cacher avec une bouteille de téquila, mais elle fit rouler ses épaules et posa la main sur la porte d'entrée de Jake. Elle était capable de le faire. Peut-être.

Jake ouvrit la porte avant qu'elle puisse frapper ou utiliser sa clé, et elle soupira. Visiblement, c'était pour ce soir. C'était en partie son idée, après tout.

— Tu as l'air de quelqu'un qui veut soit un verre, soit une paire de baskets, dit Jake sur un ton pince-sans-rire.

Ça la fit pouffer. Elle croisa son regard et sut aussitôt qu'elle était au bon endroit, au bon moment, et qu'elle faisait ce qu'il fallait.

— Je n'ai pas besoin de baskets. Je ne vais pas m'enfuir.

Elle s'interrompit devant le regard brillant qu'il lui jeta.

— Mais je n'aurais rien contre un verre.

Jake lui tendit la main, et elle la prit, leurs paumes se touchèrent dans une décharge d'énergie qu'elle n'était pas tout à fait capable de nommer. C'était son Jake, l'homme qu'elle avait connu depuis si longtemps qu'il était comme une autre part d'elle-même, et pourtant, c'était aussi un nouveau Jake. Ce Jake était l'homme qu'elle apprendrait à connaître ce soir, et plus encore quand le temps cesserait de tourner pour eux deux.

Pour eux trois.

— J'ai de la téquila, annonça Jake. Mais pas de barbe à papa.

— Pourquoi tu voudrais gâcher une téquila délicieuse avec de la barbe à papa ? demanda Border derrière lui.

Maya s'imposa et passa dans le salon, les mains sur les hanches, lâchant celle de Jake au passage. Il referma la porte derrière eux, et sa chaleur dans le dos de Maya lui procura une sensation agréable. Mais d'abord, elle avait un inconnu à gérer. Un inconnu qui n'était pas tout à fait un inconnu et qui allait faire partie de sa vie dans l'immédiat et, peut-être, avec un peu de chance, pour très longtemps.

— Ne critique pas sans avoir essayé, dit-elle avec aisance.

Elle haussa un sourcil, consciente que son piercing était sexy quand elle faisait ça. Jake le lui avait dit une fois alors qu'ils avaient bu, mais elle n'avait pas pensé que ça voulait dire quoi que ce soit, à l'époque. Ça avait changé.

— D'ailleurs, il y a beaucoup de choses qu'il ne faut pas critiquer avant d'avoir essayé.

Border secoua la tête, un sourire aux lèvres.

— Tu es un sacré numéro, Maya Montgomery.

— Tu dis ça comme si tu me connaissais, dit-elle avec un sourire.

Les gens pensaient en général avoir une idée de qui elle était rien qu'avec ses tatouages et ses piercings. Si on ajoutait à ça le fait qu'elle jurait comme un charretier et défendait ses proches avec une férocité qui lui avait attiré des ennuis une fois ou deux, elle se faisait facilement cataloguer.

Elle était plus qu'une Montgomery avec un langage peu délicat.

Jake le savait, et, avec un peu de chance, Border s'en rendrait compte aussi.

— J'ai envie d'apprendre à te connaître, répondit Border sans la quitter du regard.

L'air entre eux sembla crépiter, et elle dut se contrôler pour que sa respiration n'accélère pas. Elle ne connaissait rien de cet homme, à part ce que Jake lui en avait dit, et pourtant elle avait envie d'en apprendre davantage. Elle en avait besoin.

Jake passa derrière elle et se rendit dans la cuisine. Grâce à la façon dont la maison était agencée, elle le vit sortir une bouteille de téquila et des verres à shot sans avoir à quitter le salon et la présence de Border.

— Même si j'ai dit que je prendrais bien un verre, intervint-elle, je pense qu'il faut qu'on garde les idées claires, si on veut parler.

Jake hocha la tête en revenant. Il posa les verres et la bouteille sur la table.

— Juste un shot pour nous échauffer. Vois ça comme un

toast. Ensuite, on boira davantage si on veut. Mais je crois qu'il faut qu'on fasse *quelque chose* pour commencer, pour que ça ne soit pas ultra bizarre au départ.

Border sourit carrément.

— Ça va être ultra bizarre au départ, quoi qu'on fasse.

Maya eut un ricanement amusé et les rejoignit en roulant des hanches. Elle avait des courbes et savait les utiliser. De toute façon, elle roulait forcément des hanches en marchant, vu sa physionomie. Mais ce soir, elle avait envie d'accentuer ce trait. Les deux hommes étaient bien plus grands qu'elle et ils semblaient emplir la pièce de leur présence, alors il fallait qu'elle utilise ses atouts pour être sur un pied d'égalité avec eux. Il n'y avait pas d'autre manière de faire. Elle refusait d'être un jouet qu'on se refilait avant de l'oublier.

Elle était Maya Montgomery, et on ne l'ignorerait pas.

Et maintenant qu'elle était entrée en mode Liaison fatale, il était temps de passer à l'étape suivante avant qu'elle fasse n'importe quoi.

Elle versa trois shots d'une main adroite et les distribua. Elle leva son verre et regarda les deux hommes dans les yeux.

— Je porte un toast pour que nous ne foutions pas tout en l'air et que nous voyons où on va.

Les garçons sourirent un peu à ces mots, et ils renversèrent tous les trois la tête en arrière pour boire leur shot. La téquila lui brûla subtilement la gorge, et le goût la fit ronronner. Ce n'était pas son alcool favori sans raison.

Quand elle laissa sa tête revenir vers l'avant, elle déglutit avec difficulté devant l'expression qu'arboraient Jake et Border.

— Quoi ? demanda-t-elle d'une voix chaude.

Border se lécha les lèvres, et elle pinça les siennes car son clitoris semblait s'être mis à pulser au rythme de son cœur. S'il avait été percé comme ça avait été le cas à une époque, elle aurait probablement eu un orgasme rien qu'avec ce regard.

Bon, d'accord.

Border haussa les épaules, pas l'air détendu du tout, même s'il essayait de le paraître.

— Tu es très sexy quand tu bois un shot comme ça. Je ne sais pas comment Jake a fait pour ne pas te toucher pendant si longtemps.

Elle se contenta de secouer la tête et se laissa sombrer dans le canapé derrière elle. Les deux hommes étaient à côté de l'autre canapé mais ils ne s'assirent pas dessus. Au lieu de ça, ils la rejoignirent d'une démarche féline, un de chaque côté. Comme elle voulait voir leur visage, elle recula jusqu'à ce qu'elle puisse s'appuyer au dossier et caler ses jambes sous elle. Les garçons s'assirent à un bout chacun du canapé et se tournèrent de façon à ce qu'ils puissent tous se faire face.

— Jake est mon meilleur ami, commença-t-elle.

Elle leva les mains quand les deux hommes ouvrirent la bouche pour parler.

— Laissez-moi dire ce que j'ai à dire, ensuite vous pourrez en faire autant. Puis on continuera à parler jusqu'à ce qu'on n'ait plus rien à dire. Ensuite, soit on se jette les uns sur les autres et on baise comme des bêtes jusqu'à ce qu'on n'en puisse plus, soit on part chacun de notre côté parce que ça fait trop. Ça vous va ?

Elle pinça les lèvres quand le regard des deux autres se croisa au-dessus d'elle. Il n'y avait rien de plus sexy que deux hommes qui se regardaient en éprouvant du désir l'un pour l'autre. Alors s'ils tournaient ce regard sur elle...

Maya Montgomery était une sacrée veinarde.

Elle se racla la gorge.

— Jake et moi avons déjà couché ensemble. Peut-être qu'on aurait dû attendre davantage, mais on ne l'a pas fait. On a couché ensemble, et je n'ai pas envie d'arrêter de le faire avec mon meilleur ami.

Elle regarda Jake qui lui sourit avec tant d'émotion qu'elle dut refouler des larmes. Bon sang, il la connaissait sous toutes les coutures. Il la *comprenait*.

— J'ai dit à Jake, et apparemment à toi aussi, Border, puisque le téléphone était sur haut-parleur, que je pense que vous deux devriez être ensemble aussi.

Elle soupira. C'était la partie compliquée.

— On t'a attendu, Maya, intervint doucement Border.

— Je sais. Je vous en suis reconnaissante, même si je suis un peu triste que vous ayez dû m'attendre. Enfin, que vous ayez dû vous attendre l'un l'autre. Je ne sais pas. C'est pour ça qu'on parle. Ça va être compliqué. Parce que je veux être avec Jake.

— Moi aussi, je veux être avec toi, Maya.

Elle tendit la main et saisit celle de Jake.

— Et Jake, tu veux être avec Border.

Jake hocha la tête et prit la main de Border.

Border la saisit, et sa mâchoire se crispa.

— Je veux être avec Jake aussi.

Il se tourna et croisa le regard de Maya. Quand il lui tendit la main, Maya cligna des yeux.

— Et je veux aussi être avec toi.

Elle regarda sa main tendue tandis que Jake serrait la sienne.

— Tu ne me connais pas.

— Pas besoin, rétorqua Border. J'ai envie d'être avec toi, bon sang. Je ne sais pas pourquoi ça arrive si rapidement, mais peut-être que ce n'est pas si rapide, au final. Ça fait des *années* que Jake me parle de toi, Maya. Alors je ne pense pas que ça m'a pris du jour au lendemain. Je suis venu à cause de mon travail, dont il faudra que je vous parle tout à l'heure, mais je ne suis pas revenu que pour ça. Je suis revenu pour voir Jake. Pour voir ce qu'il voulait et ce que j'avais loupé en partant. Et puis je suis venu pour voir cette Maya Montgomery dont Jake parlait si souvent. Je ne suis pas seulement revenu pour Jake, Maya. Je crois que je suis revenu pour toi aussi.

La gorge de Maya se serra d'émotion.

— Tu crois ou tu es sûr ?

Elle ne savait pas pourquoi elle demandait ça, mais elle avait besoin de le faire. Tout ça paraissait si fou, et pourtant, ça collait. Il y avait quelque chose là, quelque chose qu'elle ne pouvait pas tout à fait nommer, mais il fallait qu'elle mette ça au clair, pas seulement avec Border, mais avec Jake aussi.

— J'en suis sûr. Je suis revenu pour vous deux.

Border ferma les yeux et secoua la tête.

— Je sais qu'on dirait que je crois au destin, sur ce coup, et je ne sais pas si j'y crois. Mais ce en quoi je crois c'est que, quoi qu'il arrive, il faut qu'on fasse des efforts pour que ça marche. Parfois, les choses arrivent par elles-mêmes, et, d'autres fois, il faut les provoquer parce que c'est ce dont on a besoin. Je ne veux pas m'immiscer entre vous, mais je sais aussi que je ne peux pas simplement m'en aller maintenant.

Maya regarda la main tendue de Border avant de se tourner vers Jake.

— Et toi ?

Jake la regarda avec une telle intensité qu'elle eut peur qu'il ne la voie entièrement. Elle était nue devant lui, aucun vêtement ne la protégeait. Ça avait toujours été comme ça, avec Jake, mais désormais, c'était plus intense, maintenant, ça signifiait quelque chose de bien plus profond que ce qu'ils pouvaient imaginer tous les deux, tous les *trois*.

— Je t'ai vue dans ce bar, ce jour-là, il y a des années de cela, et j'ai su que j'avais besoin de toi dans ma vie. Je t'ai ramenée chez moi parce que je voulais que ça arrive. Ce que tu ne sais pas c'est que je voulais déjà trouver un moyen que ce soit plus que pour une nuit. Et puis Murphy a eu un problème et on a dû s'arrêter là.

Elle serra sa main et pinça les lèvres.

— Je me serais battue pour rester, à l'époque, murmura-t-elle. J'ai senti ce lien entre nous aussi.

C'était la première fois qu'elle disait ça, la première fois qu'elle avouait ce qu'elle avait caché si longtemps.

Les yeux de Jake lancèrent un éclair.

— Et puis je suis arrivé trop tard, je comprends. Alors je suis resté parce que je savais que tu étais importante, Maya. Je voulais faire partie de ta vie, même si c'était seulement en tant qu'ami.

— Il n'y a rien que je qualifierais de « seulement » dans ce que je ressentais pour toi, Jake. Dans ce que je ressens pour toi.

Elle marqua une pause. Elle n'avait pas envie de s'engager trop loin sur ce terrain avant qu'ils n'aient établi d'un point de vue pratique ce qui se passait dans cette pièce entre eux.

La bouche de Jake s'incurva en un sourire avant qu'il ne laisse une grande expiration lui échapper.

— Peu importe ce qui se passera entre nous, que ce soit limité dans le temps ou plus sérieux, je ne veux pas te perdre en tant qu'amie. Bon sang, Maya, tu me connais mieux que moi-même la plupart du temps, et je refuse de perdre cela. Alors on est amis avant tout. Tu comprends ? Si on découvre après ça, ce *truc* entre nous trois, que c'est nul ensemble et qu'on est mieux en tant qu'amis, alors il y a intérêt à ce qu'on *reste* amis.

Il relâcha sa respiration.

— Amis d'abord, Maya, répéta-t-il.

— Toujours amis, dit-elle fermement. Je te le promets. On restera amis. Je sais que c'est super facile de dire ça maintenant, mais on est différents de la plupart des gens.

En tout cas, elle l'espérait. Parce que si elle perdait Jake, elle ne savait pas ce qu'elle ferait d'elle-même. Bon sang, elle ne serait même pas l'ombre de ce qu'elle était quand elle pensait l'avoir perdu à cause de Holly. Même si elle n'aimait pas qu'une partie de son être dépende ainsi de Jake, elle savait qu'il n'y avait pas moyen qu'il en soit autrement. Il avait laissé sa marque trop profondément sur son âme.

Et peut-être qu'il était temps de faire quelque chose à ce propos.

Et à propos de l'homme qui était assis de l'autre côté.

Parce que quoi qu'il arrive, lui aussi était là, et elle avait le sentiment que son *absence* était la raison pour laquelle elle n'avait jamais eu l'impression que c'était le bon moment pour être avec Jake.

Elle se concentrerait sur ces émotions quand elle le pourrait, mais pour le moment, il fallait qu'elle s'assure qu'elle aurait toujours son ami à ses côtés, au bout du compte. Et peut-être, éventuellement, qu'elle aurait Border aussi.

Bon sang, elle ne savait pas exactement comment c'était arrivé, mais si elle continuait à stresser à ce propos, elle allait se briser.

Au lieu de laisser ses pensées tourbillonner ainsi et de se retrouver encore plus perdue, elle se tourna vers Border et glissa sa main dans la sienne.

— Amis, dit-elle doucement. Avec un petit quelque chose en plus, je pense. Mais amis.

Border la contempla en silence avec une telle intensité qu'elle sentit ses joues se mettre à chauffer. Mince. Elle n'était pas du genre à rougir mais elle ne pouvait pas s'en empêcher, sous son regard. Alors qu'elle connaissait Jake sous toutes les coutures, elle ne savait de Border que ce que Jake lui avait dit. Le mystère et l'inconnu ne faisaient que l'exciter davantage. Plus qu'elle ne l'aurait jamais cru possible. Si on y ajoutait qu'en plus, elle serait en train de coucher avec son meilleur ami en même temps ? C'était un miracle qu'elle ne soit pas entrée en combustion spontanée.

Jake laissa un rire rauque lui échapper.

— En tout cas, c'est ultra sexy de vous voir vous regarder comme ça. Parce que l'idée que vous avez envie l'un de l'autre autant que j'ai envie de vous deux, ça remonte vraiment ma manivelle.

Maya pouffa de rire, et Border haussa un sourcil en la regardant. Elle se tourna pour regarder Jake.

— Je croyais que c'était à nous de nous occuper de ta manivelle.

Jake éclata de rire.

— Je vais te dire, tu peux toucher, sucer, lécher et prendre ma manivelle autant que tu le veux, ma petite chérie.

Elle étrécit les yeux alors que Border se mettait à rire.

— Qu'est-ce que je t'ai dit sur les petits noms ?

Jake se contenta de lui adresser un sourire sirupeux.

— Je suis en train de chercher le surnom parfait, mon petit beignet au sucre.

Elle lui retira sa main pour lui flanquer un coup dans le torse. Il rit, et Border se rapprocha pour pouvoir enlacer sa taille. Elle lui jeta un regard par-dessus son épaule, et il haussa les siennes, à l'évidence parfaitement à l'aise à l'idée que Maya soit appuyée dos contre son torse tandis qu'il avait une main sur sa hanche.

Jake gémit en les voyant ainsi, alors bien sûr, Maya se blottit encore davantage contre Border. Le feu dans les yeux de Jake lui donnait envie de gémir, à elle aussi, mais au lieu de cela, elle fit courir ses doigts le long du bras de Border. Celui-ci resserra sa prise sur sa hanche, et elle dut déglutir pour ne pas se mettre à gigoter dans ses bras.

Jake se lécha les lèvres.

— Je vais te sauter, Maya, dit-il enfin, d'une voix basse. Je veux simplement qu'on soit au clair avec les détails pratiques.

Il croisa le regard de Border.

— Et bientôt, je te baiserai et réciproquement. Je ne sais pas si Maya et toi allez baiser, mais je pense que vous devriez définir ça. Poser nettement les limites pour ne pas commettre accidentellement une connerie qu'on ne pourra pas réparer. Parce que je vous veux tous les deux dans mon lit. Si ça ne peut pas être en même temps, je l'accepterai, mais j'ai besoin de le savoir maintenant.

Il posa les yeux sur le bras de Border autour de la taille de Maya.

— Mais je suis peut-être en train de partir dans tous les sens pour rien.

Maya regarda à nouveau vers Border par-dessus son épaule. Celui-ci baissait la tête.

— Qu'est-ce que tu en dis, Border ? Tu as envie de me sauter ?

En guise de réponse, Border abaissa ses lèvres sur les siennes et prit un de ses seins dans sa main, à travers son débardeur et son soutien-gorge. Elle hoqueta contre sa bouche et cambra les reins, désireuse de davantage de contact. Son baiser était plus rude que celui de Jake, il n'avait pas le même goût. Et pourtant, elle voulait les deux. Elle se fichait que d'autres puissent avoir un problème avec le fait qu'elle veuille avoir deux mecs et que ces deux mecs aient du désir l'un pour l'autre. Les autres pouvaient aller se faire foutre.

Elle avait envie de Jake *et* de Border, bon sang, et elle les aurait.

La langue de Border toucha la sienne, et elle l'embrassa plus passionnément. Elle en voulait davantage. Quand il se retira, elle était hors d'haleine et ultra excitée.

— Je pense que ça répond à la question mais, oui, j'ai envie de te sauter, Maya. Et j'ai envie de te connaître. Alors ce n'est pas qu'au lit. Tu comprends ? Parce que si c'est tout ce que tu veux, alors il faut qu'on en parle davantage avant de se foutre à poil et d'aller faire mumuse dans le lit géant de Jake. Alors, tu veux plus que du sexe ? Parce que si c'est le cas, je vais t'emmener dans la chambre et foutre ma tête entre tes cuisses. Je veux connaître le goût de ton sexe, et pendant que je le découvrirai, je veux que tu suces, Jake. J'aime la tête qu'il fait quand il pénètre la bouche de quelqu'un, et ça fait trop longtemps que je ne l'ai pas vue. Alors, qu'est-ce que tu en dis, Maya ? Tu veux avoir ma bouche sur toi et la tienne sur la queue de Jake ?

Maya se retira et se leva en faisant une petite danse de la joie. Jake et Border se regardèrent avant d'exploser de rire.

— C'était quoi, ça ? demanda Jake en essuyant une larme.

— Oh mon Dieu, haleta Maya. Tu l'as entendu ? Je suis une sacrée veinarde. Je me retrouve non pas avec un, mais deux mecs qui aiment me susurrer des cochonneries. Et tu sais ce que je pense du sexe oral : il faut que je voie ce que Border sait faire en la matière, parce que, mon chéri, s'il a besoin d'aide, tu pourras lui apprendre un truc ou deux.

Elle balança ses hanches à nouveau.

— *Deux* mecs cochons avec de grosses queues qui veulent me sauter *et* que je fasse partie de leurs vies ? Je signe tout de suite. Maintenant, foutons-nous à poil parce que je mouille tellement que ça me dégouline sur les cuisses. Si je n'ai pas un orgasme très vite, je vais devoir me donner du plaisir toute seule et je préférerais franchement que ce soit un de vous, ou les deux, qui s'en occupe.

Elle saisit le bas de son débardeur et le fit passer au-dessus de sa tête. Avant qu'elle puisse s'attaquer au bouton de son jean, Border la saisit par les hanches, et elle bascula sur son épaule. Elle planta ses ongles dans son dos pour ne pas tomber.

Elle regarda vers Jake alors que Border la portait dans la

chambre comme un bûcheron. Jake la contemplait comme s'il avait envie de la dévorer, et c'était peut-être ce qui allait se passer. Il se débarrassa de son tee-shirt en les suivant, et Maya dut se mordre les lèvres pour ne pas crier de joie devant ce qui était sur le point d'arriver.

Border la posa par terre et se mit à genoux.

— J'ai besoin de te bouffer la chatte, gronda-t-il.

Elle agita les jambes pour l'aider à faire passer son jean sur ses hanches. Il lui retira rapidement ses chaussures, et sa culotte se retrouva autour de ses chevilles en un clin d'œil. Jake s'occupait de son soutien-gorge, et Maya prit de grandes inspirations pour se faire à l'idée de ce qui était en train de se passer.

Bon sang, c'était réellement en train d'arriver.

Jake l'embrassa avec passion avant de porter ses lèvres à ses seins. Il tira sur l'un de ses piercings au téton, et elle poussa un hoquet.

— Border, tu vois ces piercings ? Si tu tires dessus juste comme il faut, elle va jouir sous tes doigts sans même que tu aies besoin de toucher son clito.

Border lui sourit de là où il se trouvait, entre ses jambes, juste avant de commencer à la lécher. Elle frissonna et sentit ses jambes faiblir sous elle. Jake la rattrapa et la maintint pour qu'elle ne tombe pas. Elle sut à cet instant qu'elle lui ferait confiance jusqu'à la fin du monde.

— Je suis surpris qu'elle n'ait pas le capuchon du clitoris percé, marmonna Border avant de se mettre à la dévorer comme un homme affamé face à un festin. Sa langue semblait magique, et Maya dut se forcer à contrôler sa respiration pour ne pas s'évanouir.

— Je l'avais fait, haleta-t-elle.

Elle s'accrocha au bras de Jake alors que celui-ci suçait ses tétons. C'était trop et pas assez à la fois.

— Ce mec sait lécher, Jake.

Elle rit quand Jake fredonna contre son piercing.

— Vous passez tous les deux le test. Maintenant, faites-moi jouir parce que je suis beaucoup trop excitée.

La main de Jake glissa le long de son ventre et vint frotter son clitoris alors que Border l'agaçait de sa langue. La double sensation la fit basculer, et elle hurla sans utiliser leurs prénoms parce qu'elle ne savait plus parler, en cet instant. Comment ils s'appelaient, déjà ? Qui s'en souciait ? Elle savait ce qui comptait vraiment.

Ils étaient à *elle*.

Et bon sang, oui, ils savaient donner du plaisir à une fille.

Le cerveau en vrac et les membres lourds, elle laissa Jake l'allonger sur le lit. Il finit de se déshabiller, et elle se lécha les lèvres. Elle fit courir ses mains sur son propre corps et tira sur ses tétons. Elle avait peut-être eu un orgasme, mais elle était loin d'en avoir terminé.

Désormais nu, Jake s'agenouilla sur le lit, son sexe dans une main et un paquet de préservatifs et du lubrifiant dans l'autre.

— Pour plus tard, dit-il en les balançant sur le lit.

Maya releva la tête alors que Jake passait la main dans ses cheveux et guidait son sexe vers sa bouche. Elle l'avala avec zèle et utilisa l'anneau à sa langue pour le rapprocher du point de non-retour. Elle gémit avec son pénis dans la bouche quand Border s'agenouilla entre ses jambes et utilisa sa bouche et trois de ses doigts pour la faire jouir à nouveau. Mais avant qu'elle puisse en faire de même avec Jake, les deux hommes se dégagèrent, et elle geignit.

— Je vais te sauter d'abord, murmura Jake avant de l'embrasser tendrement. Et ensuite ce sera Border.

Il prit son visage entre ses mains, et elle se laissa aller contre lui.

— Ça me va, dit-elle d'une voix pâteuse, un peu ivre de sa jouissance. Et vous deux ?

Jake regarda Border qui était en train de se placer à genoux devant Maya.

— La prochaine fois, dit-il doucement. Il y a des centaines de combinaisons qu'on peut essayer. Pour l'instant, laisse-nous t'aimer, et la prochaine fois, tu pourras nous regarder baiser.

Maya soupira.

— Trop dure, la vie, roucoula-t-elle. Bon, d'accord, s'il le faut.

Elle laissa ses jambes s'ouvrir pour s'offrir encore davantage.

— En route, Gallagher. Le train va partir sans toi. Et Gentry ? Ramène cette bite par ici. Je n'ai pas encore eu l'occasion de mettre la bouche dessus.

Ça fit pouffer Border de rire.

— Alors je ne suis que de la viande, pour toi ?

Elle étrécit les yeux et saisit son sexe à la base, le poing bien serré. Border se mit à loucher de plaisir, et elle attendit qu'il se remette et croise son regard.

— Tu es plus qu'une queue pour moi, Gentry. Alors, même si j'ai hâte de me la prendre, parce que, putain, regarde-moi ce diamètre, tu ferais mieux de te mettre en tête que j'attends aussi des dîners et des conversations.

Elle regarda vers Jake.

— Ça vaut pour vous deux.

Jake appuya son sexe recouvert de latex contre elle.

— Ça marche, bébé. Maintenant, écarte bien les jambes, que je puisse te sauter.

Border tapota sa joue avec le bout de son sexe, et elle haussa un sourcil dans sa direction.

— J'ai envie de te connaître, Maya. On en a déjà parlé. Maintenant, prends ma queue dans ta bouche et fais-moi jouir.

Le ton de sa voix fit voyager de délicieux frissons le long de sa colonne vertébrale, alors elle ne discuta pas. Elle ouvrit la bouche et le prit profondément en elle en même temps que Jake l'empalait de son sexe. Elle hoqueta avec le pénis de Border dans sa bouche.

Jake lui fit l'amour, et elle se porta à la rencontre de chacun de ses coups de reins tout en suçant Border. Celui-ci s'occupait de ses seins et baissa la main pour venir stimuler son clitoris. Alors qu'elle commençait à jouir, Jake se retira, et les deux hommes la retournèrent. Elle se retrouva à enfourcher le sexe de Border qui avait enfilé un préservatif à son tour. Jake avait retiré le sien pour que Border puisse le sucer.

Elle se laissa glisser sur Border et commença à le chevaucher en faisant bouger ses hanches à toute allure tandis qu'elle se penchait pour l'embrasser dans le cou. Cet homme, *ces* hommes, lui permettaient de se dépasser, et elle sut qu'elle ne serait jamais la même sans eux.

Et ça n'était pas un problème car elle n'aurait pas dû être la même personne seule. Il y avait une raison pour laquelle ils avaient une place particulière dans sa vie.

Le visage de Jake afficha une extase absolue alors que son amant le suçait, et Maya ne put s'empêcher de se sentir reconnaissante de participer à cela. Jake était son meilleur ami, son autre moitié, et pourtant, elle était consciente qu'elle devrait se fractionner une fois encore pour Border et que c'était ce qu'il lui fallait.

Ces deux-là n'étaient pas entrés dans sa vie par hasard, et alors qu'elle jouissait tandis que *ses* hommes la suivaient, leurs cris la poussant vers un nouveau pic alors qu'elle était encore si proche de son orgasme précédent, elle sut que, quoi qu'il arrive, il n'y avait pas de retour en arrière possible.

Ils s'écroulèrent les uns sur les autres dans un mélange de bras et de jambes, son corps à elle coincé entre les deux leurs.

Ils étaient siens autant que l'un à l'autre.

Pour le moment. Et peut-être, simplement peut-être, pour toujours.

— Putain de bordel, haleta Jake.

Border soupira et embrassa Maya dans le cou, plus calme qu'elle ne l'aurait cru possible.

Putain de bordel, en effet.

CHAPITRE DOUZE

— QU'EST-CE que je fais là, déjà ? demanda Border en tirant sur le bas de sa chemise.

Il ne l'avait pas rentrée dans son pantalon et avait roulé ses manches pour laisser ses avant-bras respirer, mais c'était quand même une foutue chemise.

— Tu es là parce que Maya t'a invité, répondit Jake avec un sourire.

Il n'avait pas non plus rentré sa chemise dans son pantalon, mais il avait quand même l'air un peu plus... civilisé que Border.

— Et quand Maya t'invite quelque part, c'est plutôt un genre de décret officiel. Pour tout dire, c'est comme ça avec toutes les femmes de la famille.

Il ne portait peut-être pas de cravate, mais il ressentit quand même le besoin de tirer sur son col. Il n'arrivait pas à respirer. Bon sang. Il n'était pas un ado sur le point de rencontrer les parents de sa première copine. Non, il rencontrait les parents et les sept frères et sœurs de la fille avec qui il couchait. Sans mentionner qu'il y avait aussi tous leurs partenaires et les enfants du clan Montgomery. Oh, et il n'y allait pas seul, il venait avec son autre amant. Un amant qui se trouvait également être celui de Maya.

Et tout ça n'était pas du tout perturbant, intimidant ou quoi que ce soit.

Jake se pencha et l'embrassa. Passionnément.

— Arrête de trop réfléchir.

— Je ne peux pas m'en empêcher, marmonna Border. Je suis comme ça.

— Mais d'habitude, tu n'es pas aussi nerveux, alors sors-toi la tête du guidon et rappelle-toi qu'on fait ça pour Maya.

— Ça fait seulement une semaine qu'on est ensemble, marmonna Border, même s'il était conscient que c'était une dérobade.

— Et on est bien plus avancés dans cette relation que d'autres ne le seraient en une semaine, et tu le sais très bien. Alors arrête de paniquer.

— Qu'est-ce que vous faites là à parler tous les deux ? demanda Maya en les rejoignant.

Ils se trouvaient sur le trottoir devant la maison des Montgomery car ils étaient arrivés ensemble, et là, Border ne savait plus trop ce qu'il faisait là.

Les cheveux de Maya étaient lâchés, et elle avait utilisé un fer à friser sur les extrémités si bien qu'ils tombaient en boucles souples sur ses épaules. Elle portait un top fluide et des leggings moulants avec un motif type dentelle. Ce n'était pas une robe, mais ce n'était pas non plus son habituel jean taille basse.

— Tu es superbe, laissa échapper Border.

Maya rougit, et Jake pouffa de rire avant de l'attirer à lui pour un baiser. Les voir dans les bras l'un de l'autre causait un sentiment de sérénité à Border. C'était surprenant, et en même temps, pas du tout.

Quand Maya vint jusqu'à lui et l'embrassa également,

Border comprit qu'il se battrait pour ceci, pour ce qu'il y avait entre eux, parce que rien ne lui avait jamais paru aussi juste de toute sa vie.

— On va faire peur aux voisins, déclara Maya d'un ton bref.

Elle regarda autour d'elle dans la rue vide et fit un salut de la main aux hypothétiques curieux derrière leurs fenêtres.

— On est déjà la maison qui fait plein de bruit, avec tous ces Montgomery pleins de tatouages, et voilà que maintenant, je vous embrasse tous les deux en pleine rue.

— Eh bien, j'avais déjà embrassé Border, donc c'est un trouple, dit Jake avec un sourire qui n'atteignait pas ses yeux. Est-ce qu'il vaudrait mieux qu'on ne fasse rien en public ? Je sais que tu as dit que ça te convenait et qu'on ne cacherait rien à ta famille, mais je ne veux pas que ça cause de problèmes.

Maya secoua la tête et prit leurs mains à tous les deux dans les siennes.

— Je ne veux rien cacher. Ça ne risque pas de poser de problème dans ma vie professionnelle, ni dans la tienne, Jake, puisqu'on est des artistes et que les gens nous voient comme des esprits libres, de toute façon.

Elle croisa le regard de Border.

— Je sais que tu as dit que tu étais dans un processus de reconversion professionnelle, même si, à un moment donné, il va falloir que tu élabores un peu à ce propos. Tu penses que ça pourrait te causer des ennuis de ce côté ?

Border secoua la tête.

— Je ferai en sorte que ça n'arrive pas.

Maya l'observa un moment avant de hocher la tête.

— Alors d'accord. On va donc faire ce qui nous paraît naturel. On ne va pas se rouler des pelles devant ma famille, parce que c'est dégueu, mais on peut se tenir la main, se faire des petits bisous ou se tenir les uns les autres. Tout ça, c'est normal. On est très affectueux, dans ma famille, et on se fait toujours des câlins. Et tout le monde est au courant que je sors avec vous deux, même s'ils ne connaissent pas les détails.

Border secoua la tête, un petit sourire sur le visage.

— Parce que tu l'as dit à tes frangines pendant votre soirée entre filles ?

Maya hocha la tête.

— En partie, et puis je leur en ai raconté davantage parce que je parle à ma famille quand j'ai besoin de réfléchir.

Il ne put s'empêcher de ressentir une pointe de jalousie face à cette déclaration. Il n'avait pas de famille à qui parler de ses relations ou de sa vie en général. Et celle qu'il avait eue à une époque n'était pas le genre de famille à qui il aurait pu parler. Surtout de quelque chose d'aussi important. Jake avait ses frères, et Border, à l'époque, n'avait eu que Jake. Et quand il avait dû renoncer à lui, il n'avait plus eu personne.

Il se sortit de ces pensées, conscient qu'elles ne le menaient pas dans une bonne direction, et poussa un soupir.

— Alors, ces dîners de famille, c'est un truc régulier ?

Le regard de Maya s'éclaira.

— Oui. On essaie de se retrouver tous ensemble au moins une fois par mois, parfois plus. Bon, on est nombreux à bosser ensemble, aussi, alors ce n'est pas comme si on ne se voyait jamais, mais on aime être tout le temps fourrés ensemble. Aujourd'hui, il y a la fratrie, les compagnes et compagnons, et les enfants. Ce qui veut dire que vous deux êtes avec moi. Tabby est là aussi, même si elle ne sort pas avec un Montgomery. Mais elle fait partie de la famille : elle contribue à faire battre le cœur de l'entreprise familiale. Vous voyez ?

Border fronça les sourcils et fit courir un doigt sur sa joue.

— Qu'est-ce qui ne va pas ?

Maya soupira.

— En général, il y a un programme avec ces repas. Ça peut être pour préparer une fête, un anniversaire, quelque chose du genre. Mais cette fois, je crois que ça concerne Alex.

Jake laissa un juron lui échapper.

— Il sort de désintox bientôt.

Maya hocha la tête.

— Oui, et il nous faut un plan.

Border l'embrassa délicatement sur la joue avant de se retirer.

— Compris. Je suis là quoi qu'il arrive.

Même si c'était franchement bizarre d'être là, de base.

Le soulagement qui passa sur les visages de Maya et de Jake lui fit comprendre que, pour une fois, il avait dit ce qu'il fallait. Elle avait besoin d'eux, même si c'était nouveau et intimidant, et Border trouverait comment ne pas se sentir mal à l'aise au milieu d'une assemblée de gens qui se connaissaient tous. Il avait beau connaître Storm et Wes, ça allait quand même être bizarre.

Border l'embrassa doucement avant de la laisser les guider à l'intérieur. Le bruit dans la maison n'était pas assourdissant, mais on n'en était pas loin. Le clan Montgomery n'était pas du genre silencieux, c'était sûr.

Il s'était plus ou moins imaginé qu'avec tellement de monde, Jake, Maya et lui pourraient se faufiler discrètement à l'intérieur. Raté. Tous les yeux dans la pièce se portèrent sur eux, et les gens s'arrêtèrent de parler, certains au milieu d'une phrase.

Ils les fixèrent tous les trois, et Border eut envie de tirer sur son col pour mieux respirer. Il n'était pas un habitué des dîners de famille. Il n'avait pas de famille de son côté, et celle de Jake n'était pas aussi grande. Jake n'avait que ses frères, maintenant, même s'il avait grandi avec ses parents. Leur mère était morte quand Jake était ado, et son père l'avait suivie quelques années plus tard. Rien n'aurait pu égaler la taille que la famille Montgomery faisait désormais. Border repérait facilement ceux qui étaient liés par le sang car ils avaient tous les mêmes yeux.

Et ces yeux étaient en train de le jauger.

Jake se racla la gorge et se pencha de façon infime vers Border, si bien que leurs épaules s'effleurèrent. Maya en fit de même de l'autre côté, et il se détendit, conscient qu'ils seraient là pour lui quoi qu'il arrive. Même s'il ne savait pas pourquoi il réfléchissait comme ça. Ils étaient là pour Maya, après tout, pas lui.

— OK, vous nous avez bien fixés, fusillé du regard, et vous avez croisé les bras d'un air pas commode, gronda Maya. Je vous présente Border, et vous connaissez déjà Jake. Border, voici tout le monde. Maintenant, vous pouvez retourner à vos boissons et vos assiettes et arrêter de nous regarder comme si vous étiez prêts à nous bondir dessus.

Quelques membres de sa famille rirent, mais le plus grand se contenta de secouer la tête. Il semblait être le plus vieux, alors Border supposa qu'il s'agissait d'Austin. Comme il n'était pas encore passé voir le studio de tatouage de Maya (il faudrait bientôt remédier à cette lacune), il ne connaissait pas le frère avec lequel elle travaillait chaque jour.

— Frangine, tu es bien placée pour savoir qu'on n'est pas du genre à laisser passer ça sans rien dire, déclara l'homme sur un ton amusé. Tu nous ramènes deux hommes à la maison, l'un qu'on connaît comme un frère, l'autre qui est un parfait inconnu, et tu t'attends à ce qu'on ne soit pas curieux ? Tu es bien placée pour comprendre que ça ne marche pas comme ça.

Border haussa un sourcil.

— Pourquoi il n'arrête pas de dire que tu es bien placée, demanda-t-il à Maya tout en gardant les yeux sur son frère.

— Austin se trouve hilarant, déclara Maya d'un ton sec.

Cette fois, ce fut au tour de Jake de rire. Border se tourna vers son autre amant, les deux sourcils haussés.

— Quoi ?

Jake haussa les épaules.

— D'habitude, c'est Maya qui fourre son nez dans les affaires de tout le monde. Bon sang !

Il se frotta le bras là où Maya l'avait frappé. Jake vit tous les gamins qui le regardaient avec de grands yeux dans la pièce, et il grimaça.

— Désolé.

Border pouffa de rire, incapable de s'en empêcher.

— Eh bien, ça ne m'étonne pas, je crois.

Il s'écarta quand Maya essaya de lui donner un coup à lui aussi. Il parvint à attraper son poing et lui fit un baise-main. Elle haussa un sourcil devant cette démonstration d'affection, et il la lâcha.

— Comme elle l'a dit, je suis Border. Ravi de vous rencontrer.

Storm choisit cet instant pour se frayer un chemin au milieu de ses frères, et il serra Border dans ses bras.

— Content de te voir, mon vieux.

Cela suffit à dissiper la tension et, bientôt, Border se retrouva présenté à chaque membre de la famille Montgomery, en passant par les enfants, et même l'amie de la famille qui travaillait avec eux, Tabby. Elle aurait dû sembler peu à sa place, avec sa tenue BCBG et sa queue de cheval haute, mais elle s'intégrait parfaitement.

Au bout de quelques minutes, lui aussi commença à se sentir un peu plus à l'aise. Maya et Jake n'étaient jamais loin de lui, et même si on lui jetait des regards curieux, ce n'était pas si pénible. Pour tout dire, la famille avait l'air carrément ravie que Maya soit non seulement avec Jake, mais avec lui aussi. Ce n'était pas tout le monde qui était prêt à accepter un ménage à trois au sein d'une famille, mais les Montgomery le faisaient sans sourciller. Ou en tout cas, ils étaient doués pour en donner l'impression.

Comme il faisait un peu frais dehors, il semblait qu'ils allaient manger à l'intérieur. Les parents de Maya s'assurèrent que tout le monde avait à manger et un endroit où s'asseoir, ce qui n'était pas une tâche aisée vu le nombre de gens qui emplissaient la maison. Heureusement, ils avaient continué à agrandir la maison à chaque nouvelle naissance, si bien qu'il y avait pas mal de place.

Border s'assit sur l'un des canapés à côté de Maya, et Jake se plaça de l'autre côté d'elle. Il était en pleine conversation avec Storm quand quelqu'un se racla la gorge et que le silence tomba dans la pièce. Maya glissa sa main dans la sienne, et il ne put s'empêcher de la serrer doucement avant de tourner son attention vers Meghan et Luc.

Meghan était la sœur aînée de Maya, et elle dirigeait la section paysagiste de Montgomery Inc., l'entreprise de BTP qui avait été créée par les parents de Maya et appartenait désormais à Wes et Storm, menés d'une main de fer par Tabby. Luc en était l'électricien, et apparemment il avait été le meilleur ami de Meghan quand ils étaient jeunes, avant son premier mariage. Border commençait à en apprendre un peu sur chaque membre de la famille, mais ça allait prendre du temps.

— Alors, commença Luc en se raclant la gorge. Comme on a votre attention...

Meghan rougit et se serra contre son mari.

— Nous attendons un bébé ! C'est encore très tôt, mais les petits l'ont appris par accident, et on ne veut pas les forcer à garder un secret, dit-elle en caressant la tête des deux enfants en question.

Maya poussa un cri et bondit du canapé pour aller étreindre son aînée. Le reste de la famille s'empressa autour de Luc et Meghan pour les féliciter, une fois que Maya eût lâché sa sœur. Border resta assis où il était, un sourire sur le visage. C'était très bizarre d'être là pour cette grande annonce, mais il savait qu'il fallait qu'il s'y fasse. Il était toujours en train d'apprendre la vie avec Maya, d'apprendre à la connaître. Mais elle voulait qu'il fasse partie de sa vie, alors il prenait les choses l'une après l'autre.

Sasha, la fille de Meghan par son premier mariage, vint jusqu'à lui et se plaça devant le canapé. Elle posa sa petite main sur son genou et cligna des yeux. Cette petite tenait plus de Maya que de Meghan. Border ne put s'empêcher de sourire.

— Est-ce que tu es le petit copain de Tata Maya ? demanda Sasha en grimpant sur ses genoux.

Border se figea un instant avant de poser la main sur son épaule. Cherchant de l'aide, il croisa le regard de Maya, mais celle-ci se contenta de sourire. Jake ne le regardait même pas, alors ce n'était pas de ce côté que les secours allaient venir.

— Oui, finit-il par dire. En effet.

C'était presque la vérité. Il n'était pas sûr de devoir lui dire que, pour le moment, ils étaient trois amants qui essayaient de déterminer comment intégrer les autres à leurs vies.

— Et Jake, c'est aussi le petit copain de Tata Maya ?

Border déglutit et chercha à nouveau de l'aide du côté de Maya. Heureusement, elle prit pitié de lui et récupéra la petite fille sur ses genoux. Elle la fit tournoyer au grand bonheur de Sasha avant de la reposer sur ses pieds à côté d'elle.

— Oui, ma puce. Jake est aussi mon petit copain.

— Et Border est mon petit copain à moi aussi, dit Jake avec un sourire. On est bizarres, hein ?

Sasha leva les yeux au ciel avec la grâce d'une jeune enfant.

— Mais non. Vous vous aimez tous les trois, alors bah vous êtes ensemble, c'est normal.

Elle eut un grand sourire.

— Quand je serai grande, moi aussi je veux avoir deux petits copains.

Là-dessus, elle s'en fut pour aller jouer avec son frère et ses cousins.

Border croisa le regard de ses amants et rit tout bas.

— Eh bien, ce n'était pas vraiment ce à quoi je m'attendais.

Meghan les rejoignit, les yeux brillants, mais un sourcil haussé.

— Les Montgomery ne correspondent jamais à ce qu'on attend. Est-ce que je viens d'entendre ma petite fille dire qu'elle voulait *deux* petits copains ?

Luc passa un bras autour de la taille de sa femme et jeta un regard sombre au trio.

— Hors de question que ma petite chérie ait *un* petit copain, alors encore moins deux.

Le reste de la famille se mit à rire, et Border se joignit à eux. Il était stupéfait que personne ne semble avoir de problème avec le fait que Maya, Jake et lui soient tous les trois ensemble. Si ça les perturbait, ils ne le montraient pas. Il savait que ça ne serait pas facile en dehors de ce petit cercle, mais ça lui donnait un peu d'espoir.

De l'espoir pour quoi, il n'en savait rien. Leur futur était incertain, et avoir de grandes attentes ne faciliterait les choses pour personne.

— Bon, dit Harry Montgomery au bout d'un moment.

Le chef de la famille Montgomery semblait en avoir bavé mais s'en être sorti la tête haute. Border savait par Jake que le père de Maya s'était récemment battu contre un cancer et s'en était tiré. Il avait bonne mine, pour quelqu'un qui avait enduré toutes ces épreuves.

— Bon, dit Marie à son tour.

Elle mit la main dans celle de son mari et soupira.

— Alex sort demain.

Border se raidit. Il n'avait pas compris ça. Il savait que le fils Montgomery qui était en désintox depuis quelques mois devait bientôt en sortir, mais il n'avait pas eu conscience que c'était si proche. Bon sang, ce n'était pas étonnant que Maya soit sur les nerfs, et pas uniquement à cause de ce qui se passait entre eux trois.

— J'irai le chercher, annonça Maya avec fermeté.

Elle leva la main quand les autres commencèrent à parler tous en même temps.

— Je sais qu'on l'a appelé et qu'il nous a écoutés. Je sais qu'on lui a écrit et qu'il nous a lus. Mais il n'a laissé aucun de nous le voir. Je ne sais pas pourquoi, mais il avait besoin d'être seul, et je le comprends. On est une grande famille.

Elle marqua une pause, le front plissé.

— C'est Jake et moi qui l'avons amené quand il a compris, et quand *nous* avons compris, qu'il était temps qu'il cherche de l'aide, une aide qu'on n'était pas capable de lui fournir nous-mêmes.

Elle croisa le regard de Jake, et Border se sentit pris d'une envie de les laisser seuls, en cet instant.

— C'est Jake et moi qui devrions aller le chercher.

Jake attrapa sa main et baissa la tête.

— Je sais que c'est ton frère, mais il peut compter sur moi.

Border se racla la gorge, conscient qu'il était sur le point de faire quelque chose qui risquait de se retourner contre lui.

— Je viendrai avec vous.

Tout le monde se tourna vers lui, mais il n'avait d'yeux que pour Maya et Jake.

— Je ne connais pas Alex, mais je vous connais Maya et Jake. Et je veux vous soutenir. Et peut-être que ça fera du bien à ton frère de voir quelqu'un qui n'a pas d'attentes préconçues à son sujet.

Les yeux de Maya s'humidifièrent, et elle le rejoignit pour le prendre par la taille.

— Merci, murmura-t-elle.

Il la tint contre lui et tendit la main vers Jake, qui passa dans le dos de Maya pour la tenir lui aussi. Ça aurait dû être vraiment bizarre, ce câlin de groupe devant sa famille, mais ça lui semblait *normal*. Il n'aurait pas su l'expliquer, mais peut-être que ça faisait partie des choses qu'il n'y avait pas besoin d'expliquer.

— Je pense que c'est une bonne idée, déclara Marie alors que tout le monde se mettait à parler en même temps.

Elle avança jusqu'à Border et prit sa joue dans sa main.

— Tu es quelqu'un de bien, Border. J'espère avoir l'occasion de mieux te connaître, maintenant que tu fais partie de la vie de ma fille. Et dans la vie de l'homme que je vois comme l'un de mes fils sans le dire à personne.

Jake eut un petit rire, et Border ne put s'empêcher de se joindre à lui.

— J'ai entendu dire que tu avais essayé d'adopter Jake une ou deux fois, finit-il par répondre.

La chaleur de sa paume sur sa joue lui donnait l'impression d'avoir trouvé sa place... et il ne savait pas trop quoi en penser.

— J'ai essayé d'adopter l'ensemble du clan Gallagher. Mais ils ne veulent pas me laisser faire, dit Marie avec un clin d'œil.

Les Montgomery étaient plus qu'il n'aurait pu l'espérer, mais il ne savait pas ce qui en découlerait. Il n'y avait pas de futur immuable pour Maya, Jake et lui, il en était conscient, mais avec cet avant-goût de ce qui pourrait être, il avait peur de se mettre à espérer.

Parce que l'espoir risquait de conduire à un cœur brisé.

Une nouvelle fois.

∾

Border était au volant tandis qu'ils se rendaient au centre de désintox, avec Maya sur le siège passager et Jake à l'arrière. Le SUV était suffisamment grand pour transporter Alex confortablement en plus d'eux trois. Même si Border avait dit qu'il voulait venir pour Maya, et pour Alex, d'ailleurs –==, il était un peu inquiet de s'être lancé là-dedans. Il ne connaissait pas cet homme ni ses démons. Franchement, il n'était pas certain qu'aucun des Montgomery connaisse les démons d'Alex. Et voilà qu'il s'immisçait dans la vie de cet homme à un moment particulièrement délicat.

Mais c'était pour Maya. Maya et Jake. Border n'avait peut-être rencontré Maya qu'à cause de Jake, mais après toutes ces années à avoir entendu parler d'elle, et maintenant après l'avoir rencontrée et commencé à apprendre à la connaître, il savait que ce qu'il ressentait pour elle n'était pas dû seulement à Jake. C'était quelque chose qu'il allait devoir démêler avec Maya, mais ce n'était pas le moment d'y réfléchir.

Au lieu de cela, il serait à ses côtés tandis qu'elle braverait la tempête pour son frère. Elle était déjà pâle, et les tatouages sur sa peau ressortaient par contraste. Elle n'arrêtait pas de taper du genou et pianotait avec ses doigts sur sa cuisse. Elle n'arrivait pas à s'arrêter de bouger, et Border ne savait pas quoi faire. Comme Jake était à l'arrière, c'était à lui d'essayer de l'aider. Il tendit la main et saisit la sienne qu'il serra plus fort qu'en temps normal, mais pas assez pour lui faire mal.

— Je suis là, Maya.

Il fit un signe de tête vers le siège arrière tout en gardant les yeux sur la route.

— On est là tous les deux.

Jake se pencha en avant et posa sa main par-dessus les leurs.

— Eh, Pomme d'amour, on est là.

Maya ricana et Border secoua la tête.

— Pomme d'amour ? dit-il en riant. C'est vraiment le mieux que tu pouvais trouver ?

Il jeta un coup d'œil dans le rétro et vit Jake sourire effrontément.

— Tu es aussi adorable qu'une pomme d'amour, mon sucre.

— Seigneur, grommela Border malgré son sourire. Tu es nul pour les surnoms, Gallagher.

Jake serra son épaule avant de se renfoncer dans son siège.

— Bébé, ça ne lui plaît pas. Ma puce, ma chérie, mon cœur, non plus. Pas plus que sucre d'orge, bouton d'or, mignonne ou p'tit-cul-frétillant. Alors j'essaie de trouver comment l'appeler.

Maya croisa le regard de Border avant qu'il ne reporte son attention sur la route.

— Est-ce que tu viens de dire que mon cul frétillait ?

Border secoua la tête.

— Je ne m'en mêle pas.

Maya lui donna un coup dans le ventre, avec force. Seigneur, cette fille avait une sacrée allonge.

— Fais gaffe, Gentry. Et Gallagher, tu délires, ou quoi ?

Jake rit en faisant attention à se tenir hors de portée de Maya.

— Ton cul gigote très joliment quand je te prends en levrette. Tu n'as pas que la peau sur les os, et ça permet d'avoir quelque chose à agripper. Attends simplement que je te prenne par-derrière. Tu frétilleras sur ma queue, et moi, j'aurai le plus bel orgasme de ma vie.

Border gémit et dut tirer sur son jean.

— Merci bien, ducon. Maintenant j'ai une clé de douze dans le calbut et on est presque arrivés.

Maya prit une brève inspiration.

— Si tu continues à dire que mon cul ballotte, je ne te lais-serai pas le prendre. Maintenant, arrêtons de parler de baiser parce qu'il faut que je rentre dans ce centre et que j'aille chercher mon frère. Et si j'ai l'air d'être en chaleur, ça ne va pas le faire.

— J'essaie uniquement de faire retomber la tension, dit Jake avec douceur. Et on est là pour toi, Maya. Quoi qu'il arrive.

Border resserra sa prise sur le volant.

— Quoi qu'il arrive.

Maya poussa un petit soupir.

— Je sais. Je n'en ai jamais douté. Merci.

Ils roulèrent en silence encore quelques minutes avant de se garer devant le centre. Maya poussa un petit gémissement, défit sa ceinture et ouvrit la porte avant même que Border ait eu le temps de couper le moteur.

— Maya, attends.

— Il est dehors, dit-elle. Mon petit frère, c'est mon petit frère.

Là-dessus, elle sauta du véhicule et avança lentement vers un grand type vêtu d'une chemise en flanelle et d'un vieux jean, appuyé contre le bâtiment en briques. Il avait un sac de sport à ses pieds et l'étui d'appareil photo posé par-dessus.

Border jeta un coup d'œil par-dessus son épaule et croisa le regard de Jake.

— Tu es prêt ?

— Pas besoin de me préparer à quoi que ce soit. C'est Alex, répondit simplement Jake avant de descendre de voiture pour rejoindre Maya.

Border savait que c'était un mensonge. Ce n'était pas simplement Alex, mais un homme brisé et un alcoolique. Il ne savait que ce qu'on lui avait dit de lui, mais il savait que quoi qu'il arrive, Maya ne le laisserait pas tomber. Border espérait qu'elle n'aurait pas à essuyer les pots cassés. Il était conscient qu'il projetait ses propres problèmes familiaux sur l'homme qui avait blessé les Montgomery et qu'il fallait qu'il fasse la paix avec ça. Il ne savait pas pourquoi Alex s'était tourné vers l'alcool, et ça ne le regardait pas. Mais si Maya avait besoin de lui, il serait là parce qu'il n'y avait pas d'autre choix possible quand vous teniez à quelqu'un.

Il sortit du véhicule et avança vers le trio. Maya serrait son frère dans ses bras et Alex lui rendait son étreinte avec une certaine réticence.

Maya recula et sourit à son frère. Elle ne pleurait pas, et Border avait conscience que c'était davantage pour Alex que pour elle-même. Elle se montrait forte pour son frère, et Border l'admirait pour cela.

— Ça fait plaisir de te voir, dit-elle d'une voix douce.

— Oui.

Alex se racla la gorge.

— Oui, pareil.

Il fit un signe de tête à Jake.

— Toi aussi, mon vieux.

Il regarda Border et fronça légèrement les sourcils.

— Je... heu, je ne te connais pas, si ?

Il secoua la tête.

— Si on s'est croisé avant tout ce bazar, je suis désolé. Je n'étais pas entièrement moi-même.

Border secoua la tête et lui tendit la main. Seigneur, ce devait être quelque chose, de ne pas être certain d'avoir rencontré quelqu'un auparavant à cause de l'alcool et pas uniquement à cause d'une mémoire défaillante. Tout le monde n'était pas capable de se rappeler la moindre personne croisée au cours de sa vie, mais le fait qu'Alex mette immédiatement ça sur le compte de l'alcool en disait long sur lui. Le fait qu'il soit capable d'en parler était extrêmement révélateur aussi. Cet homme était différent du père de Border de bien des manières. Alex assumait ses responsabilités quant à ses actes alors que le père de Border ne voulait même pas être responsable des verres qu'il se versait.

— C'est la première fois, répondit-il avec douceur. Je me suis dit que je pouvais donner un coup de main à Maya et Jake sur la conduite.

Les épaules d'Alex se détendirent quelque peu.

— Bien, super. Ravi de te rencontrer.

Il grimaça.

— Enfin, tu vois, en général. Ce n'est probablement pas le meilleur endroit pour rencontrer quelqu'un.

Le regard d'Alex s'assombrit quelque peu, comme s'il était en train de penser à quelque chose qui n'évoquerait rien aux autres. Puis il sembla se ressaisir.

— Alors, tu es un ami de Maya ?

Border croisa le regard de Maya, et celle-ci sourit.

— Border, Jake et moi sortons ensemble, répondit-elle simplement, même si ce n'était pas simple du tout. J'ai pensé qu'il valait mieux te le dire plutôt que d'en faire un secret, tu vois.

Alex cligna des yeux en les regardant tous les trois avant de lentement hocher la tête.

— OK, d'accord. Ça vous dérange si on s'arrête prendre un burger ou quelque chose ? Je crois que j'étais un peu trop nerveux pour manger vraiment, à midi.

Border eut un petit rire.

— On peut te trouver un burger.

Son ventre gronda.

— Et apparemment, je n'aurais rien contre moi non plus.

Il se baissa pour ramasser les sacs d'Alex, mais l'autre les attrapa en premier.

— Je m'en occupe, se hâta de dire Alex. Je m'en occupe.

Border croisa son regard et hocha la tête.

— Ça marche.

Parfois, les bagages métaphoriques ne l'étaient pas tant que cela. Alex avait peut-être besoin de tracer son chemin et de littéralement porter sa charge seul.

Ils retournèrent à la voiture et y montèrent tandis que Maya parlait à son frère. Cette fois, elle monta derrière avec lui tandis que Jake s'installait à l'avant avec Border. Alex répondait aux questions, mais il n'était pas aussi bavard que les autres Montgomery. Border ne savait pas si ça avait toujours été le cas ou s'il avait changé. Quoi qu'il en soit, il sortait tout juste de désintox et ça n'allait pas être facile, mais Border avait le sentiment que les Montgomery allaient aider.

Cette famille savait resserrer ses rangs et aider les siens.

Et Border refusait d'être jaloux de cela.

Même un petit peu.

ALEX

ALEX JETA un coup d'œil autour de lui, à la maison dans laquelle il avait vécu ces dernières années, et il sut qu'il ne pourrait plus y vivre bien longtemps. Les murs recelaient des souvenirs gravés au fer rouge dans sa mémoire. Il avait besoin d'un nouveau départ, et vivre dans la maison qu'il avait partagée avec sa femme, où il avait perdu le contrôle et était devenu l'ombre de lui-même, une personne qu'il était incapable de reconnaître, ça n'allait pas l'aider.

Sa sœur et ses copains l'avaient déposé là après leur déjeuner tendu. Il avait essayé de participer à la conversation, mais c'était comme si son moteur n'était pas encore débridé. À vrai dire, avec Maya, il avait toujours été un peu à la ramasse. Si on prenait en compte qu'à l'heure actuelle, elle n'avait pas un homme dans sa vie mais bien deux, il risquait de se sentir paumé encore un moment.

Maya, Jake et Border avaient remarqué qu'il était un peu ailleurs mais ils n'avaient pas fait de commentaire. Ils l'avaient laissé manger en paix sans lui demander de trop participer à la conversation. Ça aurait peut-être dû l'inquiéter, mais ils n'avaient pas l'air de penser qu'il risquait de prendre un verre, là, direct.

L'envie existait bien, et il savait qu'elle ne disparaîtrait jamais.

Il y aurait toujours une voix dans sa tête qui murmurerait *rien qu'un, un petit verre n'a jamais fait de mal à personne.* Mais un verre menait à quatre, et à des erreurs qu'on ne pouvait pas effacer.

Alors il allait apprendre à vivre cette nouvelle vie.

Une vie où il était Alex Montgomery : alcoolique, divorcé, brisé, et totalement paumé.

Il était peut-être chez lui mais il ne se sentait pas chez lui. Il lui faudrait tout recommencer, pas trop loin de sa famille, mais pas complètement dans leurs pattes non plus. Ils ne méritaient pas ce fardeau, pas après ce qu'ils avaient enduré et ce qu'il leur avait fait subir.

Comment allait-il s'y prendre ? Comment se trouver une nouvelle vie qui lui correspondrait et ne le briserait pas ?

Il fallait qu'il s'excuse auprès de tous les gens à qui il avait fait du mal, tous ces gens qui avaient été des dommages collatéraux.

Il fallait qu'il trouve un moyen de vivre avec les décisions qu'il avait prises, ainsi que les décisions que d'autres avaient prises pour lui. Il fallait qu'il trouve un moyen de se prouver que tout ça n'était pas en vain, parce qu'il ne pouvait pas redevenir l'homme qu'il était avant que sa vie s'écroule autour de lui.

Ça ne doit pas être en vain, se répéta-t-il.

Parce qu'il n'avait pas mis fin à tout cela auparavant et qu'il ne pouvait plus le faire désormais.

Il fallait qu'il soit plus fort qu'il ne l'avait été avant et pendant.

Il devait se montrer résilient.

Il devait être un Montgomery.

S'il était capable de se rappeler ce que cela signifiait.

CHAPITRE TREIZE

MAYA FIT CRAQUER ses épaules et baissa les yeux sur son bloc de dessin. Elle venait de finir un nouveau tatouage pour Mme Peterman, une cliente de soixante-dix ans et quelques qui avait commencé à réaliser ses rêves sur le tard. C'était l'une des clientes préférées de Maya, elle *adorait* travailler avec elle. La vieille dame voulait une petite abeille sur sa cheville pour qu'on la voie quand elle portait un corsaire en faisant du jardinage. Ce n'était pas évident de faire des tatouages sur une personne âgée car la peau avait perdu en élasticité, mais Maya arrivait toujours à trouver un moyen.

Si Mme Peterman voulait un tatouage, alors elle repartait avec un tatouage.

Maya avait désormais quelques minutes de tranquillité pour travailler sur un croquis pour un client car il y avait un peu de temps avant son prochain rendez-vous. C'était Autumn, la petite amie de Griffin et réceptionniste de Montgomery Ink, qui avait pris le rendez-vous, si bien qu'elle n'avait même pas encore rencontré la personne en question. Si le courant ne passait pas au premier rendez-vous, Maya ne faisait pas le tatouage. Même si la personne voulait absolument un tatouage, si ça ne collait pas entre l'artiste et le client, alors le tatouage s'en ressentait.

Maya avait une certaine renommée et elle pouvait se permettre de dire non à quelqu'un qui voulait un tatouage mais avait une sale attitude, ou bien à quelqu'un qui ne faisait que *penser* qu'il voulait un tatouage. Ce n'était probablement pas l'attitude la plus commerciale à avoir, mais d'après Maya, c'était la seule possible. Si elle n'avait pas cru en ce qu'elle faisait, son travail n'aurait pas eu de raison d'être. Ça aurait peut-être posé un problème si elle avait passé ses journées à encrer des caractères chinois au sens inconnu sur des étudiantes friquées, mais heureusement, elle avait dépassé ce stade de sa carrière.

Austin et elle avaient bâti quelque chose qui leur convenait parfaitement à eux deux et à la famille qu'ils avaient rassemblée autour d'eux dans ce studio. Et dès que le poste de piercing serait prêt, Blake se joindrait à eux et les aiderait à développer encore davantage Montgomery Ink. On leur avait demandé s'ils comptaient se franchiser et ouvrir un autre studio dans une autre ville ou même dans un autre quartier de Denver, mais Austin et elle n'étaient pas sûrs que c'était ce dont ils avaient besoin. Ici, c'était leur chez-eux, et elle aimait travailler avec les gens qui faisaient partie de la famille Montgomery Ink. Cela dit, elle avait des cousins artistes, et peut-être qu'ils pourraient, avec un gros conditionnel, ouvrir quelque chose dans leur ville.

Mais c'était un rêve lointain. Pour le moment, il fallait qu'elle se concentre sur le croquis devant elle avant son prochain rendez-vous. Elle aimait dessiner, elle avait toujours aimé ça. Pour elle, le tatouage était une forme d'art où l'on utilisait simplement la peau en guise de toile plutôt qu'un mur ou un morceau de papier. Jake travaillait de ses mains pour produire de superbes œuvres d'art avec de l'argile ou d'autres matériaux, et elle avait toujours senti un lien entre eux à cause de cela. Les frères de Jake travaillaient aussi de leurs mains à Gallagher & Frères Rénovation, mais c'était Jake le plus artiste du lot.

Et Border… eh bien, Border était un peu un mystère.

Il n'était pas artiste comme elle et Jake, ou en tout cas, il ne lui avait pas dévoilé cette part de lui. Elle savait qu'il travaillait dans la sécurité et la protection, mais c'était tout. Il ne voulait pas développer ce que ça voulait dire exactement, et elle pensait bien que c'était parce qu'il n'en avait pas le *droit*. Il allait cependant devoir leur en dire davantage bientôt car Maya supportait mal les secrets. Non seulement elle avait toujours besoin d'aller fouiner partout dans ce genre de situations, mais surtout elle était incapable d'ouvrir son cœur, et ses cuisses, à un homme qui refusait de partager ces choses. Même s'ils faisaient de leur mieux pour ne pas mettre la charrue avant les bœufs dans leur relation, il y avait malgré tout des aspects qu'ils ne pouvaient pas ignorer.

Elle ne savait pas pourquoi elle avait ce besoin de mettre à jour les secrets et de découvrir ce qui était caché, c'était peut-être un moyen de garder le contrôle de son existence. Même si parfois, ce n'était pas l'impression qu'elle avait.

Maya poussa un soupir, agacée de laisser ses pensées dériver vers Jake et Border une fois de plus. Normalement, elle savait très bien ne pas se laisser absorber par l'homme avec qui elle sortait quand elle travaillait ou faisait quelque chose qui nécessitait de la concentration. Mais là, tout ce qu'elle parvenait à faire était essayer de travailler *pendant* qu'elle pensait à Jake et Border. Des souvenirs de la façon dont ils l'avaient aimée tous les deux la nuit précédente assaillirent son esprit, et elle ferma les yeux.

Bon sang, Montgomery, reprends-toi.

Mais ça l'agaçait de ne pas être capable de voir où elle allait dans sa relation et, apparemment, dans sa vie. Elle couchait avec son meilleur ami, après toutes ces années. Si ça avait uniquement été Jake et elle, *peut-être* qu'elle serait parvenue à trouver son équilibre, mais en ajoutant Border à l'équation, ça devenait plus difficile. Jake et Border semblaient savoir où ils en étaient ensemble, mais elle et Border ? C'était un mystère.

Elle venait de le rencontrer, et pourtant quelque chose qu'elle ne pouvait nommer la liait à lui.

Elle ne savait pas comment trouver sa place avec lui et Jake, et c'était douloureux.

— Maya ?

Quand on parle du loup.

Elle se tourna en entendant la voix de Border, le cœur battant. C'était comme si elle l'avait fait apparaître en pensant à lui, avec ses muscles sexy et son visage aux traits nets. Elle avait envie de lui sauter dessus et de s'enrouler autour de lui, mais elle n'allait pas le faire. Pas devant Austin, Sloane, Callie et Autumn. Ce qui était bizarre parce qu'elle n'aurait pas eu de problème à le faire par le passé avec les autres mecs avec qui elle sortait. Peut-être qu'elle devenait adulte. Ou peut-être, simplement peut-être, que c'était différent. Au lieu de faire ce que son instinct lui dictait, elle resta où elle était et posa son carnet de croquis.

— Je ne savais pas que tu comptais passer, dit-elle en inclinant la tête. J'ai un rendez-vous dans cinq minutes, sinon je serais sortie prendre un café avec toi.

Border se pencha et effleura ses lèvres des siennes. Le contact ne dura qu'une seconde, mais ses tétons déjà durcis pointèrent encore davantage. Ses genoux menaçaient de céder sous elle, et elle dut se racler la gorge. Bon sang, il lui faisait de l'effet.

— C'est moi, ton rendez-vous, dit-il avec un sourire.

Elle écarquilla les yeux, le cœur battant.

— Vraiment ? Tu veux un tatouage ?

— Oui, et je me suis dit que si j'allais chez n'importe qui d'autre, tu me démolirais.

Elle parut amusée et essaya de reprendre le contrôle de ses émotions. Ça ne lui ressemblait pas.

— Heu, oui, personne n'a le droit de te toucher à part moi.

Elle lui fit un clin d'œil.

— Et Jake.

Border se lécha les lèvres en la regardant.

— J'aime bien ce côté possessif chez toi.

— Oh, vraiment ? Attends un peu.

Elle appréciait d'échanger avec lui comme ça et elle se rendit compte que c'était ce qui leur manquait. D'habitude, c'était eux trois, ou elle et Jake, ou Jake et Border. Il fallait que ce soit Maya et Border aussi. Et c'était quelque chose qui pouvait commencer immédiatement. Elle se mordit la lèvre en levant les yeux vers lui, s'imaginant comment ça pouvait être avec uniquement eux deux.

Sauf qu'elle ne pensait pas seulement au côté sexuel. Ça viendrait, et pas qu'un peu, mais elle voulait en apprendre davantage sur lui, en dehors de la longueur de son pénis.

Et on parle d'un sacré pénis.

— Mec, on t'entend, gronda Austin depuis son poste de travail. Si tu comptes corrompre ma petite sœur, attends que je sois hors de portée d'oreille.

Maya adressa un doigt d'honneur à son frère sans même le regarder et retourna s'asseoir à son tabouret.

— Assieds-toi, et parlons de ce tatouage.

Border haussa un sourcil en la regardant, ignorant Austin, et s'assit sur le fauteuil. Elle avait laissé les accoudoirs baissés pour qu'il n'ait pas à se contorsionner en s'installant. Les fauteuils étaient grands car elle avait des hommes d'une taille imposante dans sa famille et elle savait qu'elle ferait des tatouages à des gens au moins aussi grands qu'eux.

Mais Border était *vraiment* grand.

Tout en muscles et en puissance sous un vernis qu'elle n'arrivait pas tout à fait à percer. Parfois il était tendre et attentionné, d'autres fois il se renfermait sur lui-même. Parfois, il prenait le contrôle et les faisait se mettre à genoux, elle et Jake, mais à d'autres moments, il les chérissait, il y allait doucement et les laissait faire ce dont ils avaient besoin. Et puis il y avait des moments où il se tenait à distance et la laissait toute perdue. Elle ne savait pas quelle place il occupait dans leurs vies et, franchement, elle craignait encore davantage de ne pas savoir quelle place *elle* occupait dans sa vie à lui.

Border pinça son menton, et la douleur subtile la tira de ses pensées.

— Tu réfléchis trop, Montgomery.

Sa voix glissa sur elle, un grondement profond qui l'apaisait autant qu'il l'excitait. Il n'y avait pas de logique là-dedans, pourtant elle savait qu'elle y deviendrait accro si elle ne se surveillait pas.

Elle se racla la gorge et recula. Perdre son contact déclenchait quelque chose de viscéral chez elle, mais elle fit de son mieux pour l'ignorer. Elle ne pouvait pas s'appuyer sur lui ou ce qu'il aurait pu signifier pour elle, pas alors qu'elle ne le connaissait pas. Pas encore. Elle s'était dit qu'elle voulait bien s'embarquer dans une relation avec Jake et Border tant qu'elle faisait de son mieux pour protéger son cœur. Et c'était ce qu'elle allait faire.

C'était la seule chose qu'elle *puisse* faire.

— Désolée. À quel genre de tatouage tu pensais ? demanda-t-elle en essayant de garder un ton le plus professionnel possible.

Vu la façon dont Border la regardait, c'était un échec complet. Il étrécit les yeux.

— Pourquoi tu ne me dis pas ce à quoi *toi* tu penses ?

Elle ricana et essaya d'agir comme s'il n'y avait rien qui la dérangeait. Parce que, franchement, rien n'aurait dû la déranger. C'était une histoire sans attaches, peut-être, et elle n'aurait pas dû se mettre dans tous ses états pour ça. Ça irait mieux une fois qu'elle connaîtrait un peu plus Border et quand ça se terminerait entre eux, parce que ça se terminait toujours, elle aurait gagné un ami dans l'affaire.

Parce qu'il était hors de question qu'elle perde Jake, et ça voulait dire qu'elle ne perdrait pas Border non plus.

Et si elle continuait à se répéter cela, elle finirait peut-être même par y croire.

— Je pensais à ce qu'on ferait une fois chez moi, répondit-elle.

Ce n'était pas tout à fait un mensonge. À la façon dont les pupilles de Border s'assombrirent, elle venait de lui donner des idées. Tant mieux. Parce que s'il la regardait de trop près, il finirait par voir quelque chose qu'elle ne voulait pas qu'il voie.

Il s'agita sur le fauteuil pour donner plus de place à son sexe dans son jean, et Maya déglutit avec difficulté. Son frère était à cinq mètres de là. Il fallait qu'elle se sorte ce genre de pensées de la tête et qu'elle s'occupe plutôt de tatouages. Mais ce n'était pas si facile alors que Border et son si charmant appendice se trouvaient à portée de sa bouche.

— Je veux des plumes sur mon épaule, déclara soudain Border.

Maya cligna des yeux.

— Des plumes ? répéta-t-elle en prenant son bloc et son crayon. Quel genre de plumes et où, exactement ?

Border retira son tee-shirt, et Maya faillit avaler sa langue. Non mais ce type et son corps abominablement sexy. Elle fit doucement taper l'anneau à sa langue contre ses dents pour s'empêcher de dire qu'elle avait envie de le mordre. Elle était dans un contexte professionnel. Elle savait faire ça.

Peut-être.

— Tu vois la cicatrice que j'ai sur l'épaule ? demanda-t-il en se tournant légèrement.

— Oui, répondit-elle d'une voix soudain rauque.

Elle avait été causée par une balle, elle le savait. Jake et Border le lui avaient expliqué quand elle avait posé la question au lit, après une séance de sexe particulièrement endiablée. Au début, elle s'était sentie un peu bizarre que Jake soit déjà au courant, mais il lui avait expliqué que Border venait seulement de le lui dire.

Il fallait qu'elle surmonte toute jalousie qu'elle pouvait ressentir à propos d'eux deux. Ils se connaissaient depuis des années, tout comme elle et Jake. Désormais, il fallait qu'elle apprenne à connaître Border et forme ses propres souvenirs avec lui. Peut-être que quand ça arriverait, elle n'aurait plus l'impression d'être une intruse. Bien sûr, maintenant, elle se demandait si Border avait le même sentiment à propos d'elle et Jake. Vivre une relation à trois n'était pas fait pour les âmes sensibles, ça, c'était certain. C'était plus simple quand il s'agissait d'un plan d'une soirée, mais ce n'était pas ce qu'il y avait entre eux. Elle avait besoin de connaître Border comme ils connaissaient tous les deux Jake, et ça allait prendre du temps.

Alors autant commencer tout de suite.

— Quel genre de plumes tu veux ?

Elle observa son épaule et la chair plissée qui révélait une histoire qui tenait visiblement au cœur de Border. Elle savait peut-être comment il avait récolté cette blessure en particulier, mais elle ne savait pas tout.

— Des plumes de hibou, répondit-il en regardant par-dessus son épaule. Pas marron, ou je ne sais quoi. Des plumes d'oiseau de proie.

Elle croisa son regard et sourit.

— Je pense que ça rendra super bien. Est-ce que tu veux que ça recouvre la cicatrice ? Ou que ça en fasse le tour ? Vu comment elle est en relief, je dois sûrement pouvoir la tatouer, plutôt que simplement passer autour. Si elle était plus grande, ça pourrait poser problème, comme sur une brûlure, mais ça, c'est une cicatrice sur laquelle on peut travailler.

Elle était en train de radoter et elle ne comprenait pas pourquoi.

Il croisa son regard, et sa respiration se bloqua. *Oh, voilà pourquoi.*

— Est-ce que tu peux faire en sorte que les plumes l'intègrent ? Que le motif passe dessus, mais sans la dissimuler ?

Elle observa son épaule et fit courir ses doigts le long de la cicatrice qui avait failli lui coûter la vie. Il n'en avait peut-être pas dit autant, mais la situation qui l'avait conduit à cette blessure l'avait clairement mis en danger.

— Oui, je peux, dit-elle. Selon la taille que tu veux pour les plumes, ça va prendre plus que la session d'aujourd'hui. Alors je peux commencer à faire un tracé sur toi et à travailler sur le croquis, puis on fera une autre session où je ferai vraiment le tatouage.

Il lui sourit à ces mots, et la respiration de Maya accrocha. Son pouls se mit à danser à un rythme qu'elle n'aurait pu nommer. Il fallait que son idiot de cœur arrête de faire ce genre de choses.

— Ça me va, dit-il au bout d'un moment. À quelle heure tu finis ?

Elle se lécha les lèvres.

— Tu es mon dernier rendez-vous de la journée, pour tout dire.

Elle pouvait rester pour prendre des clients sans rendez-vous si elle le souhaitait, mais elle n'était pas obligée.

— Alors allons chez toi pour finir le dessin, dit-il après un instant. J'aimerais bien visiter ton appartement, Maya.

Elle hocha la tête, les mains tremblantes. Bon sang, ses mains ne tremblaient jamais. Mais apparemment, Jake et Border avaient sur son corps un effet qu'elle ne pouvait contrôler. Elle ne savait pas trop quoi en penser.

Border remit son tee-shirt pendant que Maya rassemblait ses affaires. Ils firent ça en silence, mais ce n'était pas gênant. C'était plutôt un silence plein de promesses. Elle *savait* que les autres membres du studio avaient une idée de ce qu'elle et Border feraient une fois qu'elle l'aurait ramené chez elle, mais elle ignora leurs rictus et leurs sourcils haussés. Elle faisait pareil avec eux quand ils partaient avec leur partenaire pour un après-midi de... repos et relaxation. Elle ne pouvait rien dire.

Border la suivit dans son gros pick-up car il y avait toujours de la neige par terre. Elle aurait aimé le voir sur sa moto vu qu'il adorait rouler avec. Elle-même n'aimait pas plus que ça conduire parce qu'elle préférait regarder le paysage et profiter de l'air frais plutôt que de devoir se concentrer sur la route, mais le fait que Jake et Border aient tous les deux une moto la rendait heureuse. Peut-être que, quand la météo serait plus clémente, ils pourraient partir sur la route tous les trois.

Elle cligna des yeux tandis qu'elle roulait vers chez elle, agacée d'être en train de bâtir des plans sur le long terme. Il fallait qu'elle profite de l'instant présent et apprécie ce qu'elle avait parce que si elle ne le faisait pas, elle se retrouverait à souffrir, au final.

Border la suivit dans son appartement. Il posa son téléphone et ses affaires sur la table près de la porte. Elle fit de même avec son carnet et son sac à main, soudain submergée par la nervosité. Elle n'avait jamais été seule avec Border, jusqu'à présent. Est-ce qu'ils allaient coucher ensemble ? Ou peut-être uniquement parler ? Elle n'en savait rien mais elle était consciente que ce qui arriverait aujourd'hui aller changer les choses. Elle espérait juste que ce serait dans le bon sens et qu'ils n'allaient pas tout casser avant même d'avoir commencé.

— Ça fait combien de temps que tu as ce studio ? demanda Border en se laissant tomber sur le canapé.

Elle laissa un soupir lui échapper, soulagée qu'il prenne la main. Le fait qu'elle soit aussi facilement prête à abandonner le contrôle était très révélateur du genre d'homme qu'était Border et de la façon dont elle se sentait avec lui.

— Je l'avais déjà avant de rencontrer Jake, pour tout dire.

Elle sourit et s'assit à côté de lui. Border passa son bras autour de ses épaules, le long du dossier du canapé, et elle se tourna pour lui faire face.

— Enfin, ça ne faisait que quelques mois, mais quand même. Au début, il n'y avait qu'Austin et moi, et notre cousin Shep qui venait nous donner un coup de main quand il ne travaillait pas à La Nouvelle-Orléans.

— Ton cousin est aussi tatoueur ?

Border suivit du bout des doigts le motif sur la cuisse de son jean, et elle dut se forcer à prendre de grandes inspirations pour garder son calme. Cet homme était probablement capable de la faire jouir rien qu'en la regardant d'une certaine façon, et il fallait qu'elle garde un minimum de contrôle. Ou en tout cas, qu'elle fasse un peu mieux semblant.

— Oui, et j'ai quelques autres cousins qui sont des artistes aussi et ont un peu touché au tatouage.

Respire.

— On est la fratrie la plus âgée, alors on a grosso modo trouvé notre voie avant les autres.

— C'est logique.

Il ne la quitta pas des yeux tandis que ses doigts dansaient sur sa cuisse d'abord, puis sur la couture entre ses jambes. Elle prit une brève inspiration, mais il remonta sa main pour la poser sur sa cuisse. Ses doigts étaient tellement proches de son clitoris qu'il aurait suffi qu'elle se cambre un peu pour se frotter contre lui. Bien sûr, elle n'en fit rien. Pour elle ne savait quelle raison, elle avait envie que ce soit lui qui la fasse jouir, plutôt que de simplement l'utiliser pour trouver son plaisir.

— Qu'est-ce qu'on est en train de faire, Border ? demanda-t-elle en craignant soudain la réponse.

— On est simplement nous, Maya, répondit-il avec patience.

Il bougea ses doigts, et le majeur effleura son clitoris. Si elle n'avait pas eu de vêtements, cela aurait suffi à la faire jouir, sentir sa chair contre la sienne, sa rigidité contre elle, trempée.

— Qu'est-ce que ça veut dire ?

Une question haletante, pleine d'attente.

— Ça veut dire que je vais te baiser et qu'on va tous les deux jouir, répondit Border tandis que ses doigts poursuivaient leur exploration. Et une fois qu'on sera tous les deux apaisés, on va apprendre à se connaître et découvrir comment Border et Maya fonctionnent ensemble, plutôt que d'être uniquement les deux tiers d'un trio. Et puis je vais te faire à dîner avec un cunni pour le dessert avant de rentrer chez Jake pour qu'il ne passe pas la soirée tout seul. Qu'est-ce que tu en dis ?

Elle cligna des yeux et, au lieu de répondre, elle vint enfourcher ses cuisses. Tant pis pour ce qui était de garder le contrôle.

— J'en dis qu'on devrait déjà être à poil.

Il agrippa ses hanches et enfonça ses doigts dans sa chair. Elle aurait des bleus le lendemain matin, mais elle s'en fichait.

Elle porterait ces marques avec fierté, et Jake pourrait les lécher pour les apaiser.

Il posa la main derrière son crâne et la rapprocha de lui. Elle ferma les yeux, désireuse de son goût, de son contact, mais consciente que si elle le regardait, il en verrait trop. Elle ouvrit la bouche pour lui quand sa langue passa sur ses lèvres, et elle gémit, tremblante. Il lui en fallait *plus*.

— Ton piercing à la langue me rend vraiment heureux, gronda-t-il en appuyant son front contre le sien. Au début, j'avais peur que ça pose problème quand tu me sucerais, vu que j'ai un Prince Albert, mais je trouve que ça fonctionne bien, qu'est-ce que tu en penses ?

Elle cligna des yeux et fit rouler ses hanches en se frottant contre le Prince Albert en question.

— Je pense qu'on devrait essayer une fois de plus, pour être sûrs.

Ça le fit pouffer de rire.

— Je réfléchissais à me faire percer la langue aussi. Est-ce que ça poserait un souci avec tes piercings aux tétons ?

Elle était *ravie* d'avoir cette conversation avec lui. Ça l'excitait à mort. Et l'idée que lui aussi ait un piercing à la langue la rendait folle.

— Je mettrai des boules, ça accrochera moins que des anneaux. C'est pour ça que ça fonctionne avec ton Prince Albert, parce que ce n'est pas un anneau. Et que je fais *très* gaffe quand je suce le bout. Oh, et si tu te fais percer la langue, je pense que je vais te réclamer des cunnis tous les soirs.

Elle ignora le fait qu'elle était en train de parler d'un futur qui n'avait rien de sûr, mais elle avait besoin de partager avec lui les images qui lui venaient et la faisaient tellement mouiller qu'elle était sûre qu'il devait le sentir à travers son jean.

— Je veux que tu me lèches, Border, piercing ou non.

Ça le fit gémir, et il releva les mains pour saisir ses seins et venir tirer sur ses piercings à travers son soutien-gorge. Elle se lécha les lèvres, frémissante.

— Tu crois que ça plairait à Jake d'avoir nos deux piercings à la langue sur sa queue en même temps ? Il risque de jouir direct.

Maya frissonna.

— Moi, je vais jouir, là, Border. Alors vas-y avant que je décide de me débrouiller toute seule.

Ça le fit pouffer de rire, et il serra son sein plus fort dans sa main, à la limite de la douleur, comme elle aimait.

— À vos ordres, Madame.

Elle ricana.

— C'est ça, oui, comme si tu écoutais mes ordres.

Il haussa un sourcil.

— Je pourrais bien, si on me donne la motivation pour ça.

Au lieu de lui donner le temps de répondre, il la fit s'allonger sur le dos et retirer ses chaussures et son pantalon. Il s'agenouilla entre ses jambes et lui fit un clin d'œil.

— Tu avais parlé de te lécher ?

Il traça le contour de ses hanches sous le rebord de sa culotte et sourit. De son autre main, il remonta son tee-shirt et son soutien-gorge pour mettre à nu ses seins.

— Et voilà, un vrai festin.

Bon sang, elle appréciait que son homme maîtrise le langage érotique.

— Allez, Border, lèche-moi, là.

— Très éloquente, Montgomery.

Elle ouvrit la bouche pour rétorquer quelque chose de sarcastique, mais ce fut un cri qui en sortit quand Border poussa sa culotte sur le côté et la lécha. Haletante, elle posa une main sur le dessus de son crâne et enfonça l'autre dans le canapé. Il s'y mit pour de bon, la lécha, suçota, mordilla, jusqu'à ce qu'elle soit couverte de sueur et n'arrive plus à reprendre sa respiration. Il aspira son clitoris dans sa bouche, et elle jouit, comme ça. Bon sang, cet homme savait se servir de sa langue !

Il sortit un préservatif de sa poche de devant avant de se débarrasser du reste de ses vêtements. Les membres tremblants, Maya retira son soutien-gorge et son tee-shirt. Ses mouvements n'étaient pas aussi gracieux qu'elle l'aurait voulu, mais elle parvenait à peine à se concentrer avec Border devant elle, nu et terriblement sexy.

Quand il commença à ouvrir l'emballage du préservatif, elle le lui prit des mains. Il se contenta de hausser un sourcil alors qu'elle finissait de le déballer et le posait sur son gland.

— C'est des capotes renforcées, alors ? demanda-t-elle en le déroulant sur son sexe.

Il déglutit, et sa pomme d'Adam se souleva.

— Oui, il y a moins de risques que mon piercing le déchire comme ça. Mais tu prends la pilule, n'est-ce pas ?

Elle hocha la tête.

— Et je suis clean, ajouta-t-elle. Je sais, heu... Jake et moi on l'a fait sans capote parce que je prends la pilule et qu'on est tous les deux clean alors, bon..., si on a envie d'oublier la capote, ça me va. Je veux dire, ce n'est pas cent pour cent parfait, mais je fais *très* gaffe avec ma contraception.

Border croisa son regard et retira lentement le préservatif.

— J'ai envie de te sentir sans rien.

Ses parois internes se contractèrent.

— Moi aussi.

Il se pencha au-dessus d'elle et posa une main sur sa cuisse. Il la souleva de façon à ce que le genou de Maya soit pratiquement au niveau de son oreille, et elle remercia le seigneur que Miranda l'ait forcée à prendre tous ces cours de yoga. Le bout du sexe de Border appuya contre l'entrée de son corps, et elle frissonna. Le froid du piercing offrait un contraste saisissant avec la chaleur de son intimité. Il la regarda droit dans les yeux et la pénétra lentement, sans s'arrêter jusqu'à ce qu'il soit tout au bout.

Ils gémirent tous les deux, tremblants.

— Baise-moi, Border. Je ne suis pas en sucre.

Elle enfonça ses doigts dans ses biceps, et il se pencha pour l'embrasser.

— Accroche-toi, Maya, ça va secouer.

Il se retira avant de s'enfoncer en elle à nouveau. Le piercing tapa pile là où il fallait, et elle trembla, au bord de l'orgasme rien qu'avec ça. Il instaura un rythme effréné, plus fort que ce qu'elle avait jamais connu, et ce n'était pas peu dire, vu qu'elle avait déjà couché avec Jake et Border en même temps.

Quand il se retira et la retourna sur le ventre, elle poussa un hoquet. Il lui appuya la joue contre le canapé, ses tétons enfoncés dans le tissu, et il souleva ses hanches pour pouvoir la prendre par-derrière.

Elle cambra le dos, elle avait besoin qu'il s'enfonce plus loin, elle avait besoin de *plus*. Il lui donna une claque sur les fesses, lui arrachant un cri, mais elle en voulait davantage. Il la frappa encore, et encore, au point qu'elle sut qu'elle serait toute rouge après. Elle avait hâte de voir ça.

— Touche-toi, aboya Border. Fais-toi jouir pendant que je te baise.

Elle passa la main sous elle, même si elle était toujours collée contre le canapé. Quand elle glissa ses doigts sur son corps, elle sut que ça n'allait pas prendre longtemps. Sa main se retrouva trempée, et la lubrification lui permit de se caresser avec vigueur. Quand Border s'enfonça en elle à nouveau, elle jouit, consciente que lui aussi. Il l'emplit de sa semence brûlante avant qu'elle s'effondre sur le canapé et que Border recouvre son corps du sien. Il était plutôt lourd, mais ça ne la dérangeait pas d'être coincée sous lui. Elle se sentait *pleine*, elle se sentait *sienne*.

Et quand il se tourna sur le côté pour la serrer contre lui, elle ravala des larmes en comprenant qu'elle ne pourrait plus revenir en arrière.

Elle était tombée complètement sous son charme.

Et il n'y avait rien qu'elle puisse y faire.

CHAPITRE QUATORZE

BORDER FIT CRAQUER ses épaules en regardant la petite fille qui jouait seule dans la cour, le regard un peu moins sombre qu'en ce jour pas si lointain. Il pouvait prendre ça comme un progrès, parce qu'il n'avait pas grand-chose d'autre à se mettre sous la dent pour le moment.

— Elle n'a pas souri depuis qu'elle est ici, dit l'inspecteur Sanchez à côté de lui. Sa famille d'accueil dit qu'elle n'a pas ri ni pleuré ni quoi que ce soit.

Border observa la petite fille qui avait tant perdu en si peu de temps parce qu'il n'avait pas été assez fort pour protéger ceux qu'elle aimait. Il n'était pas surpris qu'elle exprime peu d'émotions, voire aucune. Il n'était pas certain que ce soit possible, après avoir enduré ce qu'elle avait vécu. Le fait qu'elle arrive encore à jouer était le signe d'une force dont elle allait avoir besoin pour survivre, pour grandir en étant entière. Et il y avait dans son regard une petite lumière qui ne s'y était pas trouvée auparavant, alors Border sut qu'elle finirait par guérir.

Il espérait simplement qu'elle vivrait assez longtemps pour cela.

— Ça ne fait que quelques semaines, répondit-il enfin, parfaitement conscient que Sanchez l'observait.

C'était un inspecteur avec qui il travaillait depuis des années. Il vivait dans un autre État et, techniquement, n'était pas là pour une raison professionnelle. Ce n'était pas possible, puisque le Nevada ne faisait pas partie de sa juridiction. Mais c'était Sanchez qui avait appelé Border à l'aide pour protéger la famille de la petite fille quand tout était parti de travers. La protection judiciaire ne pouvait pas agir tant que la famille n'avait pas témoigné. Et à cause de cela, ils avaient manqué de se faire tuer.

Et quand ils s'en étaient remis à Border, il n'avait pas été capable de tous les sauver.

Maintenant, voilà qu'il y avait cette petite fille sans famille et avec un prix sur sa tête parce qu'elle avait vu les hommes qui avaient tué son père, sa mère et sa sœur.

Border ne se pardonnerait jamais de ne pas avoir été capable de sauver les gens qu'il devait protéger, mais au moins, il pouvait faire en sorte de garder cette petite en vie. Ce serait sa dernière mission dans une vie faite de secrets et de discrétion. Il ne pouvait pas être avec Jake et Maya tout en continuant à être l'homme qu'il était devenu sous la menace de l'obscurité.

— Le procès commence bientôt, reprit Sanchez après un moment de silence nécessaire. Après ça, elle ne sera plus à ta charge.

Il soupira.

— Elle ne devrait pas l'être en ce moment, mon vieux. Ce qui s'est passé n'était pas de ta faute. Il y a eu une fuite. On a trouvé d'où ça venait, mais c'était trop tard.

Bon sang, oui, c'était trop tard. Mais il ne servait à rien de s'attarder là-dessus, désormais.

— Je me suis lancé là-dedans, j'irai jusqu'au bout.

— Sois prudent, d'accord ? demanda Sanchez à voix basse. Il se passe un truc sur lequel je n'arrive pas à mettre le doigt, mais ça veut dire qu'il y a des gens qui laissent filtrer des informations exprès.

Border hocha la tête, conscient que le monde n'était pas tout blanc ni tout noir. Il avait fait certaines choses et avait appris à vivre avec pour protéger ceux qui ne pouvaient pas se protéger tout seuls. Cela voulait dire qu'il restait un spectateur, incapable de vivre sa vraie vie tant qu'il était dans la ligne de mire. S'il y avait des rumeurs par rapport à ce que cette fillette savait et au fait que certaines personnes la cherchaient, c'est parce que quelqu'un *voulait* que Border et Sanchez soient au courant.

— Je ferai gaffe, dit doucement Border.

Il observa la petite ramener sa poupée à la mère de sa famille d'accueil, une femme âgée qui n'avait jamais eu d'enfants mais s'occupait de la gamine comme d'un petit trésor. On pouvait en dire autant de son mari qui couvrait la fillette d'attentions. Cette famille serait bien pour la petite jusqu'à ce qu'il soit temps de la lui arracher et de lui trouver un nouveau foyer, une fois encore.

— Elle mérite d'avoir une vie, Sanchez. Elle mérite davantage que des secrets et la mort.

— Elle l'aura, jura Sanchez. Même si c'est la dernière chose qu'on fait.

Border secoua la tête.

— Je ne veux pas que ce soit la dernière chose qu'on fasse, dit-il en grondant. Mais j'arrête. Tu es au courant, n'est-ce pas ? Après ça, j'arrête.

Sanchez croisa son regard et hocha la tête.

— Je sais. Tu pourrais arrêter dès maintenant, si tu voulais. Tu pourrais nous laisser la petite.

Même si ça aurait été logique s'il avait voulu complètement

se laisser aller avec Maya et Jake, il en était incapable. Pas encore. Il secoua la tête.

— Je compte finir ce que j'ai commencé.

— Si c'est ce qu'il te faut.

Sanchez marqua une pause.

— Est-ce que tu as enfin trouvé une raison de vivre, en-dehors de gens que tu ne connais pas et ne reverras jamais ?

Border ne répondit pas immédiatement, incertain de ce qu'il pouvait rétorquer à cela. Lui et Sanchez n'étaient pas des amis proches, ils ne se confiaient pas ce genre de choses, mais peut-être qu'il était temps de se livrer un peu. Rien qu'un peu.

— J'en ai toujours eu une, seulement je ne m'en suis pas rendu compte avant qu'il soit presque trop tard.

Il ne développa pas, il n'en avait pas besoin. Jake et Maya étaient *siens,* et il ne voulait pas les partager ici, pas dans un espace où les mensonges et la tromperie étaient une nécessité et où des vies seraient toujours en jeu.

Sanchez partit quelques instants plus tard, et Border en fit de même, laissant la fillette avec la seule apparence de famille qu'il lui restait. Même s'il savait qu'il faudrait l'en retirer bientôt. Avec un peu de chance, ce serait la dernière fois. Il détestait le fait qu'elle doive en passer par là, mais il n'avait pas d'influence sur les décisions de la cour. Il ne faisait qu'essayer de trouver un moyen pour garder les gens en vie.

Avec un soupir, il remonta dans son pick-up et s'élança sur la route. Il avait au moins une heure de trajet devant lui. Il avait laissé Maya et Jake au lit ce matin-là, même s'il savait qu'ils allaient devoir se lever et partir travailler peu après lui. Il avait envie d'y retourner et de les serrer contre lui.

Cela faisait tellement longtemps qu'il n'avait pas fonctionné comme ça, et c'était une drôle de sensation. Surtout que ça avait l'air tellement *normal* par moment. Maya et Jake s'étaient faufilés bien vite dans son cœur et dans sa vie, et maintenant, il fallait qu'il trouve un moyen que ça fonctionne.

Tout était encore si incertain, avec eux. Ils avaient fait de leur mieux pour parler des points les plus saillants, les plus importants, sans réellement en discuter explicitement. Ils avaient fait en sorte de laisser une porte de sortie dans leur relation, et il ne savait pas si ça lui plaisait. Mais ça n'aurait pas dû le surprendre puisqu'ils étaient dans un trouple, après tout. Ce n'était pas aussi rare que les gens aimaient à le penser, mais ce n'était pas facile pour autant. Ils allaient devoir commencer à prendre des décisions et à parler des trucs qui étaient importants pour eux et leur avenir, s'ils voulaient que ça marche en dehors de la chambre à coucher.

Il voulait que Jake fasse partie de sa vie, ça avait toujours été le cas. Il était revenu pour lui, après tout. Maya… c'était une surprise. Il avait pensé en revenant qu'il devrait s'écarter et se contenter d'être l'ami de Jake pour que lui et Maya puissent être ensemble, mais ça n'avait pas été le cas. Elle s'était ouverte à lui, et il savait qu'il fallait qu'il trouve un moyen de protéger ce don précieux. Elle se comportait peut-être comme si elle contrôlait tout ce qui se passait dans sa vie, mais il savait qu'il suffirait d'une erreur pour qu'elle se brise. Il refusait d'en être la raison.

Il voulait Maya *et* Jake dans sa vie, dans son futur, mais il n'était pas certain que ce soit possible. Les Montgomery et les Gallagher n'avaient peut-être pas de problème avec le fait qu'ils aient une relation à trois, mais tout le monde ne comprendrait pas. Qu'est-ce qu'ils feraient quand ils auraient un enfant ? Comment se passerait la vie de cet enfant ? Leur vie à eux trois, une fois qu'il y aurait une personne de plus dans leur dynamique ? Comment ça pouvait fonctionner sur le plan légal ? Et sur le plan émotionnel ?

Les relations, c'était déjà quelque chose de très compliqué, et une à trois personnes compliquait la donne de façon exponentielle. Il n'était pas sûr d'être assez fort pour s'en aller quand il le faudrait, mais il savait que ce serait à lui de le faire. Les deux autres avaient des racines ici. Lui, la seule personne qu'il avait dans sa vie, c'était Jake... et maintenant, Maya.

Il soupira et agrippa le volant plus fort à la pensée de les quitter, de laisser derrière lui tout ce qu'ils venaient à peine de commencer à construire. Mais peut-être que ce serait mieux pour tout le monde ? S'il partait, il serait davantage capable de les protéger. De protéger tant leurs corps que leurs cœurs.

Il en était capable, pensait-il. S'il faisait un gros effort, il était capable de partir sans un regard en arrière. Une nouvelle fois.

Sauf que cette fois, il n'y aurait pas de lettres, pas de coups de fil avec Jake. Parce qu'il ne serait pas le genre d'homme à trouver cette force une seconde fois. Si les choses devenaient trop difficiles, trop compliquées, il partirait. Pas pour lui, mais pour eux. Ils méritaient davantage que l'angoisse et la douleur, ou il ne savait trop quoi. Ils étaient sa raison de vivre, sa raison de se battre, et c'était pour cela que, s'ils n'arrivaient pas à faire fonctionner les choses entre eux trois, quand le moment viendrait, il ferait en sorte qu'*eux* trouvent le bonheur. Ils méritaient bien davantage que lui, et ça ne le dérangeait pas d'en être conscient. Il trouverait un moyen de survivre, trouverait un moyen de vivre la vie qu'il avait toujours menée, mais sans le danger à chaque coin de rue. Il l'avait fait pendant des années et il le referait. Pour eux.

Le véhicule partit sur le côté de la route dans un fracas de verre brisé et de métal tordu. Le son terrible d'une autre voiture qui enfonçait le côté conducteur de son pick-up emplit ses oreilles. Il continua à s'accrocher au volant alors que la ceinture s'incrustait dans son corps. Il essaya de diriger le mouvement mais il n'était pas en train de faire un dérapage contrôlé, et ça ne répondait plus. Le temps s'étira indéfiniment tandis que le pick-up quittait la route et percutait le talus. Le véhicule qui lui avait foncé dedans fit marche arrière, et Border fit de son mieux pour combattre l'évanouissement qui le guettait. Il n'avait pas cogné sa tête, alors il ne pensait pas avoir de traumatisme cérébral mais se prendre une voiture de plein fouet n'allait pas faire de bien à son corps. Ni à son satané pick-up.

Il déglutit et examina les dégâts. La vitre du côté conducteur avait explosé, et sa portière était enfoncée, mais à part ça, la cabine n'était pas trop abîmée. Pour ce qu'il en savait, c'était peut-être bien pire à l'extérieur mais, pour l'instant, il devrait se contenter de ce qu'il parvenait à voir. Il avait quelques coupures sur les bras à cause du verre cassé et n'aurait pas été surpris qu'il en soit de même pour son visage. Il savait aussi qu'il aurait des bleus partout, une fois qu'il serait parvenu à sortir du véhicule.

Il était seul sur une petite route car il avait choisi de ne pas prendre l'autoroute jusqu'à Denver, et apparemment, ça avait été une très mauvaise idée. Il ne pouvait pas ouvrir la portière conducteur, mais peut-être qu'il pouvait se faufiler et sortir par celle du côté passager. Mais alors qu'il était sur le point d'essayer, il dut se baisser pour éviter une pluie de balles.

Eh merde. Il semblait bien que ce n'était pas un accident. Il resta penché le plus bas possible et défit sa ceinture pour pouvoir se baisser encore plus. Son flingue était dans la boîte à gants car c'était l'emplacement où il avait le droit de le ranger dans cet État, mais il était trop loin pour pouvoir l'atteindre. Il ne pouvait qu'espérer que l'autre se fatigue et s'en aille.

Mais il était peu probable que ça arrive.

Il resta étendu là en silence, en se maudissant de ne pas avoir une arme à portée de main. Son pick-up était foutu, mais si ces types ne le tuaient pas, il allait devoir prier pour qu'il soit encore capable de le ramener chez lui.

Ou bien il pouvait appeler Sanchez.

Bon sang, il fallait qu'il appelle Sanchez, de toute façon. Leur position avait été compromise, une fois de plus.

Seigneur Dieu, la petite. Il ne pouvait pas la laisser courir un danger, il ne pouvait pas laisser Jake et Maya être des victimes collatérales. Ça ne pouvait pas arriver à nouveau, bon sang. Il ne pouvait pas perdre quelqu'un qu'il était chargé de protéger.

Il était sur le point de plonger vers la boîte à gants, et tant pis pour les balles qui pleuvaient, quand le vrombissement d'un moteur en marche retentit. La personne qui l'avait attaqué s'en allait. Border soupira et récupéra son pistolet en faisant de son mieux pour ne pas se blesser davantage en se redressant.

Armé et prêt, il examina la situation et jura à nouveau. Il était tout seul dans les collines, dans un piteux état. Ça aurait pu être pire, il le savait, mais il allait devoir marcher loin pour trouver de l'aide.

Il sortit rapidement son téléphone et appela Sanchez.

— Bouge-la de là où elle est, s'écria-t-il dès que l'autre répondit. Je me suis fait tirer dessus.

— Tu déconnes ? Est-ce que ça va ? Où est-ce que tu es ?

Sanchez se mit à parler de plus en plus vite au fil de ses questions, et Border soupira. Il fallait qu'il sorte de son maudit pick-up parce qu'il n'y avait pas moyen qu'il le conduise avant un moment. Bon sang. Il l'aimait bien, ce pick-up. Et s'il se concentrait là-dessus, ça l'empêcherait de s'inquiéter pour la vie de cette petite fille qui allait se retrouver sens dessus dessous. Une nouvelle fois. Et sur le fait que sa simple présence mettait Jake et Maya en danger.

Il n'aurait jamais dû les approcher, et l'avoir fait faisait de lui un beau salopard. Et pourtant, il n'était pas certain de pouvoir leur tourner le dos immédiatement.

— Déplace-la, c'est tout, gronda Border.

— Je m'en occupe, Ducon, rétorqua Sanchez. Maintenant, dis-moi où tu es, putain ? Est-ce que tu es blessé ? Parle-moi, bon sang.

Border se laissa aller contre l'appuie-tête passager et donna la borne kilométrique la plus proche à Sanchez avant de raccrocher et de fermer les yeux. Il fallait qu'il sorte de la cabine au plus vite au cas où les enflures qui l'avaient fait sortir de la route reviennent. Tout ce qu'il savait, c'est qu'il avait mal partout et qu'il avait envie de rentrer auprès des deux personnes qui comptaient le plus pour lui, même si c'était probablement une mauvaise idée.

Il parvint enfin à sortir du pick-up au moment où Sanchez se garait à côté de lui. Il avait l'impression de s'être fait rouler dessus, et c'était plus ou moins ce qui s'était passé.

— Oh la vache, Border, s'écria Sanchez en courant vers lui. J'ai appelé les autorités, ils vont s'occuper de l'épave et ne pas poser trop de questions car j'ai fait jouer mes relations.

Il passa une main dans ses cheveux noirs. Vu comment ils étaient emmêlés, le geste devait être une habitude.

— Est-ce qu'il faut t'emmener à l'hôpital ?

Border secoua la tête et ne grimaça pas. C'était un progrès.

— Je ne me suis pas cogné la tête et je ne roulais pas vite quand je suis sorti de la route. J'ai mal partout, mais je ne pense pas avoir d'hémorragie interne.

Sanchez étrécit les yeux.

— On ne peut pas dire ça comme ça, Border. On ferait mieux de te faire examiner quand même. Tu as peut-être pris un coup à la tête et tu ne t'en rappelles pas.

Border soupira.

— J'ai seulement envie de rentrer chez moi, Sanchez.

Tant qu'il avait un chez-lui.

— Fais-moi plaisir, rétorqua Sanchez. Je n'ai pas envie de me faire botter les fesses par la personne avec qui tu vis parce que je t'ai laissé te faire agresser alors que tu étais sous ma responsabilité. Tu comprends ?

Border grogna.

— Tant mieux. Monte en voiture, je t'emmène à l'hosto. Tu veux que j'appelle quelqu'un.

Border aurait pu se débarrasser de Sanchez facilement, même blessé comme il l'était, mais il savait qu'il avait besoin d'un peu de temps avant de voir Jake et Maya. Il ne pourrait pas leur cacher les bleus et les bosses et, franchement, il n'était pas sûr que ça aurait été une bonne idée, de toute façon. Ils avaient le droit de savoir dans quoi ils s'embarquaient, même si ça voulait dire qu'il risquait de devoir les quitter pour les garder en sécurité.

Bon sang, peut-être qu'il avait mal au crâne, en fin de compte.

Sans un mot, il monta dans la voiture de Sanchez en se maudissant. Il avait été tellement perdu dans ses pensées, à se demander si Jake, Maya et lui avaient un futur, qu'il n'avait même pas vu venir le foutu pick-up qui l'avait percuté. Bon sang, il ne savait même pas si c'était un pick-up. Si ça se trouve, c'était une saleté de voiture électrique.

À l'hôpital, on déclara qu'il était contusionné mais, qu'à part ça, tout allait bien. Il se retrouva donc devant la maison de Jake, fatigué, de mauvaise humeur, et toujours sans savoir ce qu'il allait dire à propos de ce qui s'était passé. Mais avec les bleus et les coupures qu'il se trimballait, il n'allait pas pouvoir le leur cacher.

— Tu veux que je t'accompagne ? demanda Sanchez sur le siège conducteur.

Border secoua la tête.

— Non, c'est bon.

Sanchez soupira et marqua une pause avant de parler à nouveau.

— Je ne vais pas te dire où on l'a mise. Ce n'est pas que je ne te fais pas confiance, c'est que...

— Que tu veux *me* protéger. Je comprends, Sanchez.

Border soupira.

— J'en ai fini, de toute façon. Je ne peux pas les mettre en danger, dit-il avec un signe de tête vers la maison.

— Les ? répéta Sanchez avec de la curiosité dans la voix.

— Au revoir, Sanchez.

Il ne comptait pas le laisser s'immiscer dans sa vie privée. Il ne savait déjà pas ce qu'il était en train de foutre à la base.

— Merci pour tout.

Là-dessus, il referma la porte et marcha lentement jusqu'à la porte de Jake.

Quand celle-ci s'ouvrit sans qu'il ait besoin de frapper, il sut qu'il allait devoir s'expliquer.

— C'est quoi ce délire ? demanda Jake, les yeux écarquillés.

Il attrapa Border par la taille et le tira rapidement à l'intérieur.

— Qu'est-ce qui s'est passé, bon sang ?

— Oh mon Dieu, Border, murmura Maya.

Elle referma la porte derrière eux et fit doucement courir ses mains sur son corps.

— Mon cœur.

— Ça va, grommela-t-il.

C'était à peine un mensonge.

— Tu parles, cracha Jake. Est-ce qu'il faut qu'on t'emmène voir un médecin ? Bon sang, regarde tous ces bleus, chéri.

Jake le tira vers le canapé, et ils s'y assirent tous les trois, Border au milieu, tandis que ses amants faisaient courir leurs mains sur sa peau comme pour vérifier qu'il se trouvait réellement là.

— J'ai déjà vu un médecin, avoua-t-il, et il comprit qu'il venait de faire une autre erreur quand Maya et Jake étrécirent les yeux en le regardant.

Maya inclina la tête et l'observa. Bon sang, il aimait tellement ses yeux d'un bleu éclatant, même quand elle était folle de colère contre lui.

— Pardon ? Tu es allé à l'hosto et tu n'as appelé aucun de nous ? Peut-être que tu as une commotion cérébrale, c'est pour ça que tu n'as pas réussi à appeler les deux personnes au monde qui tiennent le plus à toi ?

Elle s'interrompit, et Jake la remplaça.

— Ou peut-être qu'on ne te connaît pas du tout ? Parce que tu es blessé, quelqu'un t'a visiblement soigné à l'hôpital, et on n'était au courant de rien. Qui t'y a emmené ? Où est ta bagnole ? Est-ce que c'est lié à ton travail ? Ou bien c'était juste un accident ?

Maya déglutit avec difficulté.

— Ou peut-être qu'on n'a pas besoin d'être tenus au courant. Peut-être qu'on joue les victimes.

Elle se dressa sur des jambes tremblantes.

— Je deviens passive agressive et je déteste ça. Alors je vais aller te chercher un pack de glace et te foutre la paix.

Elle commença à partir mais il l'attrapa par le poignet en ignorant la douleur à la poitrine que ça lui causa. Il avait bougé trop vite. Il n'avait peut-être rien de cassé mais il avait de sacrées contusions.

— Assieds-toi, ordonna-t-il avant de soupirer. Je t'en prie. Je vais tout vous expliquer. Promis.

— Je devrais aller te chercher un pack de glace quand même, dit Maya, les yeux humides.

Sa Maya ne pleurait pas, pas à moins d'être seule ou

complètement dépassée et incapable de se retenir. C'était comme ça qu'elle fonctionnait.

— Je vais bien. Promis.

Il tira à nouveau sur son bras, et elle se laissa tomber à côté de lui. Elle fit attention à ne pas s'appuyer sur lui, mais il sentait quand même la chaleur qui irradiait d'elle. Jake était assis complètement rigide de l'autre côté, mais au moins, il était près de lui.

— Qu'est-ce qui s'est passé, bon sang ? demanda-t-il.

Border soupira et leur raconta tout. Il leur parla de la petite fille et du fait qu'il avait laissé sa mère et sa sœur être tuées. Du fait que son père était déjà mort et que c'était ce qui avait démarré la réaction en chaîne qui l'avait conduit ici. Il leur dit pourquoi, en dehors de la présence de Jake, il était revenu à Denver et ce qu'il avait à faire ici. Il leur expliqua la cause de la moindre cicatrice sur son corps, y compris les nouvelles, et il fit de son mieux pour garder son calme quand Maya et Jake se mirent à jurer dans leurs barbes.

— Sérieux, Border ? demanda Jake d'une voix basse. Tu as fait tout ça, et tu es revenu ici malgré tout ? Revenu pour moi ?

Il se racla la gorge.

— Oui. Oui, en effet.

Maya s'appuya un peu plus contre lui, mais ça ne faisait pas mal. À vrai dire, sa chaleur le pénétrait et, pour la première depuis longtemps, il se sentit respirer.

— Ne nous refais pas peur comme ça, dit-elle au bout d'un moment. Tu es tellement plus fort que je ne l'aurais imaginé. Et Border ? Tu es plus fort que tu ne le penses. Ça, je le sais. Mais je ne vais pas mentir et te dire que je ne suis pas heureuse que tu abandonnes la vie qui t'a conduit à ça. Je ne te connais pas depuis aussi longtemps que Jake, mais tu es mien. Tu le comprends, ça, hein ? Tu es mien tout autant que Jake, et je prends soin de ce qui est à moi. Alors, ouais, je suis sacrément heureuse que tu sois vivant et que tu sois là, même si tu es un peu amoché.

Elle prit son visage entre ses mains.

— Tu as protégé ceux que tu as pu, et je sais que tu portes dans ton cœur ceux que tu n'as pas pu sauver. Tu es comme ça, Border Gentry. Tu es incroyable, tu t'inquiètes des autres, tu es fort, et tu es *à nous*.

Quand il posa ses lèvres sur les siennes, il sut qu'il l'aimerait jusqu'à la fin de ses jours. Il n'avait pas eu l'intention de tomber amoureux de Maya Montgomery, mais il aurait dû savoir dès le moment où il l'avait rencontrée, bon sang, dès le moment où Jake l'avait *mentionnée* pour la première fois, qu'il ne pourrait pas contrôler son cœur. Il l'aimait autant qu'il aimait Jake, et quoi qu'il se passe, il refusait de perdre cela.

Même s'il était forcé de partir pour les sauver tous les deux.

Quand elle se retira, il se tourna vers Jake qui le regardait en fronçant les sourcils.

— Quoi ? demanda-t-il d'une voix mal assurée.

— Tu ne vas pas faire un truc idiot, hein ? demanda Jake dans un grondement. Parce que tu penses comme moi et qu'à ta place, je ferais sûrement un truc idiot, là.

Maya serra son bras en faisant attention à ses bleus.

— De quoi tu parles ?

Border ferma les yeux et se pinça l'arête du nez.

— Ça m'énerve que tu me connaisses aussi bien.

— Va te faire voir, dit Jake. Ne sois pas con.

— Dites-moi ce qui se passe, bon sang ! exigea Maya.

Quand Border ouvrit les yeux, elle le scruta intensément et poussa un juron.

— Non, non. Tu n'as pas le droit de partir pour nous protéger.

Bon sang, il n'arrivait pas à croire à quel point ces deux-là le connaissaient. Ça lui foutait une trouille terrible.

— Je n'ai pas le choix, murmura-t-il. Il faut que je vous protège tous les deux. S'ils ont réussi à me trouver sur la route, ils peuvent me trouver ici.

Il se rappela avoir eu le sentiment d'être observé en sortant de la maison, et la crainte l'envahit.

— C'est peut-être déjà le cas. Je ne sais pas ce que je ferais s'il arrivait du mal à l'un de vous à cause de moi.

Maya gronda et s'éloigna tandis que Jake agrippait Border par le genou qui ne lui faisait pas mal.

— Va te faire voir, Gentry. Tu es à nous, et tu ne peux pas changer ça. Tu ne peux pas te barrer pour nous garder en sécurité. Tu t'es barré par le passé pour tes propres raisons, et même si je ne les avais pas comprises à l'époque, je les comprends maintenant. Mais tu n'as plus cette excuse, désormais. On est tous adultes et on est tous concernés. Tu n'as pas le droit de nous quitter parce que tu crains pour notre sécurité.

Il prit le visage de Jake entre ses mains et apprécia de sentir sa barbe piquante contre sa paume.

— Je ne sais pas ce que je ferais si toi ou Maya étiez blessé à cause de moi.

À ces mots, Maya le rejoignit et s'installa à califourchon sur ses genoux. Heureusement, ça ne fit pas mal, mais en cet instant, il ne s'en serait probablement pas soucié de toute façon. Elle prit son visage entre ses mains et fronça les sourcils.

— Je me lève si je te fais mal, mais tu ferais mieux de m'écouter, Gentry. Tu es *à nous*. On a dit qu'on pouvait avoir cette relation tant qu'on était sûrs que cela ne blesserait pas l'un d'entre nous, qu'on ne se ferait pas du mal comme cela, mais si tu t'enfuis pour nous protéger, ça fera bien plus mal que si tu restes. Trouve un moyen de protéger cette maison, ainsi que mon appartement et le studio. C'est ton boulot, non ? Protège-nous en *restant*. Si tu t'en vas, ça sera pire. Tu ne seras pas là, et on n'aura pas de protection. Je ne suis pas du genre à dire que j'ai besoin de protection, mais pour te garder auprès de nous, pour te garder *toi* en sécurité, je ferais n'importe quoi. Mais il faut que tu restes.

Border déglutit, les mains tremblantes.

— Je ne peux pas vous perdre, murmura-t-il, conscient qu'il les perdrait de toute façon, si les choses dérapaient.

Il s'en irait pour les garder en sécurité, pour faire en sorte que leur futur reste intact. Mais pour l'instant, il resterait parce qu'ils en avaient besoin. Une fois que ça ne serait plus le cas, il s'en irait. Ça le briserait, mais il le ferait.

— Border, gronda Jake.

— Je reste, finit-il par dire.

Ils se détendirent visiblement tous les deux, mais Border savait que même s'ils avaient promis de s'en tenir à ce qu'ils essayaient de construire entre eux, c'était loin d'être la fin de la discussion. Maya s'appuya contre lui, et il passa un bras derrière elle pour saisir ses fesses tout en serrant Jake de l'autre. Il avait mal partout, mais c'était encore son cœur qui faisait le plus mal.

Maya et Jake le tenaient contre eux, tout serré, et il comprit que si les étoiles lui étaient favorables... il aurait pu rester ainsi jusqu'à la fin de sa vie.

Il pouvait essayer de les garder en sécurité, et de les garder auprès de lui.

Il pouvait essayer, mais il y avait un risque, un certain risque, que ce soit la dernière chose qu'il fasse de sa vie.

CHAPITRE QUINZE

LES MAINS de Jake glissaient sur l'argile sur le tour, et le vase devant lui prenait lentement forme. Sous ses doigts, l'argile était douce et malléable. Il se mordit la lèvre et fit lentement aller et venir son pouce dans l'ouverture du vase pour créer la forme exacte qu'il voulait. C'était ce qu'il aimait dans le travail de l'argile, le fait de créer des œuvres d'art de ses mains et de savoir que, quand il aurait fini, ce serait un objet qu'il avait créé lui-même, plutôt que quelque chose qui ne le concernait pas.

Un gémissement retentit sur le côté, et il releva son pied de la pédale avant de retirer ses mains de sa dernière création. C'était terminé, et continuer à travailler dessus ne la rendrait pas meilleure. En tout cas, pas pour le moment. C'était exactement ce qu'il voulait, et avec un peu de chance, exactement ce qu'il fallait à son client.

Il regarda par-dessus son épaule pour découvrir un Border guéri et une Maya qui sortait de la douche, debout sur le pas de la porte, enlacés, mais les yeux posés sur Jake. Son pénis s'engorgea à cette vue, et il déglutit. Il se lécha les lèvres, la bouche soudain toute sèche.

— Qu'est-ce que vous faites là, tous les deux ? demanda-t-il d'une voix étrangement rauque.

Il se racla la gorge et essaya de se sortir de l'état d'esprit dans lequel il était quand il travaillait pour se concentrer sur les deux personnes en face de lui. Mais les deux se mêlèrent et convergèrent en une perfection qui rassemblait l'émotion qu'ils projetaient et son espace de travail.

Maya se lécha les lèvres et baissa la main pour agripper Border à travers son jean. Leur amant gémit à nouveau et donna un coup de bassin contre elle.

— Te regarder travailler avec tes mains comme ça ?

Elle se recula et s'éventa de sa main libre.

— Ça me rappelle cette scène dans *Ghost*.

Elle eut un sourire de chat satisfait.

— Tu crois que tu pourrais faire ça ? Je t'ai regardé travailler pendant des années, tu sais. Même si j'ai toujours su quel effet tes mains avaient sur mon corps, je pense que c'est la première fois que je trouve ça aussi sexy, de te regarder modeler l'argile sur le tour entre tes jambes comme ça.

Elle resserra à nouveau sa main autour de Border, et celui-ci prit un de ses seins dans sa main et vint caresser son téton durci d'un pouce nonchalant.

Jake pouffa de rire et se leva, les mains sales, mais les idées encore plus sales.

— On peut jouer à *Ghost* sur ma prochaine création. Je suis en retard sur celle-ci, mais quand je commencerai à travailler sur un nouveau bloc d'argile, on pourra s'amuser un peu. Ça serait sympa de te voir poser les mains sur mon... œuvre.

Maya leva les yeux au ciel et passa sa langue percée sur ses lèvres.

— Sympa ?

— Moi, j'ai envie de vous renverser tous les deux sur le plan de travail de Jake et de vous sauter jusqu'à ce que vous hurliez, déclara Border avec une fausse nonchalance.

Jake ouvrit la bouche pour répondre, mais l'alarme sur son téléphone se déclencha et lui tira un juron.

— Même si j'ai très envie de faire tout ça immédiatement, je ne peux pas. Je dois passer donner un coup de main à mes frères sur un chantier, c'est pour ça que j'avais mis l'alarme.

Le téléphone continua à sonner, et il regarda ses mains couvertes d'argile. C'était plus simple quand il utilisait un vieux réveil qu'il se fichait de salir, mais il avait eu la flemme et avait fait ça sur son téléphone. Maya soupira et alla éteindre la sonnerie elle-même.

— Va prendre une douche et te préparer, dit-elle. Il faut que je passe au studio, de toute façon, donc on n'aurait pas eu le temps pour un coup rapide, même pas une petite pipe.

Elle avait l'air tellement triste en disant ça que Jake ne put s'empêcher de sourire.

— Quand je rentre à la maison ? demanda-t-il.

Il aimait ce mot, maison. Maya avait passé toutes les nuits chez lui avec Border, depuis que ce dernier était revenu tout amoché. Jake se sentait plus en sécurité comme ça et, bon sang, il appréciait d'être tous les soirs à trois dans son lit. Il ne savait pas si ça fonctionnerait toujours comme ça, mais pour l'instant, il en profitait. Il faisait de gros efforts pour ne pas planifier tout son avenir avec ces deux-là. C'était trop dangereux pour l'instant. Bon sang, il avait peur que ça reste périlleux pour encore bien longtemps.

Maya se pencha vers lui et empoigna son sexe comme elle l'avait fait avec celui de Border.

— Je pense qu'on peut arranger ça. Mais je veux que tu me fasses la totale comme dans *Ghost*. Je dis ça, je dis rien.

Il se pencha et s'empara de sa bouche. Il savoura son goût sur sa langue, à la fois sucré et piquant.

— Ça peut s'arranger, murmura-t-il contre ses lèvres.

— Je crois que je suis plus grand que toi, tu sais, dit Border en se rapprochant. Il va peut-être falloir que ce soit moi derrière toi.

Jake allait se retrouver avec la marque de la fermeture éclair définitivement incrustée dans la peau de son pénis.

— J'aime quand tu es derrière.

Il se redressa et embrassa son amant. La deuxième alarme se déclencha, et il poussa un soupir. Apparemment, le Jake du passé connaissait un peu trop bien le Jake du futur.

— Il faut que je me débarbouille et que j'y aille avant que mes frères me bottent les fesses.

Un éclair malicieux passa dans les yeux de Maya tandis qu'elle coupait la sonnerie.

— J'espère que tu ne débarbouilleras pas de trop près.

Il l'embrassa à nouveau.

— Je ne suis jamais complètement propre quand je suis avec vous deux.

— Enfin, il y a eu cette fois où on s'est retrouvés tous les trois sous la douche, dit Border en souriant. On était plutôt propre, à ce moment-là.

Jake leva les yeux au ciel, et Maya pouffa.

— Oui, acquiesça-t-elle, mais j'ai eu besoin de vous deux pour ne pas m'effondrer, tellement vous m'aviez coupé les jambes.

— J'étais toujours en toi à ce moment-là, alors je ne peux pas trop t'en vouloir, dit Jake avec un parfait sérieux.

Elle ne put s'empêcher de rire et il se retira, conscient que s'il attendait la troisième sonnerie, il n'aurait pas assez de temps pour prendre une douche. Quand elle glissa le téléphone dans sa poche, ce fut à son tour de retenir un gémissement. Bon sang, cette fille était bien trop sexy. Et absolument démoniaque.

— À tout à l'heure ? demanda-t-il.

— Je serai là, dit Border. J'ai de la paperasse à régler.

— Je risque d'arriver tard, dit Maya.

Elle leva les mains quand les deux hommes ouvrirent la bouche pour protester.

— Mais je ne serai pas seule au studio. Sloane travaille tard avec moi sur un autre client.

Jake fronça les sourcils.

— Mais pour rentrer en voiture ?

— Je serai prudente et je ne prendrai pas de petites routes.

Maya pinça les lèvres.

— C'est le mieux que je puisse faire sans arrêter de vivre ma vie.

Une ombre passa dans le regard de Border, et Jake poussa un juron. Il savait que l'autre homme voulait partir, ou en tout cas qu'il pensait devoir le faire, mais il n'y avait pas moyen que lui et Maya l'y autorisent. Il fallait simplement qu'ils soient prudents. Il croisa le regard de Maya, et elle hocha la tête. Ils feraient de leur mieux.

Ils n'avaient pas le choix.

Il dit au revoir rapidement avant de passer dans la douche. Le temps de se lever et de partir vers le chantier, il était presque en retard. Heureusement, son système de sonneries lui permettait de gérer la situation. Il savait que ses méthodes de travail rendaient Owen dingue, mais si son frangin était psychorigide, ce n'était pas son problème à lui. Tout le monde n'était pas fan de chiffres et de tableurs. Tant que Jake était à l'heure, ça allait. Il n'arrivait peut-être pas à l'avance comme Owen, mais au moins, il prenait en compte l'emploi du temps de ses frères.

Ils étaient debout, en train de boire un café. Il les rejoignit et se fit à nouveau la réflexion qu'il était à part dans sa fratrie. Il n'était pas leur associé, même si ses frères lui avaient demandé s'il voulait rentrer dans leur entreprise quand ils avaient commencé, et lui avaient reposé la question à quelques occasions depuis. Il n'avait jamais eu l'impression que ce serait très juste. Il ne faisait que travailler sur certains aspects de leurs projets, et en général vers la fin, quand il leur fallait un élément qui ait du caractère ou une réplique d'un objet historique. Il était doué pour faire des reproductions, même si ce n'était pas ce qu'il préférait. Graham, Owen et Murphy avaient un truc bien à eux, qui fonctionnait, et il n'en ferait jamais totalement partie. Même après tout ce temps, ça le dérangeait encore un peu.

Graham jeta un coup d'œil par-dessus son épaule et aperçut Jake. Il lui fit un signe de tête avant de se retourner vers les autres. Jake soupira, conscient qu'il ne fallait pas qu'il se laisse atteindre par ce genre de choses. Ce n'était pas de leur faute s'il avait l'impression de se tenir entre deux univers : celui des Gallagher et celui des Montgomery. Ses frères avaient leurs problèmes aussi, mais ils étaient soudés et travaillaient ensemble chaque jour. Lui, ils l'appelaient quand ils avaient besoin de lui. Il faisait peut-être des dîners avec eux et des soirées match, mais par bien des aspects, il ne faisait pas vraiment partie du groupe.

Il était l'artiste. Celui qui était différent. Le frère bisexuel. Celui qui vivait dans un ménage à trois. Ce n'était pas qu'ils le traitaient de façon différente, mais ils étaient liés tous les trois d'une façon dont il ne serait jamais lié à eux.

Peut-être que c'était pour ça qu'il s'était accroché à Border comme il l'avait fait toutes ces années auparavant, et aussi pour ça qu'il avait fait de Maya sa meilleure amie, alors même qu'il avait des sentiments différents pour elle à l'époque. Maintenant, il avait Border et Maya dans sa vie, et il avait tellement peur que ça se casse la gueule et de se retrouver seul à nouveau qu'il ne savait pas trop ce qu'il était en train de faire.

Ça n'avait pas d'importance, au final. Il ferait ce qu'il fallait pour s'assurer qu'ils ne le quittent pas et éviter de devenir une vieille épave quand tout se casserait la gueule.

Il marcha jusqu'à ses frères, conscient qu'il devait cacher son sentiment d'exclusion pour ne pas les blesser. Ils étaient sa famille, son sang, et ils ne méritaient pas d'avoir l'impression d'avoir mal agi envers lui alors que ce n'était pas le cas. Ils ne l'avaient jamais traité différemment, c'était lui qui se *sentait* différent, mais ça revenait au même.

Ou peut-être qu'il était en train de devenir dingue vu que tout dans sa vie, à part son art, semblait en suspens.

Il fallait simplement qu'il se débrouille avec ses sentiments tout en sachant que ses frères seraient toujours là pour lui. Parce que même si tout partait à vau-l'eau avec les deux amours de sa vie, eux, il ne les perdrait pas.

Il se passa une main sur le visage. Bon sang, il fallait qu'il arrête de penser comme ça.

— Comment ça va, mon vieux ? demanda Murphy en lui donnant un petit coup d'épaule.

Owen lui passa une tasse de café, et Jake sentit ses épaules se décontracter un peu. Ses frères tenaient à lui, même s'il se sentait toujours un peu à part.

— Je réfléchissais juste, mais je suis prêt à me mettre au boulot.

Graham l'observa.

— Tu sais que tu peux nous parler si tu en as besoin, hein ? Parce que je sais que c'est compliqué en ce moment, pour toi, et que tu ne fais rien pour régler ça. Ou que si tu fais quelque chose, tu ne nous en parles pas. Ça ne me plaît pas que tu gardes tout pour toi comme ça, Jake. On est là. Ne nous tiens pas à l'écart. D'accord ?

Jake cligna des yeux, un peu perturbé que Graham ait mis le doigt sur le problème, même s'il n'aurait pas dû être surpris.

Son frère aîné avait toujours eu cette drôle de capacité à voir ce qui posait problème aux autres, même s'il ne savait pas le faire pour lui-même.

— Tout va bien, mentit-il. Je ne suis pas dans mon assiette, c'est tout.

Owen fronça les sourcils.

— Eh bien, on est là si tu as besoin de nous. Je sais que tu crois que tu ne fais pas vraiment partie de la fratrie Gallagher parce que tu ne travailles pas à plein-temps avec nous, mais tu fais partie de l'équipe. D'accord ? Tu es l'un d'entre nous, quoi qu'il arrive.

— Exactement, ajouta Murphy. Tu es notre frère, crétin. Alors remballe-moi cette petite moue. On va faire des merveilles sur ce projet.

Un poids quitta les épaules de Jake, même s'il était conscient que ça ne serait pas toujours aussi facile. Mais bon sang, ses frères le connaissaient par cœur, même s'il était à côté de la plaque dans ses inquiétudes. Il *savait* qu'il se posait des questions sur sa place dans sa famille plutôt que sur sa place avec Maya et Border parce que sa relation avec ses frères était quelque chose qui ne changerait jamais. Il était un Gallagher, même si parfois, il se sentait différent.

Alors qu'avec Maya et Border... eh bien, il n'en savait rien. Il espérait seulement que ça n'allait pas se désagréger entre ses mains comme quand il faisait une mauvaise manipulation sur son tour à poterie.

— Si on a fini de parler de nos ragnagnas, vous comptez me dire ce qu'on fait sur le chantier aujourd'hui ?

Jake savait qu'il jouait au con, mais c'était plus facile que de leur laisser voir l'impact de leurs paroles.

Murphy ricana.

— Je te ferai savoir que je n'ai pas besoin de saigner une fois par mois pour parler de mes sentiments. Je suis un homme éclairé.

Jake s'étouffa avec son café tandis qu'Owen levait les yeux au ciel et que Graham secouait la tête, la mine exaspérée.

— Peu importe, dit Jake. Mettons-nous au boulot, d'accord ?

Ses frères hochèrent la tête, et ils commencèrent à lui exposer ce pour quoi ils avaient besoin de lui. Il leur emboîta le pas, conscient qu'il ferait toujours partie de cette famille, quoi qu'il advienne. Il espérait qu'il serait aussi capable de faire rentrer Border et Maya dans cette famille.

Parce que s'il ne pouvait pas compter là-dessus pour son futur ? Eh bien, il ne savait pas ce qu'il ferait.

Jake fit craquer sa nuque en rentrant dans le café pour un déjeuner tardif. Il aurait préféré aller à Taboo, le café à côté de Montgomery Ink, mais c'était trop loin. Hailey savait ce qu'il voulait, même s'il ne prenait pas la même chose chaque fois. Elle connaissait bien son public, et ce ne serait pas aussi confortable dans le premier café venu à côté de leur chantier. Enfin, de toute façon, il n'était pas sûr qu'il existe un autre endroit qui possède le même genre d'ambiance que Taboo. Hailey était un génie et une vraie magicienne.

Il commanda un sandwich et un thé glacé au comptoir avant d'aller s'installer à une table vide pour attendre. Apparemment, la serveuse lui apporterait sa commande. Ça lui convenait bien car ses jambes lui faisaient un mal de chien. Il était peut-être en bonne forme, mais ses frères étaient de gros bosseurs. Ça ne devait pas aider d'avoir passé une partie de la nuit précédente à sauter Maya pendant qu'il se faisait sauter par Border. Entre ça et le fait d'avoir passé la matinée penché sur son tour, son corps tirait un peu la gueule, en ce moment.

Il appuya la tête contre la paroi de la petite alcôve et était sur le point de fermer les yeux quand un mouvement à la périphérie de son champ de vision attira son attention. Il se figea et cligna des yeux.

— Holly ? demanda-t-il d'une voix un peu rauque.

Il ne l'avait pas revue depuis qu'elle l'avait largué, et même s'il s'était senti franchement mal après ça, il avait été tellement accaparé par tous les changements dans sa vie qu'il n'avait pas beaucoup pensé à elle depuis que Border était revenu. Ça lui donnait la sensation d'être un connard et un très mauvais petit ami. Ce n'était pas étonnant qu'elle l'ait largué. Holly était assise à une table en diagonale de lui, si bien qu'ils étaient quasiment en face l'un de l'autre, sans beaucoup d'espace entre eux. Elle lui fit un petit sourire et joua avec le bord de son assiette.

— Salut, Jake.

Elle se racla la gorge.

— Je ne savais pas que tu venais *Chez Hannah*.

Jake regarda autour de lui à la recherche du nom du café et haussa les épaules.

— C'est la première fois que je viens ici, mais on a un chantier dans le coin, et c'est plus près que Taboo.

Il soupira et sortit de sa table, désireux de ne pas être rustre avec elle. Bien sûr, Denver était une grande ville, mais il avait rencontré Holly à Taboo parce que c'était son café préféré. Si elle était ici maintenant, c'était soit parce que, comme lui, elle était dans le coin, soit parce qu'elle évitait son café préféré.

— Ça me fait plaisir de te voir, Jake, dit-elle.

Elle avait l'air de le penser.

Il se laissa tomber sur le banc en face d'elle après avoir obtenu son accord d'un signe de tête.

— De même, Holly.

Il marqua une pause, se sentant un peu bête.

— Est-ce que tu travailles dans le coin ?

Harry renifla et secoua la tête.

—Non, Jake. Je travaille toujours au même endroit. Mais comme on est samedi, je me suis dit que je pourrais sortir déjeuner quelque part et abandonner un moment ma vie d'ermite à préparer des cours et corriger des copies.

Il savait qu'elle aimait son travail, même si elle en plaisantait parfois. Après tout, il en faisait de même à propos du sien.

— Pourquoi est-ce que tu n'es pas à Taboo, alors ?

Il savait qu'il se montrait con, mais il avait besoin de lui faire comprendre qu'elle n'était pas bannie de son café préféré parce qu'ils n'étaient plus ensemble.

Elle lui adressa un regard qui laissait entendre qu'elle doutait de ses capacités mentales, mais elle ne le dit pas à voix haute.

— Sérieusement, Jake ? C'est ton endroit à toi. C'est joint avec le studio de Maya. Ce n'est pas un souci pour moi de me trouver un autre café où venir le samedi après-midi.

La serveuse arriva à cet instant et posa brusquement son assiette et son thé devant lui avant de décamper.

— Holly ? demanda-t-il en croisant son regard.

— Quoi, Jake ? demanda-t-elle avec une certaine exaspération.

Il n'était pas habitué à ce ton-là chez elle.

— Tu as l'air heureux, tu sais ? Tu as l'air incroyablement heureux, et je sais que c'est grâce à Maya et Border, dit-elle avec un sourire. Oui, je suis au courant, et j'ai envie de dire qu'il était temps, pour Maya. Quant à Border ? Je ne l'ai rencontré qu'une fois, mais j'ai senti le lien qui existait entre vous deux. Je veux que tu sois heureux, Jake, et tu l'es. Ou en tout cas, tu es sur la bonne voie, cette fois. Je n'étais pas la personne qu'il te fallait, je le sais. Ce n'est pas grave, Jake. Je trouverai quelqu'un qui me rendra heureuse aussi.

Jake tendit la main pour prendre la sienne. Elle se raidit un peu avant de se détendre.

— Moi aussi, je veux que tu rencontres quelqu'un qui te rendra heureuse. Je suis désolé que ça n'ait pas été moi.

Elle secoua la tête et retira sa main.

— Ne sois pas désolé parce que nous n'étions pas faits l'un pour l'autre. Ton regard en ce moment ? Celui qui dit que tu es en train de tomber amoureux ou que tu es déjà amoureux des deux personnes qui font de toi qui tu es ? C'est un regard que tu n'as jamais eu avec moi, et je suis heureuse que nous ne nous soyons pas engagés trop loin, que nous ayons pu mettre fin à cette relation sans nous détruire l'un l'autre.

— Holly, murmura-t-il.

— Ça va aller pour moi, Jake.

Elle marqua une pause.

— Ou peut-être que ça va déjà, je n'en sais rien. Mais tu n'as pas besoin de t'inquiéter pour moi. Promis.

— Je m'inquiéterai toujours pour toi, Holly. On était amis, tu te rappelles ?

Holly lui sourit, et il ne put s'empêcher de lui répondre. Elle avait toujours eu ce genre de sourire. C'était pour ce sourire qu'il l'avait invitée à sortir avec lui, au départ.

— Sois heureux, Jake.

Là-dessus, elle s'extirpa de l'alcôve et se pencha pour lui serrer l'épaule.

— Et finis de manger. Tu as l'air un peu pâlichon.

Ça le fit rire, et il se leva pour la prendre dans ses bras. Il la serra contre lui, conscient de l'avoir blessée parce qu'elle avait vu en lui quelque chose qu'il n'avait pas été capable de cacher. Elle était peut-être la personne la plus forte qu'il connaissait, mais elle était aussi incroyablement fragile.

Elle lui tapota le dos et se détacha de lui.

— Sois heureux, Jake, répéta-t-elle.

— Je le serai.

Il marqua une pause.

— Et reviens à Taboo, Holly. Ne change pas tout à cause de ce qu'il y a eu entre nous, ou plutôt de ce qu'il n'y a pas eu.

Elle l'observa un instant.

— Peut-être bien que je reviendrai.

Jake la regarda s'éloigner et poussa un soupir. Il n'avait plus si faim que ça, soudain. Il avait simplement envie de rentrer chez lui et de voir son petit clan, les deux personnes dont Holly pensait qu'ils pouvaient le rendre heureux. Il poussa un soupir et marcha jusqu'à la porte en laissant son sandwich intouché tout seul sur la table. Quelle journée bizarre.

Quand son téléphone vibra dans sa poche, il eut un peu peur de regarder qui c'était, vu à quel point la journée avait été étrange jusqu'alors. Le fait qu'il s'agissait d'un texto de Maya le fit sourire.

Je passe chez moi. Mon client a annulé, et j'ai besoin de fringues.

Jake sourit en lui répondant.

Tu n'as pas besoin de fringues avec Border et moi.

Si, contre les irritations, Jake. Il me faut au moins un pantalon. Et peut-être un tee-shirt.

Jake rit en montant dans son SUV.

Mais pas de sous-vêtements. Tu comptes rester un moment ? Je peux passer ?

Maya répondit aussitôt.

Tu es toujours le bienvenu ici, Jake. Et qui sait, peut-être que je n'aurai pas de culotte quand tu arriveras.

Jake gémit.

J'arrive. Attends-moi pour jouir.

Monstre.

Il sourit encore une fois et démarra pour aller chez Maya. Ça faisait un moment qu'il n'était pas allé chez elle, vu tout le temps qu'elle passait chez lui. Il y avait plus de place pour eux trois dans son lit, dans sa maison, que dans l'appartement de Maya. Et puis, Border vivait avec lui, si bien qu'ils étaient deux contre un quand il s'agissait de décider chez qui ils allaient.

Ça le fit s'interrompre. Il *vivait avec* un autre homme, et Maya était bien partie pour s'installer chez lui à temps plein aussi. Comment c'était arrivé, bon sang ? Ils n'avaient même pas parlé du fait que Border se trouve un appartement depuis le soir où il était arrivé. L'autre homme s'était intégré parfaitement dans son existence, et Jake ne savait même pas ce qu'il ferait s'il voulait partir. Ils avaient beau avoir dit que les choses devaient rester décontractées entre eux, ils s'étaient lancés dans un truc très sérieux.

Jake prit une inspiration tremblante et resserra ses mains sur le volant. Il ne pensait pas qu'il y ait de retour en arrière possible. Plus maintenant. Si ça partait à vau-l'eau... il se briserait. Il le savait. Il ne pouvait plus regarder Maya simplement comme sa meilleure amie, bon sang. Il *l'aimait*.

Et il ne fallait pas que Border le quitte à nouveau. Jake ne pouvait pas rester sur le bord de la route si Border se retrouvait dépassé par son boulot et, pour être franc, par ses émotions. *Il n'y a pas de retour en arrière possible*, se répéta-t-il. Il aimait Border autant qu'il aimait Maya. Il avait fait de son mieux jusqu'à maintenant pour ne pas penser en ces termes, mais il savait qu'il ne pouvait pas le cacher plus longtemps.

Il avait besoin de Maya et Border dans sa vie, maintenant et pour toujours.

Et il espérait qu'ils voyaient les choses comme lui.

Il se gara sur le parking devant chez Maya, coupa le moteur, et prit une grande inspiration, conscient qu'il ne pouvait pas lui faire part de ses sentiments immédiatement. Ça n'aurait pas été correct de le faire avec Maya sans que Border soit présent, et inversement. C'était quelque chose qu'il devait faire avec les deux. Il les voulait *tous les deux*. Il voulait construire un futur avec Maya et Border, tant l'un que l'autre. Ça serait super compliqué, mais ils trouveraient un moyen. Il le fallait.

Maya ouvrit la porte avant qu'il puisse frapper, et il lui sourit.

— Je t'ai vu te garer.

Elle observa son visage.

— Est-ce que ça va ?

Elle recula pour le laisser entrer, et il lui emboîta le pas aussitôt pour prendre son visage entre ses mains.

Toute pensée concernant Holly et ce qu'il aurait failli faire s'il n'avait pas trouvé Maya et Border désertèrent son cerveau en la voyant.

— Ça va extrêmement bien, gronda-t-il avant d'écraser sa bouche sur la sienne.

Elle répondit à son baiser avec tout autant d'ardeur. Leurs langues bataillèrent tandis que leurs mains exploraient le corps de l'autre.

— Je ne porte pas de culotte, murmura-t-elle.

Il gémit.

— Oh putain, oui, dit-il avec un sourire carnassier. J'ai hâte de te lécher, Maya Montgomery.

Elle battit des cils.

— Tu sais que j'adore les cunnis. Même si je ne sais toujours pas lequel de vous deux est le plus doué pour ça entre toi et Border. Je crois qu'il va me falloir collecter beaucoup plus de données pour le déterminer.

Il pouffa de rire.

— Je pense qu'on va pouvoir s'arranger.

Il observa son visage.

— J'ai tellement de chance de t'avoir dans ma vie. Toi et Border. On n'était pas prêts avant, tu sais. On n'était pas prêts avant qu'il arrive. Je ne peux pas l'expliquer. Oui, toi et moi on s'est tourné autour un moment, et on était partis sur un chemin qui aurait été tellement différent de ce qu'on a maintenant, mais ça aurait merdé. Il fallait que Border soit là pour qu'on change ce qu'on pensait vouloir, pour voir ce qu'il nous fallait vraiment.

Il ne savait pas pourquoi il lui balançait tout ça, là, mais il sut au regard dans ses yeux qu'il avait dit ce qu'il fallait.

— On s'en serait sortis, murmura-t-elle. On est super canon, après tout.

Ils eurent tous les deux un petit rire.

— Nous, c'est le plus important, Jake. On a perdu du temps, mais les personnes que nous sommes désormais ? C'est celles qu'on avait besoin de devenir pour être ensemble. Nous deux ? On aurait pu s'en sortir sans Border, mais ça ne serait pas *comme ça*. Tu as raison, on aurait merdé.

Il embrassa sa tempe.

— Et ça n'aurait pas suffi.

Elle embrassa son menton.

— Pour citer de travers ce terrible film, Border nous complète.

Jake sourit alors et ramena Maya contre lui.

— Oui, en effet. Mais toi, tu me complètes aussi.

Elle lui fit un grand sourire, et il glissa la main sous la ceinture de son legging pour trouver ses fesses nues. Il continua à descendre pour faufiler ses doigts entre ses cuisses, et elle poussa un petit hoquet.

— Tu n'as rien mis pour moi, bébé. Parfait.

— Ne m'appelle pas bébé, marmonna-t-elle contre ses lèvres.

— Je t'appelle mienne.

Il l'embrassa alors, conscient qu'ils étaient sur la même

longueur d'onde, leurs corps tendus comme des ressorts, et leurs pensées et leurs émotions portées sur le futur.

On peut s'en sortir, pensa Jake. Ça pouvait marcher.

Et pour la première fois depuis longtemps, il ressentit de l'espoir.

CHAPITRE SEIZE

LA BILE dans la bouche de Maya ne passait pas, et elle avait déjà vomi deux fois. Elle avait mal à la tête, et ses membres étaient trop lourds pour qu'elle continue à se maintenir longtemps.

Ça ne pouvait pas être en train d'arriver. Non. C'était un simple cauchemar. Elle se réveillerait bientôt, et tout serait comme avant que sa vie ne s'effondre autour d'elle. Peut-être qu'elle se réveillerait entre ses deux hommes, et tout irait bien.

Et voilà, elle était encore en train de se raconter des histoires.

Elle ne vomirait pas encore une fois. Non, non.

Et même si elle vomissait, peut-être que c'était la grippe. Oui, c'était sûrement la grippe. C'est ce que tout le monde disait après, tout.

Elle baissa les yeux sur les deux petites lignes roses et poussa un juron. Puis elle regarda à ses pieds, vu qu'elle était assise sur le sol des toilettes, appuyée contre un mur, et elle jura à nouveau. Six autres tests de marques différents étaient éparpillés par terre. Ils semblaient la fixer. La juger.

Oui, ces petits connards la jugeaient.

Les petits enfoirés.

Certains avaient deux lignes roses. D'autres avaient deux fenêtres, l'une bleue, l'autre d'un violet profond. Il y en avait même un avec un mot dans la petite fenêtre, un mot cruel.

Enceinte, ça disait.

Enceinte.

Elle, Maya Montgomery, était enceinte.

Et elle ne savait pas qui était le père. Elle l'avait fait avec les deux hommes sans protection, et elle avait même eu une rupture de préservatif avec Border avant de décider de s'en passer. Ils étaient clean, ils avaient fait le test. Et elle prenait la pilule, *bon sang*.

Elle n'était pas censée être enceinte. Pour l'amour de Dieu, les autres femmes de sa famille étaient enceintes. Il y avait déjà suffisamment de futurs Montgomery comme ça. Elle n'était même pas sûre que ses hommes *l'aimaient*. Ils ne le lui avaient pas dit, et elle avait été trop trouillarde pour le faire, elle. Leur futur était bien plus incertain maintenant qu'il ne l'avait été au début de cette histoire parce qu'ils avaient tous pris grand soin de ne pas évoquer le sujet.

Border pouvait partir à tout moment.

Jake pouvait décider que c'était trop pour lui.

Et Maya se retrouverait seule et enceinte.

Dans une autre relation, ça aurait déjà été trop, mais là, avec trois personnes impliquées dans une société où c'était un tabou d'être plus que deux, et illégal, dans certains cas, c'était encore pire. Elle ne pourrait jamais être mariée avec eux deux à la fois. Ils pouvaient se marier entre eux, désormais, grâce à une décision de la Cour Suprême, et elle pouvait épouser un des deux, mais il n'y aurait jamais d'union légale entre eux trois.

Enfin, ce n'était même pas sûr qu'ils aient envie d'une telle chose, à la base.

Elle avait mal au crâne, et mal partout car elle avait passé la matinée à vomir et à boire bien trop de flotte pour pouvoir faire pipi sur tous ces maudits petits bâtonnets.

Qu'est-ce qui arriverait à cet enfant ? Quel genre de harcèlement aurait-il à essuyer parce que Maya avait été égoïste et s'était dit que tout allait bien se passer dans une relation entre elle et deux hommes ? Elle était sur le point de ruiner la vie de cet enfant parce qu'elle s'était dit qu'elle prendrait Jake tel qu'il était. Et en chemin, elle était tombée amoureuse de Border aussi.

Elle était réellement la salope que les gens pensaient qu'elle était. Sa famille et celle de Jake acceptaient peut-être leur relation, même si elle n'était pas capable de la décrire complètement, mais ça ne voulait pas dire que le reste du monde l'accepterait. Elle avait vu la tête que faisaient les gens quand elle faisait la queue au supermarché avec ses deux hommes. Elle sentait leurs regards quand elle sortait dîner avec eux. Même s'ils avaient fait très, *très* attention à n'avoir l'air de rien, ils n'avaient pas été capables de le cacher. Il y avait une raison, si c'était aussi explosif au lit (et sous la douche, sur le canapé et le plan de travail) entre eux, et ça voulait dire que ce serait toujours difficile pour elle, Jake et Border de cacher ce qu'il y avait entre eux.

Et voilà qu'elle était enceinte et qu'elle ne savait pas exactement qui avait engendré cet enfant. Ça aurait pu être n'importe lequel des deux, et si elle avait eu les idées un peu plus claires, elle aurait su au fond d'elle que les deux réclameraient la paternité de cet enfant. Ou peut-être qu'elle ne faisait que projeter ses espoirs sur la situation. Tout était encore si *nouveau* entre eux qu'ils n'avaient jamais parlé de ce qui se passerait si elle tombait enceinte. Ils n'avaient même pas parlé de la possibilité qu'elle emménage avec eux, ou de ce que Border allait faire comme travail ensuite.

Bon sang, ils avaient été tellement concentrés sur le gouvernail qu'ils avaient failli par faire chavirer le bateau... et chavirer son cœur.

Sa bouche s'emplit de bile à nouveau, et elle renifla, refusant de laisser les larmes couler. Elle était Maya Montgomery, bon sang, et elle ne pleurait *pas*. Pleurer, c'était pour les faibles.

Si elle avait cru cela, elle n'aurait pas été une Montgomery.

Mais si elle pleurait, ça rendrait tout cela beaucoup plus réel. Elle posa une main sur son ventre vide et ferma les yeux. *Ce n'est pas possible*, se répéta-t-elle une fois de plus. Pourquoi ne se réveillait-elle pas de ce rêve, de ce cauchemar ?

Elle se pinça le bras et jura quand elle se retrouva avec une marque rouge et un élan de douleur qui lui confirma que tout ça n'était que trop réel. Elle n'allait pas se réveiller. Elle allait devoir affronter les conséquences de ses décisions.

De toute sa vie, elle n'avait jamais pensé qu'elle serait un jour une de ces filles qui tombent enceintes involontairement. Elle avait toujours pensé qu'elle était intelligente, intouchable. Elle prenait la pilule pas seulement pour réguler ses menstruations, mais aussi parce qu'elle aimait le sexe, bon sang, et ça avait été le cas depuis ses dix-sept ans. Elle utilisait *toujours* des préservatifs, sauf avec Border et Jake. Et quand cette satanée capote s'était brisée, elle s'était dit que sa contraception était là pour ça, alors elle ne s'était même pas posé la question de la pilule du lendemain.

À cause de son manque de préparation et de ses mauvaises décisions, elle aurait un bébé d'ici neuf mois, et elle ne savait toujours pas ce qu'il y avait entre elle et les deux hommes de sa vie.

Maya savait qu'il y avait d'autres solutions à ce genre de situation : l'adoption ou l'avortement, bien sûr, mais franchement, ce n'était pas possible pour elle. Elle ne pouvait pas mettre fin à cette grossesse parce qu'elle ne savait pas où elle en était. Si elle avait été plus jeune, qu'elle n'avait pas trop su qui elle était ou ce qu'elle voulait faire de sa vie, ça aurait pu être une solution. Et il en allait de même pour l'adoption.

Mais elle n'était pas une étudiante de vingt ans, dépourvue d'autres possibilités. Ce n'était pas parce qu'elle ne savait pas qui était le père ou comment Border et Jake réagiraient qu'il fallait qu'elle prenne des décisions hâtives.

Et pourtant, en posant la main sur son ventre une nouvelle fois, elle sut qu'elle ne pouvait pas refuser cela, qu'elle ne pouvait pas arrêter ce qui était arrivé et l'avait changée si vite. Elle allait avoir un bébé.

Qu'est-ce qu'elle allait faire ? Comment allait-elle gérer ça ? Elle n'en avait pas la moindre idée.

Le bruit d'une porte qui claquait la tira de ses pensées, et elle prit une brève inspiration. Elle se releva, et les tests de grossesse s'éparpillèrent par terre. Elle jura et essaya de les ramasser, mais elle avait été bête et en avait trop fait. Il ne fallait pas que les garçons apprennent ça maintenant, pas comme ça. Les larmes finirent enfin par couler sur ses joues, et elle ne prit pas la peine de les essuyer. Elle n'avait pas le temps. Elle n'aurait jamais assez de temps.

Elle jeta quatre des tests et était sur le point de ramasser les trois autres quand la porte de la salle de bain s'ouvrit. Quelle idiote elle avait été de ne pas la fermer. Il faut dire qu'elle était dans tous ses états, complètement perdue. Sans mentionner le fait qu'elle était chez elle.

— Qu'est-ce qui se passe, bébé ? demanda Jake avant de se figer.

Son regard tomba sur les tests dans ses mains, et sur les autres qui dépassaient de la poubelle. Maya était agenouillée par terre, des larmes plein le visage, les cheveux emmêlés, sa culotte autour d'une cheville. Elle avait été un peu stressée en faisant les derniers tests.

Il m'a appelée bébé, pensa-t-elle.

Bébé. Oh, il y avait un bébé dans l'histoire, et ce n'était pas elle. Peut-être que si elle n'avait pas été en train de faire une crise de panique ou un infarctus en cet instant, elle aurait dit un truc du genre pour briser la tension. Au lieu de ça, elle ouvrit la bouche comme un poisson qui essaierait de respirer dans l'air.

Ça ne marchait pas très bien.

Border se glissa derrière Jake et avisa l'état dans lequel elle se trouvait avant de croiser son regard. Elle cligna des yeux et essaya de trouver quelque chose à dire, mais il semblait qu'aucun mot ne corresponde à ce qui se passait.

— Maya, murmura Border. Prends de grandes inspirations, mon cœur.

Il s'agenouilla devant elle et lui prit les tests des mains pour les passer à Jake.

— J'ai fait pipi là-dessus.

Oh, oui, très classe. De toutes les choses à dire dans cette situation, parler de son urine, c'était pas mal, niveau lobotomie.

Seigneur, il fallait qu'elle se reprenne ou elle allait se briser. Enfin, elle n'était pas certaine que ce ne soit pas déjà fait.

— Je crois que c'est comme ça que ça marche, oui, grinça Jake. Tu t'en occupes ?

Cette phrase semblait s'adresser à Border, mais Maya ne savait pas trop ce qu'elle voyait. À vrai dire, elle ne voyait rien du tout à travers ses larmes.

Border tira sur sa cheville, et elle remonta sa culotte.

Classe, pensa-t-elle à nouveau. *Oh, vraiment classe.* Il passa un bras sous ses genoux et l'autre autour de ses épaules avant de la soulever contre son torse. Elle poussa un glapissement et s'accrocha à son cou.

— Je suis trop lourde, hoqueta-t-elle.

— Tu risques de l'être davantage d'ici peu.

Il dit ça si calmement qu'elle fut bien en peine de deviner ce qu'il pensait. Mais c'était comme ça, avec Border. Elle ne savait jamais ce qu'il pensait. Pourquoi les deux garçons n'étaient-ils pas en train de paniquer comme elle ?

Cette pensée assécha ses larmes, et elle fut enfin capable de se concentrer sur ce qui se passait autour d'elle. Jake se tenait dans son salon et serrait fermement les tests dans ses mains. Les veines de son avant-bras ressortaient, et, en d'autres circonstances, elle aurait trouvé ça sexy. Mais en cet instant, elle ne voyait que sa tension.

Border ne pipa mot en la posant sur ses pieds. D'habitude, quand il faisait ça, il passait toujours son bras autour de sa taille et la tenait contre lui. Mais cette fois, il fit deux pas en arrière. La distance que cela créa entre eux lui sembla un gouffre béant, aussi abyssal que la cassure dans son cœur.

Ils la regardaient mais ils ne voyaient rien. Personne ne parlait, et la tension dans la pièce augmentait chaque seconde. Quand elle parvint enfin à reprendre sa respiration, les voir agir ainsi eut une espèce d'effet anesthésiant sur elle. Elle avait l'impression d'être droguée mais cela lui permit de réfléchir à ce qu'elle devait faire ensuite.

Quand Jake fit un pas, non vers elle mais vers Border, elle sut *exactement* ce qu'elle devait faire.

Ce serait toujours eux contre elle. Elle serait toujours l'intruse. Elle l'avait su quand elle était arrivée dans la vie de Jake, au départ. Elle avait pensé qu'elle s'en sortirait, d'une façon ou d'une autre, dans son amitié avec Jake quand elle avait cru qu'il épouserait Holly. Mais c'était tellement différent, désormais. Différent au point qu'elle savait qu'elle ne serait plus jamais tout à fait entière.

Avec ce mouvement entre eux et leur silence, elle comprit que, même s'ils avaient peut-être envie d'elle, même s'ils avaient peut-être besoin d'elle dans une certaine mesure, elle ne serait jamais pour eux ce qu'ils étaient l'un pour l'autre. Ils partageaient une histoire commune qu'elle ne pouvait qu'effleurer, dont elle ne pourrait jamais totalement faire partie.

Une petite part d'elle savait que c'étaient les émotions, et peut-être les hormones, qui étaient en train de parler. Mais la voix qui dominait en elle disait que, pour se protéger, pour protéger ce qui était en train de grandir en elle, il fallait qu'elle soit forte.

Il fallait qu'elle soit la Maya Montgomery qu'elle était avant de tomber amoureuse de Jake Gallagher. Avant de tomber amoureuse de Border Gentry.

— Je suis enceinte, dit-elle simplement.

Mais il n'y avait rien de simple là-dedans.

Border regarda les tests dans les mains de Jake et garda le silence. Jake se racla la gorge.

— Je vois ça, grinça-t-il.

Elle cligna rapidement des yeux. Il fallait qu'elle en finisse avant de s'effondrer une fois encore.

— Je sais que nous n'avions pas prévu cela, mais c'est arrivé. C'est comme ça que ça marche, je suppose.

— On dirait, ajouta Jake.

Border ne dit rien. Évidemment.

— Je sais que nous n'en avions pas parlé, mais ce n'est pas grave. Je comprends. On va trouver une solution parce que c'est comme ça qu'on fonctionne, mais je sais que tout ça est arrivé un peu trop vite.

Elle eut un rire un peu fou.

— Je veux dire, on était censé tomber amoureux d'abord, hein ?

Aucun d'eux ne répondit rien, et elle se força à ne pas reculer sous la force du coup. Bon sang...

Ils ne l'aimaient pas.

Ils ne disaient rien, ils n'allaient rien dire. Après tout ce temps et tout ce qu'ils avaient traversé, ils ne l'aimaient pas. Elle avait beau s'être dit qu'elle s'éloignerait pour qu'ils puissent être ce dont ils avaient besoin, il y avait une petite part d'elle qui avait toujours pensé qu'ils l'aimaient comme elle les aimait.

Elle s'était terriblement trompée.

Elle fit craquer ses épaules et afficha la façade qui faisait d'elle la Maya Montgomery que les autres gens connaissaient. Elle avait abaissé sa garde devant ces deux-là, mais elle avait à nouveau besoin de ce bouclier.

— Comme je disais, ça va un peu trop vite, et je sais qu'on va avoir besoin de parler de ce qu'on fera plus tard, mais j'ai besoin de temps.

Sa voix menaçait de se briser et elle fit une pause pour se reprendre. Il était hors de questions qu'elle s'effondre devant eux alors qu'ils refusaient de dire quoi que ce soit.

— C'est un peu trop de gérer tout ça, là, alors... oui...

Elle les regarda une nouvelle fois, les suppliant de dire ne serait-ce qu'un mot, mais ils gardèrent le silence.

Ils ne diraient rien.

— Je m'en vais, murmura-t-elle. Ça a toujours été vous deux. Et je le comprenais. Vraiment. Sauf que j'ai arrêté de le comprendre. Donc oui, je vais partir et vous laisser tranquille. On verra comment on s'organise plus tard, mais oui, c'est un peu trop, là, tout de suite.

Comme ils ne disaient toujours rien, que ce soit à cause du choc ou parce qu'un truc clochait sérieusement chez eux, elle soupira et se détourna. Elle prit son sac à main et sortit aussi calmement que possible de son propre appartement, y laissant les deux hommes seuls.

Sauf qu'ils n'étaient pas seuls, n'est-ce pas ?

Non, c'était elle qui était seule. Parce que c'était elle qui était tombée enceinte, comme une idiote, de deux hommes qui ne l'aimaient pas, qui avaient clairement plus de sentiments l'un pour l'autre que pour elle.

Elle était trop conne.

Avec un soupir, elle roula jusqu'à son autre maison, le studio qui l'avait toujours apaisée. Ce serait son refuge, l'endroit où elle se sentirait utile et en sécurité. Elle savait qu'elle risquait d'y voir sa famille, c'était très probable, même, mais peut-être qu'ils l'aideraient. Ils avaient toujours été là pour elle, même quand elle cachait ses sentiments pour Jake à la face du monde.

Peut-être que les Montgomery lui permettraient de guérir alors que Jake et Border n'avaient pas dit le moindre mot.

Elle se gara sur le parking derrière le studio et coupa le moteur en tremblant. Elle n'allait pas y arriver. Elle ne pouvait pas avoir un bébé avec deux hommes qui ne l'aimaient pas, qui ne s'étaient pas battus pour la garder. Elle leur avait dit qu'elle était enceinte, et ils n'avaient pas décroché un mot. Au lieu de ça, ils s'étaient rapprochés l'un de l'autre, et elle s'était sentie exclue.

Maya ne savait pas quelle était la prochaine étape mais elle savait qu'il lui était impossible d'y réfléchir alors qu'elle n'avait pas l'impression d'être elle-même. Sauf qu'elle ne savait plus ce que c'était, d'être elle-même, et elle n'était pas sûre de le savoir à nouveau un jour.

Un coup frappé à la vitre de la voiture lui arracha un cri. Elle se tourna pour voir quelqu'un qu'elle ne pensait plus jamais revoir, et pourtant, cette femme était peut-être la seule capable de l'aider car il n'y avait aucune attente entre elles.

Maya ouvrit la portière et poussa un soupir.

— Holly.

Celle-ci saisit ses mains, et sa chaleur apaisa un peu le courant glacé qui parcourait Maya.

— Qu'est-ce que ce pauvre con a fait ?

Ça ressemblait si peu à Holly de jurer ainsi que Maya ne put retenir un éclat de rire alors même que des larmes coulaient sur ses joues.

— Il n'a rien fait, finit-elle par dire.

— Tu déconnes.

Maya pouffa à nouveau. Dans n'importe quelle autre situation, elle aurait félicité Holly de la faire rire comme ça mais, là, elle n'en avait pas le courage.

— Non, vraiment, il n'a rien fait du tout. Et Border non plus.

Elle croisa le regard de Holly sans comprendre pourquoi elle s'apprêtait à lui en dire plus, mais consciente qu'elle en avait besoin.

— Je leur ai dit que j'étais enceinte, et ils n'ont pas dit un mot.

Holly écarquilla les yeux, et Maya aurait pu se maudire.

Et toi, tu vas balancer à l'ex de Jake que tu es enceinte alors que ça ne fait pas si longtemps qu'ils ont rompu, bravo. Ce n'est pas gênant du tout.

— Et il n'a rien dit ? demanda Holly.

Elle secoua la tête, l'air dégoûté.

— Ah, les hommes, dit-elle en sifflant. Ce sont des abrutis.

Maya renifla et s'essuya le visage. Bon sang, si seulement elle était comme Meghan qui avait toujours des mouchoirs dans son sac ou dans sa voiture. Bien sûr, Meghan avait deux enfants et en attendait un troisième, alors c'était logique. Maya se raidit. Bon sang, bientôt, ce serait elle qui aurait des mouchoirs dans son sac, des lingettes pour bébé, et tous ces trucs de *maman* qui l'avaient toujours déconcertée.

Elle allait devenir mère.

— Je me sens pas très bien, marmonna-t-elle en descendant hâtivement de voiture.

Elle s'agenouilla dans le petit carré d'herbe qui bordait le parking et vida le reste de son estomac. Pendant ses nausées, Holly tint ses cheveux en murmurant des paroles apaisantes.

Jamais elle n'aurait imaginé se retrouver dans cette situation avec l'ex de Jake qui lui tiendrait les cheveux. À part une petite réaction à l'idée que Jake puisse devenir père, Holly avait essayé de la réconforter et s'était montrée en colère *pour* Maya plutôt que *contre* elle. C'était une femme peu ordinaire, mais en cet instant, Maya ne parvenait à penser qu'à elle. C'était peut-être égoïste, mais cela semblait la conséquence d'être tombée accidentellement enceinte d'un de ses amants qui, apparemment, ne l'aimaient pas.

— Tiens, bois ça, dit Holly.

Maya se tourna pour prendre la bouteille d'eau ouverte qu'elle lui tendait. Elle avala une gorgée hésitante avant d'en boire davantage.

— Merci. J'ai bu beaucoup d'eau, aujourd'hui, pour pouvoir faire, genre, onze tests, mais apparemment, j'ai toujours soif.

Les sourcils de Holly se haussèrent.

— Onze ?

— C'était peut-être sept.

Maya s'assit complètement et poussa un soupir.

— Mes souvenirs ne sont pas très nets après les cinq premiers.

Elle grimaça.

— Je crois que j'ai paniqué.

Holly soupira et s'assit à côté de Maya. Ses vêtements tout propres et bien coupés risquaient de se retrouver avec de drôles de taches.

— Tu viens d'apprendre que tu es enceinte, et je suis à peu près sûre que ce n'était pas prévu, alors je pense que tu as le droit de paniquer.

Maya poussa un soupir.

— Mais je crois que j'ai paniqué un peu plus que je n'aurais dû.

Elle fit taper sa langue contre sa lèvre et essaya de faire le point sur ses pensées. Des larmes coulèrent sur ses joues, mais elle les ignora. Elle était tout le temps en train de pleurer, ces derniers temps.

— Tu pleures, Maya. Et tu es toute seule en ce moment, et c'est à moi que tu parles, même si je sais que tu n'es pas super fan de moi. Alors, parle-moi, ma belle. Dis-moi ce que tu penses.

Holly posa la main sur le genou de Maya, et celle-ci cligna des yeux.

— Pourquoi tu penses que je ne suis pas fan de toi ?

Vu la spirale émotionnelle dans laquelle elle se trouvait, elle n'était pas sûre d'être fan de grand monde, de toute façon. Holly leva les yeux au ciel.

— Je savais que tu l'aimais, Maya.

Elle grimaça.

— Ce n'était pas pour ça que j'étais avec lui. Mais je savais. Et j'ai essayé de l'ignorer parce que je pensais que je me trompais, ou que j'avais envie de croire que je me trompais. Et je croyais que Jake avait envie d'être avec moi, et qu'on trouverait un moyen pour que ça fonctionne. Sauf que ça ne marche jamais comme on veut, et quand j'ai compris que Jake était amoureux de toi aussi ? J'ai tout arrêté. Je ne voulais pas me tenir entre vous et puis je me connais mieux que ça. Je refusais de me retrouver au milieu et de finir par avoir mal.

Maya la contempla, choquée.

— Tu *savais* ?

Holly lui adressa un sourire triste.

— Bien sûr que je savais, Maya. Et je me sens horrible d'être restée aussi longtemps avec lui en sachant que tu étais amoureuse de lui. Je... je ne m'étais pas aperçue que c'était réciproque jusqu'à ce qu'il soit presque trop tard.

Le cerveau de Maya analysa lentement les paroles de Holly, et elle secoua la tête.

— Non, il ne m'aime pas, Holly. Pas comme ça. Il ne me l'a pas dit une seule fois.

Holly haussa un sourcil.

— Et toi, tu lui as dit que tu l'aimais ?

Maya pinça les lèvres et secoua la tête. Holly poussa un soupir et reprit la parole.

— Jake ne partage pas facilement ses émotions. Tu le sais. Il donne peut-être l'impression d'être ouvert et transparent en ce qui concerne ses sentiments, mais il est tout aussi doué que toi pour les cacher. S'il ne t'a pas encore dit qu'il t'aimait, c'est soit parce qu'il attend que toi et Border le fassiez en premier, soit parce qu'il est en train de planifier les quarante étapes précédentes pour s'assurer que tout soit parfait quand il finira par te le dire.

Maya observa l'autre femme. Holly semblait bien mieux connaître Jake qu'elle ne l'aurait cru. Cela dit, elle n'aurait pas dû être surprise, vu que Holly et Jake étaient restés ensemble assez longtemps et que son interlocutrice était apparemment assez douée pour percer à jour la psyché des gens.

— Ça s'est cassé la gueule entre moi et Jake, mais ce n'est pas grave, dit Holly avec un autre petit sourire triste. Oui, c'est nul, mais ça lui a permis de finir avec toi et Border. On m'a dit qu'il était plus heureux que jamais.

Il y avait une certaine sécheresse dans sa voix, et Maya grimaça.

— On ?

Holly eut un rire sec.

— Pas ta famille ni tes amis proches. Mais d'autres gens dans l'entourage qui aiment bien me faire sentir que Jake m'a non seulement quittée pour sa meilleure amie, mais aussi un homme qui avait été son meilleur ami par le passé.

— Mais il ne t'a pas quittée, murmura Maya. C'est toi qui es partie.

Holly serra son genou.

— Il aurait fini par le faire. Il aurait fini par comprendre quoi faire de ses sentiments. Je crois que le fait que Border se pointe à sa porte ce soir-là a dû tout remettre en perspective pour lui, au moins un peu. Il n'était pas mien, Maya. Il ne l'a jamais été, et ça ne me dérange pas.

Elle marqua une pause.

— Plus maintenant, en tout cas.

— Je suis désolée, dit Maya. Je n'ai jamais voulu m'interposer.

Holly secoua la tête.

— Tu étais là depuis le début. C'était moi, l'intruse.

Elle leva la main.

— Assez parlé de ça. Je ne fais pas partie de l'équation. C'est de toi, Jake, Border et cette petite cacahuète qu'il s'agit.

Ça fit rire Maya.

— Cacahuète ?

— Un grain de riz ? Un point d'encre. Je ne sais pas encore comment tu veux l'appeler, mais pour le moment, dis-moi pourquoi tu pleures, au juste.

Maya se dit qu'il fallait qu'elle reprenne du début pour que son cerveau fonctionne.

— Je leur ai dit que j'étais enceinte, enfin, pour être exacte, ils m'ont trouvée par terre avec tous les tests et ils ont compris par eux-mêmes. Je leur ai dit que c'était trop rapide mais qu'on trouverait une solution. Et ils n'ont rien dit. Littéralement rien. Je leur ai dit qu'on aurait dû commencer par se dire qu'on s'aimait, et ils ne m'ont pas dit qu'ils m'aimaient. Au lieu de ça, ils se sont rapprochés l'un de l'autre. Alors je suis partie. Ils étaient ensemble en premier, Holly. C'est moi qui me suis mise au milieu.

Holly soupira et ramassa un gravier par terre.

— Jake t'aime, Maya. Je ne connais pas du tout Border, mais je pense qu'on peut partir du principe qu'il tient à toi s'il était prêt à être dans une relation à trois comme ça. Et oui, Jake t'aime, mais c'est un idiot. Comme je l'ai dit, je ne connais pas Border mais je connais Jake. Parle-lui. Parle-*leur*. Ne t'en va pas. Je sais que tu as l'impression que c'est ce que tu devrais faire parce que ça fait mal de rester, mais ne pars pas. Donne-leur une chance de dire quelque chose. Parce que, Maya, toi non plus tu n'as pas dit à Jake que tu l'aimais.

Maya cligna des yeux.

— Mais... mais... il devrait le savoir.

Et apparemment, c'était aussi stupide pour Holly que ça l'était à ses propres oreilles car elle se contenta de hausser un sourcil en la regardant.

— Peut-être qu'il pense que toi aussi, tu devrais le savoir. S'il ne dit toujours rien quand tu lui auras parlé sans être en train de sangloter et de paniquer, là tu pourras lui botter les fesses. Je te donnerai un coup de main, s'il faut, mais tu n'en auras probablement pas besoin. Tu sais pourquoi ? Parce que tu es Maya Montgomery et que tu gères. C'est compris, ma belle ? Tu vas t'en sortir. Il faut simplement que tu aies la foi et que tu les fasses parler. Parce qu'ils sont probablement en train de paniquer autant que toi en ce moment, et ça n'aide personne.

Maya fixa l'autre femme, l'esprit en vrac.

— Je ne leur ai pas dit que je les aimais.

— Non, en effet.

— Je suis une idiote. Il faut que j'aille les voir. Leur dire. Je n'aurais pas dû m'enfuir. Pourquoi je me suis enfuie, bon sang ?

— Parce que ça fait peur, et c'est normal. Mais il faut que tu retournes les voir.

Maya se leva et entraîna Holly avec elle pour la serrer fort dans ses bras.

— Merci, murmura-t-elle.

— Quand tu veux, répondit doucement Holly. Quand tu veux. Et Maya ? Félicitations.

Les larmes lui montèrent aux yeux à nouveau, et elle laissa un rire tremblant lui échapper. Elle allait s'en sortir. Elle s'était enfuie parce qu'elle avait eu peur, et cette peur avait accentué la moindre parcelle de doute qu'elle ressentait quant à cette relation. Elle allait régler ça, leur dire qu'elle les aimait et leur ouvrir son cœur. Parce que ne pas savoir ce qui arriverait si elle le faisait était plus douloureux que tout le reste.

Elle allait devenir mère.

Et elle aimait les deux idiots qui l'avaient mise enceinte.

Alors elle ferait mieux de trouver un moyen pour que tout ça fonctionne.

CHAPITRE DIX-SEPT

BORDER FIXA la porte qui venait de se refermer et attrapa les clés de Jake sans regarder l'autre homme.

— Tu comptes la suivre ? demanda Jake d'une voix creuse.

— Elle a besoin de respirer, et je ne vais pas la suivre alors qu'elle a clairement envie qu'on lui foute un peu la paix. Mais rester là, dans son appartement, alors qu'elle est partie ? Non merci. On ira la voir quand elle aura besoin de nous. Parce que, bon sang, elle va avoir besoin de nous.

Border fonça jusqu'au SUV de Jake et s'installa au volant. Son pick-up était complètement hors service, et il faisait trop froid pour conduire sa moto. C'était Jake qui les avait conduits ici, mais il n'était pas d'humeur à jouer les passagers en cet instant. Tout partait en vrille, et il avait besoin de contrôler au moins une chose, le volant, par exemple.

Jake s'installa du côté passager et claqua la porte.

— Je n'ai pas pu fermer les deux verrous sur la porte de Maya vu que c'est toi qui as mes clés.

Border ferma les yeux en démarrant le SUV.

— Au moins, il y en a un de fermé.

— Vraiment ? Après tout ce bordel que tu nous as fait parce qu'il y a des gens qui en ont après toi ? Tu n'en as rien à faire de sa sécurité.

Border grogna, rouvrit les yeux et démarra pour rentrer chez Jake.

— Va te faire voir. Bien sûr que je me préoccupe de sa sécurité. Elle est enceinte de *notre* bébé, et je ne sais même pas où elle est. Donc, oui, je suis inquiet.

— Seigneur Jésus, balbutia Jake. Elle est enceinte. Comment c'est arrivé, bon sang ?

Jake se passa la main dans les cheveux, il aurait eu besoin d'une petite coupe, et souffla par le nez. Border resta silencieux un moment alors qu'il roulait vers chez lui. Ce n'était pas loin de chez Maya, et il soupçonnait que ce n'était pas un hasard. Ils étaient meilleurs amis, après tout.

— Tu sais comment c'est arrivé, dit-il d'une voix tendue en se garant dans l'allée de Jake.

L'allée de Jake. La maison de Jake. Bon sang, il vivait ici depuis un certain temps, mais il voyait toujours ça comme chez Jake. Peut-être que s'ils avaient eu une conversation sur le fait qu'il n'avait même pas pris la peine de chercher un autre appartement, Maya ne se serait pas enfuie comme ça en découvrant qu'elle était enceinte.

Maya n'était pas le genre de femme à prendre la fuite quand les choses devenaient compliquées.

C'était eux qui lui avaient provoqué cette situation.

Et maintenant, ils allaient devoir l'arranger.

Mais d'abord, il fallait qu'il règle ce qui n'allait pas entre lui et Jake.

Il coupa le moteur et rentra dans la maison, Jake sur les talons. Il posa les clés sur la table et se passa une main sur le visage.

— On a merdé, dit-il lentement.

Jake croisa son regard.

— Oui, en effet. Elle est enceinte, Border.

Il fut pris d'agacement.

— Ce n'est pas là qu'on a merdé. Quoi qu'il arrive, ce bébé est le nôtre, Jake. Le tien, le mien, et celui de Maya. Je me fiche de ce que dit l'ADN, ce bébé est le nôtre.

Jake leva les mains vers le ciel.

— Bien sûr, ducon. Ce n'est pas ce que je dis. Mais ça ne faisait pas partie de nos plans. On était d'abord censé consolider notre relation, demander à Maya d'emménager avec nous pour qu'elle soit là tout le temps et qu'on soit tous conscients d'être dans une relation sérieuse. Et c'est là que je comptais vous demander de m'épouser, même si je sais que ça n'aurait pu être légal qu'avec un seul d'entre vous. Une fois ça fait et tous les papiers signés pour s'assurer qu'on était au clair sur le plan légal, on aurait eu des enfants. C'était comme ça que c'était censé marcher.

Border fixa l'autre homme et sentit un muscle de sa mâchoire se contracter malgré lui.

— Vraiment ? Vraiment ? C'était ça le plan ? C'est sympa de nous en avoir fait part, sale con. Maya vient de nous quitter parce qu'on n'était pas capable de dire les mots qu'elle avait besoin d'entendre, mais tu avais tous ces plans dans ta tête. Peut-être que tu aurais pu nous *dire* ce que tu pensais.

Jake ferma les yeux avant de passer une main sur mon menton.

— Apparemment, je croyais que vous pouviez tous les deux lire dans mes pensées. Oui, je suis un idiot, mais je commençais tout juste à y voir clair moi-même dans le plan.

— C'est le genre de plan qu'on était censé établir à *trois*, ensemble. Et bon sang, Jake, tout est parti en couille, de toute façon.

— Elle est partie, murmura son amant.

— Et elle reviendra. Ou bien on la traînera ici nous-mêmes. Parce qu'on n'a pas parlé, et c'est de notre faute.

Border marqua une pause.

— Et de la sienne aussi, mais il y a un bébé qui grandit dans son ventre en cet instant même, donc je pense qu'elle a le droit de paniquer.

Jake déglutit et sa gorge se contracta.

— On va avoir un bébé.

Border hocha la tête et fit quelques pas vers lui.

— Oui, on va avoir un bébé. Et pourtant, on n'a rien dit de ce qui était important. Qu'est-ce qu'on fait, Jake ?

Jake étrécit les yeux en le regardant.

— Tu veux qu'on en parle maintenant ? Sans Maya ?

— Elle n'est pas là, et ce n'est pas simplement nous trois, c'est aussi nous deux, et chacun de nous avec Maya. Donc, oui, il faut qu'on parle. Qu'est-ce qu'on fait quand on la revoit, Jake ? Est-ce qu'on panique et on l'oblige à choisir ? Est-ce qu'on essaie de partir sur un « ils vécurent heureux jusqu'à la fin de leurs jours » ? Vers quoi on va, Jake ?

Jake croisa son regard, de la terreur pure au fond des yeux.

— Je t'aime, putain, Border. C'est ça que tu veux entendre ? Je t'aime. Et j'aime cette femme aussi. Tout autant. Je pourrais être heureux avec uniquement toi ou uniquement Maya, mais je ne serais jamais complètement moi. J'ai *besoin* de vous deux. Et maintenant, on va être responsables d'une nouvelle vie dans ce monde, et je suis terrifié.

Border se rapprocha, les poings serrés le long du corps.

— Je t'aime aussi, Jake. Je t'ai toujours aimé. Même pendant que j'étais parti, quand je me suis enfui pour essayer de comprendre qui j'étais, je t'aimais. On est vraiment foutus, tu le sais, hein ?

Les sourcils de Jake retombèrent.

— Qu'est-ce que tu veux dire ?

— Peu importe ce qu'on fait, Maya nous tient en laisse. Et franchement, ça ne me pose pas de problème.

Il se rapprocha au point de sentir la chaleur de l'haleine de Jake. Il passa une main derrière la nuque de son amant. Jake laissa un soupir lui échapper.

— Oui, et ça ne me pose pas de problème non plus. Mais il faut qu'on la retrouve et qu'on lui dise ce qu'on ressent. Parce qu'on a merdé en ne disant rien.

Border resserra sa main autour de sa nuque, et Jake frissonna.

— Elle ne nous a pas laissé le temps de trouver quoi dire, mais oui, on a merdé.

Il se pencha en avant, si proche qu'il pouvait sentir le souffle de Jake sur ses lèvres.

— Qu'est-ce qu'on va faire alors ? demanda-t-il d'une voix haletante.

En guise de réponse, il écrasa les lèvres de Jake sur les siennes, lui donnant tout ce qu'il avait. Son cerveau ne fonctionnait plus. Il n'arrivait plus à réfléchir. Lui et Jake allaient devenir *pères*, et pourtant, la seule chose sur laquelle il arrivait à se concentrer pour le moment, c'était Jake. Jake avait besoin de lui. Il avait besoin de se rappeler qui il était. Bon sang, Border avait besoin de s'en rappeler lui aussi.

La langue de Jake glissa contre la sienne, et Border approfondit le baiser. Il avait besoin de prendre le contrôle et avait conscience qu'il en allait de même pour Jake. Leurs respirations se firent haletantes alors que leurs bouches luttaient pour la domination.

C'était son futur, son passé, son présent. Et pourtant, sans Maya, ça ne suffisait pas.

Jake se retira abruptement. Il se passa une main sur le visage alors que sa poitrine se soulevait rapidement.

— Bordel, qu'est-ce que c'était que ça ?

Border passa son pouce sur ses lèvres et contempla fixement l'autre homme.

— Exactement ce que tu penses. On était stressés et on avait besoin l'un de l'autre, alors j'ai fait ce qu'il fallait.

Son corps était plein de désir, mais ce n'était pas ce dont il s'agissait. Il s'agissait de permettre à Jake de relâcher la pression et de trouver ce qu'il lui fallait.

— Maya est quelque part, là, dehors, enceinte, seule, elle a mal, et moi, je te laisse m'embrasser comme ça. Quel genre d'homme est-ce que ça fait de moi ? Quel genre d'homme est-ce que ça fait de *toi* ? cracha Jake.

Border se raidit, mais il fit de son mieux pour garder un visage neutre.

— Je pense que ça fait de nous des hommes qui s'aiment et qui viennent de décider de bâtir un futur ensemble. Pour nous deux *et* pour la femme qui porte notre enfant. Donc, oui, j'ai pensé que c'était acceptable de t'embrasser comme ça parce que tu en avais besoin. Parce que je pensais que nous avions besoin de nous rapprocher. Je suis désolé si je me suis trompé.

Le visage de Jake prit une expression blessée, et Border eut envie de se foutre des baffes. Bon sang, il pouvait bien dire ce qu'il voulait par rapport à Jake, il était tout aussi coupable de faire n'importe quoi avec ses émotions et de ne pas savoir dire à quelqu'un ce dont il avait besoin, ce qui lui était nécessaire pour respirer.

— Border, siffla Jake. Putain. On va avoir un bébé. Tu arrives à y croire ? Elle n'est pas là, et pourtant, on va avoir un *enfant*. Comment est-ce qu'on va gérer ? Je suis complètement perdu, là, mais je ne peux pas être là avec toi. En train de faire ça. On devrait être avec elle.

— Alors allons-y, cracha Border.

Pourquoi est-ce qu'il agissait comme ça ? Il fallait qu'il se remette les idées en place et qu'il trouve Maya, parce que là, ça ne fonctionnait pas.

— On devrait être avec elle, répéta Jake. Et qu'est-ce qu'on fout, là ? On se chauffe.

Border tendit la main et attrapa Jake par l'avant-bras alors qu'il passait devant lui.

— On n'était pas en train de se chauffer, et tu le sais.

— Je ne sais rien du tout, cria Jake. Je ne sais pas où elle est. Je ne sais pas ce qu'elle ressent. Et putain, elle ne sait pas ce qu'on ressent non plus. On l'a laissée partir toute seule parce qu'on avait la trouille, et je ne sais pas comment arranger ça. Mais te rouler des pelles, ça ne va rien arranger.

Border lâcha le bras de Jake et recula d'un pas.

— Je vois, dit-il.

Et peut-être qu'il voyait, effectivement.

Jake ferma les yeux et poussa un soupir avant de les rouvrir.

— Non, tu ne vois pas. On est complètement survoltés, entre toutes ces émotions et ce passif qu'on a, et on dit des choses qui n'arrêtent pas de nous blesser alors que ça ne devrait pas. Je t'aime, Border, tu comprends ? Mais j'aime Maya aussi et j'ai besoin qu'elle soit avec nous. Alors je vais aller la trouver parce que c'est dangereux pour elle de gérer tout ce bordel toute seule. Mais je ne suis pas en train de t'abandonner. Je vais simplement la trouver.

Border hocha la tête. Il commençait enfin à s'y retrouver dans le labyrinthe de ses pensées et émotions.

— Je... Il faut que j'y aille, ajouta Jake.

Et il partit de la maison en trombe en emportant ses clés.

Border poussa un juron et baissa les yeux sur ses poings serrés. Ils géraient tout ça très mal. Bon sang, lui et Jake allaient devenir *papas,* et ils n'avaient même pas abordé le sujet. Non, il avait été tout entier absorbé par le fait de faire comprendre à

Jake qu'il comptait pour lui, qu'il avait manqué quelques points très importants. Il fallait qu'il arrête de faire ça.

Et qu'est-ce qu'il venait de faire ? Il avait laissé Jake partir tout seul à la recherche de Maya.

— Eh merde, grommela-t-il.

Il ouvrit la porte en grand, déterminé à rattraper Jake avant qu'il parte, pour qu'ils la retrouvent *tous les deux*. Il fallait qu'ils soient tous les trois, toujours.

Il sortit dans la neige fraîche, et le sang quitta son visage. Des pneus crissèrent au loin, et il aperçut un pick-up bleu avec des bordures dorées. Les clés de Jake et son téléphone étaient par terre au milieu de la cour. Il n'y avait pas encore beaucoup de neige qui tenait au sol, mais suffisamment pour que Border voie qu'on s'était battu.

— Seigneur, marmonna-t-il. Seigneur Jésus.

— Border ? Qu'est-ce qui s'est passé ?

Border pivota sur ses talons et vit Maya courir vers lui. Il n'y réfléchit pas à deux fois, il la rejoignit en trois enjambées rapides, l'attira contre lui, et écrasa sa bouche contre la sienne.

— Qu'est-ce qui s'est passé ? répéta-t-elle, essoufflée, les lèvres gonflées.

— Je crois que les gens qui en ont après moi ont enlevé Jake, lâcha-t-il.

Elle écarquilla les yeux et sortit son téléphone.

— Il faut qu'on appelle les flics. Ils pourront nous aider. Non ?

Il hocha la tête et les fit rentrer tous les deux avant de sortir son téléphone.

— Appelle-les pendant que j'appelle Sanchez.

Il lui avait déjà parlé de Sanchez et de son travail, alors au moins, il n'avait pas besoin de lui expliquer ça, là.

— Dis-leur ce que tu sais, et que Sanchez les contactera.

Il mit rapidement Sanchez au courant et prit le téléphone des mains de Maya pour expliquer aux gens à l'autre bout de la ligne qui il était et ce qu'il avait vu. S'il fermait les yeux, il arrivait à visualiser une partie de la plaque minéralogique. Ça devrait suffire. Il raccrocha, rendit son téléphone à Maya et reprit Sanchez.

— Il faut qu'on le retrouve, cracha Border alors qu'il passait à nouveau les informations à l'inspecteur.

— On va le retrouver.

Il marqua une pause.

— Bon sang. Il n'y a qu'un seul pick-up qui corresponde à cette description et aux quelques chiffres de la plaque d'immatriculation que tu nous as donnés. Un véhicule bleu avec des bordures dorées, c'est plutôt rare. J'ai une adresse.

Border agrippa la main de Maya, mais il essaya de ne pas se donner trop d'espoir.

— Ça ne veut pas dire qu'ils y sont.

— Non, mais c'est une vieille ferme à l'extérieur d'Aurora. Elle n'est plus utilisée, apparemment, mais il y a de la place pour beaucoup de bâtiments.

Border poussa un juron.

— Donne-moi l'adresse. Je te retrouve là bas.

— Tu n'es pas sur cette affaire, Gentry.

— Je m'en fiche. File-moi l'adresse.

Sanchez poussa un juron à son tour, mais il lui donna l'adresse.

— Sois prudent, et n'attaque pas sans moi. Compris ?

— Compris. Je ne suis pas idiot.

Mais s'il avait une occasion, il ne savait pas ce qu'il ferait. Il raccrocha et baissa la tête vers Maya qui le regardait, les yeux étrécis, les bras croisés devant sa poitrine.

— Tu n'y vas pas sans moi.

Border secoua la tête.

— Je ne crois pas. Tu restes ici, avec la porte fermée à clé et le téléphone à la main.

Il la laissa pour aller chercher son pistolet dans le coffre-fort de sa chambre. Il rentra rapidement le code et s'arma. Il avait un permis de port d'arme dans le Colorado à cause de son travail. Mais avec Jake en danger, il n'était pas sûr qu'il s'embêterait à respecter la loi.

— Tu y vas avec un flingue pour récupérer Jake et tu crois que tu peux me laisser derrière ?

Il se tourna brusquement vers elle.

— Tu es enceinte de notre bébé ! Le tien, le mien, et celui de Jake. Ne pense même pas à venir avec moi.

Elle écarquilla les yeux mais elle tint bon.

— Je ne ferai que te suivre. Je ne rentrerai pas à l'intérieur et je ne m'approcherai pas de trop près, mais il n'y a pas moyen que je laisse les deux hommes que j'aime être en danger pendant que je resterai derrière à rien faire.

Le cœur de Border marqua un drôle de battement supplémentaire quand elle dit qu'elle l'aimait, mais il ne s'y attarda pas. Quand elle le redirait à Jake et lui, là il pourrait réagir comme il le fallait. Pour le moment, il savait qu'il devait gérer une Montgomery sacrément entêtée.

— Très bien. Tu restes dans la voiture, les clés sur le contact et prête à déguerpir si je te le dis. Et tu ne feras rien de stupide, même si rien que ça, c'est déjà terriblement stupide.

Il prit son visage entre ses mains et l'embrassa une fois encore.

— La seule raison pour laquelle j'accepte de faire ça, c'est parce que je ne suis pas en *service*. J'y vais uniquement pour m'assurer que les gens dont c'est la mission sortent Jake de là. Ça pourrait être une fausse piste, il n'y est peut-être même pas, mais c'est tout ce que nous avons.

Elle hocha la tête et, même si ses yeux s'humidifièrent un

peu, elle ne pleura pas. C'était Maya. Elle était incroyablement forte.

Quand ils auraient récupéré Jake, celui-ci lui ferait une tête au carré pour avoir laissé Maya s'approcher du danger, mais il n'était pas sûr qu'il y ait moyen de faire autrement. Ils étaient tous les trois, maintenant et toujours.

— Allons retrouver notre homme, gronda-t-il.

Leur homme.

Oh que oui.

La tête de Jake le lancinait là où cet abruti lui avait mis un coup de poing, mais à part ça, il n'était pas blessé. Cependant, les liens à ses poignets n'étaient pas franchement confortables. Jake savait que les gens qui en avaient après la protégée de Border étaient de vrais criminels, qu'ils étaient dangereux, mais il avait le sentiment que ces deux-là n'étaient pas les plus dégourdis de l'équipe.

Oh, ils travaillaient probablement *pour* les gens qui commandaient, mais il n'y avait pas moyen que ces deux abrutis mal dégrossis soient des génies du crime. Ils l'avaient pris par surprise, ça, c'était sûr, mais c'était tout. Entre le pick-up bleu vif et doré et le fait qu'ils s'appelaient par leurs prénoms, Steve et Cal, Jake espérait que Border serait capable de le retrouver rapidement.

Il n'aurait pas dû partir comme ça. Il aurait dû attendre cinq minutes et s'assurer que Border allait bien avant de partir *avec lui* chercher Maya. Bien sûr, s'il avait fait ça, peut-être que Border se serait retrouvé avec lui dans cette vieille grange, les mains liées derrière le dos.

Seigneur, il y avait quelque chose qui clochait avec les

Montgomery et ceux qu'ils aimaient. Entre les coups de feu et les accidents de voiture, ça semblait ne jamais s'arrêter.

Il espérait simplement pouvoir se sortir de ce bordel sans trop de dommages.

— Comment ça, c'est pas Border ? demanda Cal d'une voix aiguë et pleurnicharde.

— J'en suis sûr, haleta Steve.

Il n'était pas exactement petit. Franchement, Jake était un peu vexé de s'être laissé attraper par ces deux-là. Mais ils avaient un flingue, et ce n'était pas comme s'il était habitué à se battre. Il était potier, hein.

— C'est qui alors ?

— J'en sais rien. Un petit minet qui se fait sauter par Border.

Jake grinça des dents. Il allait leur monter qui était un minet. Enfin, s'il arrivait à défaire le serre-câbles.

— Je croyais qu'il était avec la pétasse aux tatouages.

— Il est avec les deux. Il couche avec tout ce qui bouge.

Jake expira par le nez tandis qu'il essayait de relâcher ses liens. Ça ne l'avancerait à rien de se prendre une balle pour avoir envoyé chier ces deux idiots.

— Alors qu'est-ce qu'on va faire de lui ?

— J'en sais rien. Je ne pense pas que Border lui aurait dit où ils ont mis la gamine.

— Et le patron n'avait pas dit qu'ils avaient dû la déplacer entre-temps ?

Steve soupira.

— Oui, il a dit ça. Je ne sais pas pourquoi il nous a dit de suivre Border, du coup.

Il se frotta la nuque.

— Je crois qu'il risque de ne pas être très content qu'on se soit trompé de type.

Cal passa d'un pied sur l'autre.

— Peut-être qu'on devrait le laisser partir.

— Il a vu nos gueules, abruti. On ne peut pas le laisser partir comme ça.

La peur s'empara de Jake, et il se débattit d'autant plus avec les serflex, même si ses efforts étaient vains. Ces satanés morceaux de plastiques étaient pensés pour rester en place jusqu'à ce que quelqu'un les tranche, et il n'avait pas de couteau ou d'objet coupant à portée de main.

— Bon, qu'est-ce qu'on fait, alors ?

Un vacarme retentit à l'extérieur, et Jake se pencha instinctivement pour se protéger.

— Sortez les mains en l'air ! Vous êtes cernés !

Jake laissa un juron lui échapper en voyant les deux imbéciles se précipiter sur leur arme à la place. Ça allait mal se finir, à moins que quelqu'un réagisse avec intelligence.

— On ne veut pas aller en tôle ! cria Steve.

Cal soupira.

— Super, dis-leur qu'on est là.

— Ils le savent déjà ! Ils nous ont appelés.

Ces types étaient des idiots. Des idiots avec des flingues, mais des idiots quand même.

Tout se passa extrêmement vite, après ça. La police envahit le bâtiment, Cal et Steve se mirent à genoux, les pistolets au sol et les mains en l'air. Pas un seul coup de feu ne fut tiré, et Jake en fut sacrément heureux.

Un homme aux cheveux sombres se présenta à lui, un couteau à la main, les sourcils froncés.

— Jake ?

Jake essaya de se redresser et échoua.

— Oui, c'est moi.

— Je m'appelle Sanchez. Je travaille avec Border. Je vais te détacher et tu vas pouvoir le retrouver dehors. Il va piquer une crise en voyant ton œil au beurre noir.

Jake poussa un sifflement quand Sanchez le détacha et l'aida à se relever.

— Border est là ?

— Oui, et ta copine aussi. Ils n'étaient pas très contents de ne pas avoir le droit de venir te voir, mais il faut bien qu'on respecte un minimum les protocoles.

Jake se figea.

— Border a emmené *Maya* avec lui ? glapit-il. Il délire ? À quoi est-ce qu'il pensait ?

Sanchez recula d'un pas et leva les mains.

— On dirait bien qu'elle ne lui a pas laissé le choix. On va s'occuper de la procédure pendant que tu les vois. Il va me falloir une déposition et tout ça, mais d'abord, Border et ta Maya.

Jake poussa un soupir et suivit Sanchez à l'extérieur de la vieille grange. Voir Border au bord de la route, Maya dans ses bras, l'anéantit presque. Mais avant qu'il puisse faire la moitié du chemin, Border et Maya l'avaient rejoint, l'attiraient dans leurs bras et l'embrassaient avec enthousiasme. Il était parfaitement conscient qu'ils s'attiraient des regards et qu'il y avait quelques personnes qui prenaient des photos, mais il s'en fichait, en cet instant. Tout ce qu'il voulait, c'était l'homme et la femme dans ses bras, et savoir qu'ils seraient toujours là.

Sanchez se racla la gorge et fit un signe de tête vers une ambulance au coin de la rue.

— Allez là-bas si vous voulez être un peu tranquilles, dit-il avec un clin d'œil.

Border les tira tous les deux derrière l'ambulance, et Jake fit signe au brancardier qu'il n'avait besoin de rien.

— Je vais bien, dit-il.

— On t'a frappé à la tête, intervint Maya en laissant planer sa main au-dessus de son bleu.

— Donnez-nous une minute ou deux, dit Border en s'adressant au brancardier. D'accord ?

Jake ne prêta pas la moindre attention à l'ambulancier car il n'arrivait pas à détacher son regard des deux personnes qui comptaient plus que tout au monde pour lui.

— Qu'est-ce que tu as dans le crâne pour ramener Maya ici ? demanda-t-il en essayant de contrôler sa voix.

Maya embrassa son menton.

— J'ai refusé qu'il me laisse derrière. Je n'ai couru aucun danger.

Elle déposa un baiser sur son menton à nouveau, et il baissa la tête pour qu'elle puisse l'embrasser pour de bon.

— C'est toi qui étais en danger, idiot.

Sa voix se brisa.

— Ne refais jamais ça. Je n'aime pas pleurer, et j'ai l'impression de passer mon temps à ça, ces derniers jours.

Jake saisit la main de Border et caressa le visage de Maya de l'autre.

— Je suis tellement désolé d'avoir été un idiot, tout à l'heure, quand tu nous as dit que tu étais enceinte. Je n'aurais jamais dû te laisser partir.

Elle secoua la tête.

— C'était un choc pour nous tous, et aucun de nous n'a bien su gérer ça.

Jake l'embrassa à nouveau avant d'embrasser Border.

— Je t'aime, Maya. J'aime Border aussi. J'ai tellement hâte que ce bébé soit né. Je n'avais pas envisagé ça immédiatement, mais on va faire avec. Je veux voir ton ventre grossir et s'arrondir. Je veux être à tes côtés tout du long et je veux que Border soit là aussi. Je veux que tu emménages avec nous et qu'on passe les prochaines étapes.

Il grimaça.

— Et je dis beaucoup « je veux ».

C'est alors que Maya commença à pleurer, et il poussa un juron.

— Moi aussi, je veux tout ça, dit-elle, moitié riant, moitié sanglotant.

— Moi aussi, ajouta Border en les serrant tous les deux dans ses bras en même temps. Je vous aime tous les deux. Juste pour qu'on soit au clair.

— Et je vous aime tous les deux, dit Maya en riant, avec un peu moins de larmes, désormais. On est complètement dingues, mais je sais que si on s'en donne la peine, on peut faire en sorte que ça marche. Je ne peux pas imaginer ma vie sans vous deux, et je n'ai même pas envie d'essayer.

— Alors c'est décidé, dit doucement Jake. Tous les trois. Ça va marcher.

— On va faire ça, ajouta Border.

Jake les embrassa à nouveau tous les deux. L'adrénaline quittait lentement son corps. Les deux personnes qu'il aimait le plus au monde se trouvaient dans ses bras, et il allait devenir père. Il était tellement heureux qu'il se fichait de se trouver au milieu du champ où les pauvres cloches responsables de son enlèvement l'avaient emmené. Border, Maya et lui allaient réussir à faire vivre cette relation, ensemble.

C'était tout ce qui comptait.

Cela dit, d'autres personnes commençaient à s'approcher, et il savait qu'il allait devoir alléger un peu l'atmosphère avant qu'ils puissent rentrer chez eux sains et saufs et s'aimer comme ils en avaient envie.

— Je suppose que ça veut dire qu'on ne peut pas manquer le dîner chez les Montgomery d'ici quelques jours, dit-il, pince-sans-rire.

Maya lui donna une petite tape.

— Tu n'as jamais été du genre à dire non à un repas gratuit. En plus, c'est Tabby qui organise, cette fois, alors il faut vraiment qu'on y aille. Maintenant, fais ton bilan médical, qu'on puisse rentrer à la maison se faire des câlins.

— Uniqument des câlins ? demanda Border d'une voix profonde.

Maya leva les yeux au ciel.

— Pour l'instant, les garçons. Mais laissons les médecins examiner notre Jake pour vérifier que tout va bien.

Jake l'embrassa à nouveau et pelota les fesses de Border.

— Moi je trouve que c'est un très bon plan.

Et c'était vrai parce qu'il avait Border et Maya dans sa vie, et que, très bientôt, un nouvel être les rejoindrait. C'était plus qu'il ne l'aurait jamais espéré. Et tout ce qu'il avait fallu pour cela, c'est qu'il tombe amoureux de ses meilleurs amis.

Ses deux meilleurs amis.

TABBY

TABBY TROUVAIT qu'il n'y avait rien de mieux que d'organiser quelque chose pour calmer sa nervosité. Même si ses paumes étaient un peu moites et que son ventre ne s'était pas complètement dénoué depuis des mois, elle était aussi détendue qu'elle puisse l'être.

S'assurer que les choses étaient bien en place permettait de faire taire son cerveau à propos de certaines choses qu'elle préférait ignorer. Heureusement, entre son travail à Montgomery Inc. et la multitude de dîners et d'événements qui avaient lieu chez les Montgomery, elle pouvait organiser et planifier à qui mieux mieux.

Bien sûr, c'était d'être en présence des Montgomery qui rendait ses mains moites et qui lui nouait l'estomac, à la base, mais ce n'était pas comme s'ils avaient pu le savoir.

Ils ne savaient pas grand-chose sur elle.

Et ça lui convenait.

C'était son plan, après tout.

Aujourd'hui, c'était le premier événement où tous les

Montgomery de Denver seraient présents. Elle avait fait d'autres réunions qui incluaient des membres éloignés de la famille, mais ça faisait longtemps que les huit frères et sœurs n'avaient pas été réunis.

À vrai dire, depuis le mariage de Miranda et Decker.

Elle se rappelait cette journée avec une grande précision. Comme la plupart d'entre eux car ce qui était arrivé ce jour-là avait bouleversé la vie de cette famille.

Mais aujourd'hui serait une journée heureuse, une journée parfaite, même, si elle avait son mot à dire. Parce que s'il y avait une chose qu'elle savait faire, c'était s'assurer que tout aille comme sur des roulettes. Aujourd'hui, Miranda et Decker avaient une annonce à faire, et Tabby n'était pas certaine de ce que c'était. Elle n'était pas sûre que la plus jeune des Montgomery soit enceinte, mais elle pouvait se tromper. Elle était au courant que Maya était enceinte car elle lui avait balancé l'information au téléphone. Aujourd'hui, ils comptaient annoncer qu'ils allaient avoir un bébé tous les trois, et Tabby avait hâte que le reste de la famille soit au courant. Les Montgomery n'étaient pas traditionnels, et un bébé dans une relation à trois, c'était en quelque sorte dans la suite logique des événements. Ce bébé allait être tellement aimé, et il ne sentirait jamais seul. Qu'est-ce qu'on aurait pu souhaiter de plus ?

Il y avait une autre raison pour laquelle ce dîner était spécial.

C'était le premier auquel viendrait Alexander Montgomery depuis sa cure de désintox.

Elle espérait que tout allait bien se passer pour lui. C'était quelque chose auquel elle pensait souvent.

Tabby se passa une main dans les cheveux et soupira en se rappelant qu'elle n'avait pas fait sa queue de cheval habituelle, ce matin-là. Apparemment, elle était vraiment perturbée. Elle était sur le point de les rattacher quand ses cheveux se dressèrent sur sa nuque.

Elle n'était plus seule dans la maison. Les parents Montgomery étaient sortis faire une promenade et l'avaient laissée se débrouiller. Mais il y avait quelqu'un dans la maison avec elle, désormais.

Elle pivota sur ses talons, mais elle savait déjà qui se trouvait là. Elle avait toujours senti sa présence. C'était plutôt un défaut qu'un don.

— Alexander, dit-elle doucement avant de se racler la gorge. Je ne savais pas que tu venais en avance.

Il la contempla avec dans le regard ces profondeurs douloureuses qu'elle n'avait jamais complètement su déchiffrer.

— Je me suis dit que je pouvais venir donner un coup de main.

Il avait une voix basse et rocailleuse qui faisait des choses terribles à Tabby.

— Oh, tu n'es pas obligé. Je m'en sors.

Elle aurait pu se foutre des baffes en voyant son air blessé, et elle rétropédala aussitôt.

— Mais je suis contente que tu sois là. Même si j'aurais pu m'en sortir, ça fait toujours plaisir d'avoir de l'aide.

Il lui sourit, mais d'un sourire qui n'atteignait pas ses yeux.

— Merci, Tabitha. Dis-moi simplement ce que tu veux que je fasse.

Il était le seul à l'appeler comme ça, tout comme elle était la seule à l'appeler Alexander alors que tout le monde l'appelait Alex. Elle ne savait pas trop pourquoi, mais elle n'avait pas envie d'utiliser son diminutif.

Il continua à la regarder, et elle se trouva incapable de respirer. Mais ce n'était pas très surprenant. Après tout, Alexander Montgomery lui avait toujours coupé le souffle.

C'était comme ça que vous vous sentiez quand vous étiez avec la personne que vous aimiez, et qu'elle ne vous voyait pas. En tout cas, pas de cette manière.

À bout de souffle.

ÉPILOGUE

— PUTAIN, oui, juste là !

Maya cambra le dos, une jambe autour de la hanche de Jake, l'autre sur l'épaule de Border. Elle était sur le dos, installée de façon *très* réfléchie de façon à pouvoir se partager entre les deux hommes. Heureusement, Border était en train de pénétrer Jake, si bien qu'ils étaient collés l'un à l'autre, et Maya pouvait donc les avoir tous les deux entre ses jambes. Elle n'aurait jamais imaginé qu'il y avait tant de positions dans lesquelles prendre son pied. Elle avait bien de la chance, car ses hommes semblaient décidés à toutes les découvrir.

— Je t'aime, Maya, haleta Jake avant de l'embrasser.

Il s'enfonça en elle, et elle sentit son anus s'étirer autour de son sexe. Il avait eu envie de la prendre là, ce matin. Plus tôt, Border l'avait prise par devant pendant que Jake était derrière, mais maintenant, Border s'occupait de leur amant à la place.

Elle *adorait* toutes ces positions.

— Je t'aime aussi, haleta-t-elle.

Elle contracta ses muscles intérieurs, et Jake poussa un gémissement.

— Putain, recommence, demanda Border. Jake s'est complètement contracté autour de moi quand tu as fait ça.

Elle ravala un rire tandis que Jake passait la main entre eux pour venir pincer son clitoris. Ce fut comme ça qu'elle jouit, son corps se mit à trembler avant que tous ses muscles se relâchent. Les deux hommes la suivirent rapidement, et elle se retrouva sur le côté dans les bras de Jake tandis que Border passait dans la salle de bain. Avant qu'elle puisse geindre qu'elle avait besoin de lui aussi, il revint avec trois serviettes humides et tièdes pour les nettoyer.

C'était bien leur Border, affreusement dominant et exigeant à un moment, ultra mignon et attentionné la seconde d'après. Elle aimait la façon dont fonctionnait son cerveau, ses émotions. Bon sang, elle l'aimait.

Elle l'aimait autant qu'elle aimait la façon dont Jake les faisait rire avant de les faire pleurer parce qu'il savait dire les choses les plus adorables et faire les choses les plus incroyables pour lui couper le souffle.

Chacun d'eux, en tant que couple, avait ses propres dynamiques, ses propres façons d'être ensemble, mais eux trois, c'était la perfection. Elle posa la main sur son ventre, et Jake et Border passèrent les leurs par-dessus.

— On va avoir un bébé, murmura-t-elle.

— Oh oui, dit Jake. Tu crois qu'on va réussir à ne pas faire n'importe quoi ?

Sa voix était taquine, mais elle savait qu'il était sérieux.

— Je pense au moins qu'on peut essayer, répondit Border, pince-sans-rire. C'est pour ça qu'on est trois. Il y en aura toujours un pour rattraper le coup.

Ça fit rire Maya, et elle se blottit davantage contre ses deux hommes. Elle n'aurait jamais pensé, quand elle avait vu Jake dans un bar toutes ces années auparavant, que ça finirait comme ça. Elle n'aurait jamais osé en rêver.

Et pourtant, voilà que la réalité avait dépassé ses rêves les plus fous.

~

Maya s'appuya contre son frère pendant qu'Alex faisait le tour de la maison des yeux.

— Ça t'a manqué, toute cette folie ? demanda-t-elle.

Elle était consciente que tout le monde dans cette pièce faisait de son mieux pour ne pas donner l'impression de marcher sur des œufs avec Alex, mais que c'était quand même ce qu'ils faisaient. Au moins, ils essayaient de ne pas le tenir à l'écart. Alex faisait partie de la famille, bon sang.

— Vous m'avez manqué plus que je l'imaginais, répondit-il doucement avant de l'embrasser sur la tempe. Merci d'être venue me chercher.

Il marqua une pause.

— Et de m'y avoir amené, aussi.

Elle se tourna vers lui, surprise qu'il aborde le sujet. Elle ouvrit la bouche pour répondre, mais il secoua la tête.

— Je crois que tes hommes veulent dire quelque chose.

Elle se tourna vers eux, de l'amour plein le cœur et les yeux. Elle parlerait avec Alex quand il serait prêt pour cela. Elle espérait ne pas se tromper en pensant que ça viendrait bientôt. Cela ne faisait que quelques jours qu'elle avait enfin dit à ses hommes ce qu'elle ressentait pour eux, et depuis, elle profitait de chaque occasion pour le refaire. Au cours de ces quelques jours, sa famille avait appris qu'elle était enceinte, parce qu'elle n'arrêtait pas de le balancer à tout le monde. Apparemment, tout le monde avait raison, elle était incapable de garder un secret.

Enfin, elle avait réussi à taire qu'elle était amoureuse de Jake pendant un moment, mais à vrai dire, ça n'avait pas eu l'air de surprendre grand-monde quand elle l'avait admis au grand jour.

Jake se remettait bien. À vrai dire, à part le léger bleu à sa tempe, il avait l'air en pleine forme. La petite fille que Border protégeait avait été remise à une autre famille, et le procès contre les gens qui avaient tué sa famille avait été avancé. De nouvelles preuves étaient remontées à la surface, et il semblait que tout allait se régler de ce côté-là.

Jake allait bien. Il était heureux.

Border allait bien. Il était heureux.

Ils allaient bien. Ils étaient heureux.

Elle soupira et se rapprocha de ses hommes, même s'ils ne lui avaient pas fait signe. Mais elle voyait dans leurs yeux qu'ils avaient quelque chose à dire, alors autant les rejoindre. Elle aimait être près d'eux, de toute façon.

Jake prit une de ses mains tandis que Border prenait l'autre. Jake se racla la gorge, et la pièce se fit silencieuse. Maya se figea, et elle entendit son cœur tonner à ses oreilles.

— Bien, puisque vous êtes tous là, je me suis dit que j'allais faire un petit discours.

Il regarda Border.

— Que *nous* allions faire un petit discours.

Maya cligna des paupières, mais garda son attention sur eux. Qu'est-ce qu'ils étaient en train de faire ? Ils s'étaient déjà avoué tous les trois qu'ils s'aimaient. Ils allaient avoir un bébé. Il n'y avait rien d'autre dont elle puisse avoir besoin. Elle pensait qu'ils le savaient.

— Maya Montgomery, commença Jake, du moment où je t'ai vue danser dans ce bar, j'ai su que tu n'étais pas comme tout le monde.

La famille se mit à rire, et Maya ne put rien faire d'autre que se rappeler comment respirer.

— Je te connaissais par les lettres de Jake, ajouta Border avec un sourire. À la façon dont il parlait de toi, je savais que tu étais… différente des autres.

Elle se lécha les lèvres. Est-ce que ses doigts étaient engourdis ? Est-ce que ses oreilles l'étaient ? Est-ce qu'elle arrivait à sentir ses oreilles ? Et pourquoi au juste est-ce qu'elle se posait ce genre de questions ?

— Tu es ma meilleure amie, bébé, dit Jake.

— Ne m'appelle pas bébé, répondit-elle en riant, même si c'était davantage un réflexe qu'autre chose.

— Tu es mon bébé, dit doucement Jake.

Il posa une main sur son ventre.

— Et tu vas donner naissance à notre bébé. Tu es tout pour moi, Maya Montgomery. Je suis tellement heureux que tu aies bien voulu te mettre avec moi. Avec nous. Je ne pense pas que j'aurais pu devenir l'homme que je suis aujourd'hui sans toi.

Les larmes se mirent à couler librement sur les joues de Maya à ces mots.

Border les essuya, et ça ne fit que la faire pleurer de plus belle.

— Tu m'as accepté, Maya. Tu n'y étais pas obligée. Tu m'as ouvert ton cœur, et je chérirai ce trésor à jamais. Je suis quelqu'un de meilleur grâce à toi. Je suis quelqu'un de meilleur parce que je t'ai dans ma vie.

Ils s'agenouillèrent tous les deux devant elle, et elle déglutit avec difficulté. Elle entendit des gens renifler dans la pièce, et ses mains se mirent à trembler.

— Est-ce que tu veux nous épouser ? demandèrent-ils en même temps.

— Est-ce que tu veux bien devenir ma femme ? demanda Border. Est-ce que tu veux qu'on soit tous les trois ensemble, faire partie de notre tout ?

— Est-ce que tu veux bien devenir sa femme et être tout pour moi ? demanda Jake. Tu feras de lui notre famille pour de bon, et même si je n'ai pas mon nom sur le petit bout de papier, je serai là quand même. Je ferais partie de tout ça. Nous voulons que tu sois notre femme, notre futur. Moi, j'ai mes frères, mais Border ? Il n'a que nous. C'est pour ça qu'on s'est dit que ça devrait être lui. À moins que tu veuilles faire ça différemment, auquel cas, on peut changer.

Elle ouvrit la bouche pour parler mais rien n'en sortit.

— Eh bien, les mecs, vous avez réussi l'impossible : Maya ne sait plus quoi dire, lança Storm derrière elle.

Elle lui fit un doigt d'honneur sans même le regarder, et la pièce explosa de rire.

— Il y a des enfants ! gronda sa mère, même si elle riait elle aussi.

Maya mit les mains devant sa bouche et rit elle aussi.

— Je vais devoir apprendre à ne plus dire de gros mots ou à faire des doigts d'honneur à la ronde quand le bébé arrivera.

— Tu devrais commencer tout de suite vu que *mes* enfants sont là, dit Austin en pouffant de rire.

— Tu vas leur répondre, oui ? s'écria Miranda, exaspérée.

Maya se mit à genou devant eux.

— Oui. Bien sûr. Je vous aime tous les deux. Je veux me marier avec vous. Maintenant et pour toujours.

Ils la serrèrent contre eux, et leurs corps solides lui transmirent leur chaleur et leur force. Sa famille les entoura également avec de grands cris et des exclamations de joie, mais elle n'avait d'yeux que pour ses hommes.

Ils avaient affronté leur passé, leur douleur, leur angoisse afin de pouvoir être ensemble, désormais. Sans cela, ils ne seraient pas les personnes qu'ils étaient devenus, et leur lien ne serait pas aussi délicieux. Ils étaient à elle, ils étaient ses hommes, son futur, ils étaient tout.

— Il va nous falloir des tatouages assortis, lâcha-t-elle.

Jake explosa de rire.

— Oui, en effet.

— Prem's ! hurla Austin.

Maya fusilla son grand frère du regard.

— Je ne crois pas, non. Ils sont *à moi*. Et si tu ne me laisses pas profiter de mon moment, je vais devoir demander à Shep de faire mon tatouage à ta place.

Austin plaça sa main sur son cœur dans un geste exagérément dramatique, mais il ne dit rien. Maya se tourna vers ses hommes avec un grand sourire.

— Ça va être tellement *cool*.

Border jeta un regard vers Jake, les yeux écarquillés.

— J'ai un peu peur de ce qu'on vient de déclencher, là.

Jake hocha la tête d'un air solennel.

— Dieu merci, tu es là, parce que je ne serais jamais arrivé à la gérer tout seul.

Elle leur jeta un regard noir, mais au lieu de leur rendre la monnaie de leur pièce, elle les serra contre elle avec l'envie de ne jamais les lâcher.

— Ça, c'est clair que vous avez besoin d'être à deux pour me gérer. Parce que je suis bien trop géniale pour une seule personne.

— Et modeste, avec ça, murmura Austin.

Cette fois elle lui fit un doigt d'honneur avant d'embrasser Jake, puis Border, consciente que, quoi qu'il arrive, elle était une Montgomery, ce qui signifiait que sa vie était une folle histoire.

Une histoire qu'ils écriraient à trois, désormais.

FIN

À suivre dans le monde de Montgomery Ink...
Alexander commence à guérir dans EN POINTILLÉ

NOTE DE CARRIE ANN

Je vous remercie d'avoir lu *Entre les lignes*. Si vous avez aimé cette histoire, j'espère que vous envisagerez de laisser un avis ! Les avis sont utiles pour les auteurs *et* les lecteurs.

Je suis honorée que vous ayez lu ce livre et que vous aimiez les Montgomery autant que moi !

La série se poursuit avec *En pointillé*, suite des Montgomery de Denver.

Pour vous assurer d'être informé de toutes mes nouvelles parutions, inscrivez-vous à ma newsletter sur www.CarrieAnnRyan.com ; suivez-moi sur Twitter @CarrieAnnRyan, ou sur ma page Facebook. J'ai également un Fan Club Facebook où nous discutons de sujets divers, avec annonces et autres goodies. C'est grâce à vous que je fais ce que je fais, et je vous en remercie.

N'oubliez pas de vous inscrire à ma LISTE DE DIFFUSION pour savoir quand les prochaines publications seront disponibles, participer à des concours et obtenir des *lectures gratuites*.

Bonne lecture !

Montgomery Ink

    Tome 0.5: À l'encre de ton cœur
    Tome 0.6: À l'encre du destin
    Tome 1 : À l'encre déliée
    Tome 1.5: À l'encre de ton âme
    Tome 2 : À dessein prémédité
    Tome 3 : D'encre et de chair
    Tome 4 : Attrait pour trait
    Tome 4.5: À l'encre des secrets
    Tome 5: Entre les lignes
    Tome 6: En pointillé
    Tome 6.5: À l'encre de nos rêves
    Tome 7: Nos desseins ravivés
    Tome 8: Motifs troubles

Et d'autres encore !

Montgomery Ink:

    Tome 0.5: À l'encre de ton cœur

    Tome 0.6: À l'encre du destin

    Tome 1 : À l'encre déliée

    Tome 1.5: À l'encre de ton âme

    Tome 2 : À dessein prémédité

    Tome 3 : D'encre et de chair

    Tome 4 : Attrait pour trait

    Tome 4.5: À l'encre des secrets

    Tome 5: Entre les lignes

    Tome 6: En pointillé

    Tome 6.5: À l'encre de nos rêves

    Tome 7: Nos desseins ravivés

    Tome 8: Motifs troubles

Les Frères Gallagher:

    Tome 1: Un amour nouveau

    Tome 2: Une passion nouvelle

    Tome 3: Un nouvel espoir

Redwood:
1. Jasper
2. Reed
3. Adam
4. Maddox
5. North
6. Logan
7. Quinn

Griffes
1. Gideon

Pour plus d'informations, abonnez-vous à la <u>LISTE DE DIFFUSION</u> de Carrie Ann Ryan.

Carrie Ann Ryan n'avait jamais pensé devenir écrivaine. C'est seulement quand elle est tombée sur un roman sentimental alors qu'elle était adolescente qu'elle s'est intéressée à cette activité. Lorsqu'un autre romancier lui a suggéré d'utiliser la petite voix dans sa tête à bon escient, la saga *Redwood* ainsi que ses autres histoires ont vu le jour. Carrie Ann a publié plus d'une vingtaine de romans et son esprit foisonne d'idées, alors elle n'a guère l'intention de renoncer à son rêve de sitôt.

www.ingramcontent.com/pod-product-compliance
Lightning Source LLC
Chambersburg PA
CBHW071130180726
48291CB00007B/2114